大航海时代

吴哲能 著

当代世界出版社

图书在版编目（CIP）数据

大航海时代 / 吴哲能著. -- 北京：当代世界出版社, 2024.7
ISBN 978-7-5090-1832-3

Ⅰ. ①大… Ⅱ. ①吴… Ⅲ. ①长篇小说-中国-当代 Ⅳ. ①I247.5

中国国家版本馆 CIP 数据核字（2024）第 083295 号

书　　名	大航海时代
作　　者	吴哲能
出 品 人	李双伍
监　　制	吕　辉
责任编辑	李丽丽
出版发行	当代世界出版社有限公司
地　　址	北京市东城区地安门东大街 70-9 号
邮　　编	100009
邮　　箱	ddsjchubanshe@163.com
编务电话	（010）83907528
	（010）83908410 转 804
发行电话	（010）83908410 转 812
传　　真	（010）83908410 转 806
经　　销	新华书店
印　　刷	北京汇瑞嘉合文化发展有限公司
开　　本	710 毫米×1000 毫米　1/16
印　　张	22.5
字　　数	290 千字
版　　次	2024 年 7 月第 1 版
印　　次	2024 年 7 月第 1 次
书　　号	ISBN 978-7-5090-1832-3
定　　价	68.00 元

法律顾问：北京市东卫律师事务所　钱汪龙律师团队　（010）65542827
版权所有，翻印必究；未经许可，不得转载。

本故事纯属虚构,故事中的人物及观点与现实无关,亦不代表任何个人或机构的立场。

目录

1. 引子 …………………… 1
2. 飞虎 …………………… 9
3. 战舰 …………………… 23
4. 回国 …………………… 35
5. 出海 …………………… 51
6. 集训 …………………… 73
7. 备战 …………………… 85
8. 延误 …………………… 107
9. 勒芒 …………………… 117
10. 台风 ………………… 139

11. 海峡 ·················· 159

12. 岛链 ·················· 181

13. 风洞 ·················· 195

14. 琉球 ·················· 213

15. 黑潮 ·················· 235

16. 禁区 ·················· 253

17. 迷雾 ·················· 277

18. 海礁 ·················· 293

19. 北斗 ·················· 315

20. 回家 ·················· 331

后记 ·················· 351

引 子 **1**

海面宽阔无边，千帆竞浪，百舸争流。

一支阵型庞大、气势威武的古代舰队，劈波斩浪驶向远方。

舰队中最大的龙头宝船坐镇中央，甲板上的三根巨型桅杆挂满船帆，犹如擎天柱撑起苍穹。

（画外音）明朝永乐三年，也就是公元1405年开始，由郑和率领的远洋舰队在28年里，先后7次远航。

他们先后到达爪哇、苏门答腊、暹罗、阿丹、天方、左法尔、忽鲁谟斯、木骨都束等30多个国家和地区，最远还抵达了非洲东海岸。

船队远航促进了大明王朝与各国的文化交流和经济来往……

北京史家中学某班的教室里，黑板前的大屏幕正在播放纪录片《郑和下西洋》，浑厚的画外音娓娓道来。扎着马尾辫的凌向楠此刻正与同学们一道聚精会神地观看。

郑和下西洋的船队规模庞大，史无前例。其中，第七次远航编队的船只数量共计260余艘，其中的大型宝船有60余艘。舰队载员27 000余人，分工明确，各司其职。在"洪涛接天，巨浪如山"的险恶条件下，郑和的舰队依然可以"云帆高张，昼夜星驰"。

据《郑和航海图》记载，这些船只依靠风帆提供动力，白天用指南针导航，夜间使用越洋牵星术，也就是借助星象和水罗盘保持航向。它们代表当时乃至之后两个多世纪世界最先进的造船、航海和导航技术。

1. 引子

历史老师手握遥控器静静地站在教室后面，不时看看手表。

与 15 世纪末至 16 世纪初以哥伦布、达·伽马、麦哲伦等西方冒险家掀起的大航海时代截然不同，这些来自中国的明朝船队并没有在所到之处掠夺资源人口、建立殖民地，而是以非常文明的方式开展交往、宣扬国威……

丁零零，短促的铃声突然响起，盖过了纪录片的解说。

屏幕上的画面定格在一幅明朝初年绘制的《大明混一图》[1] 上。同学们显然意犹未尽。

历史老师一边通过课桌间的过道走上讲台，一边说道："因为时间关系，今天的课只能到这里。同学们，我想请大家回去思考以下的问题。"

她停顿片刻，继续道："明朝的郑和下西洋远至西太平洋和印度洋，甚至非洲大陆，是当时全世界绝无仅有的壮举。可为什么中国的跨洋航海活动在 1433 年戛然而止？为什么曾经拥有世界上最强远洋舰队的中国却未能摘得大航海时代地理大发现的桂冠？"

"老师，老师！"一名同学迫不及待抢答，"那是因为欧洲人瓦特发明了蒸汽机，用煤燃烧产生的蒸汽做动力，就像蒸汽机船泰坦尼克号，要比依靠风做动力的帆船跑得更快，跑得更远。所以是西方的蒸汽机船战胜了东方的帆船导致的。"

"嗯，你的答案有一定见解。"历史老师点头微笑，"不过，瓦特 1776 年才发明工业蒸汽机。西方运用蒸汽动力的轮船最早出现在 19 世

---

[1]《大明混一图》是我国目前保存尺寸最大、年代最久远、保存最完好的古代世界地图。据推测由明太祖朱元璋颁旨、于公元 1389 年（明洪武二十二年）绘制。该图以大明王朝版图为中心，东起日本，西达欧洲，南括爪哇，北至贝加尔湖以南。原件现藏于中国第一历史档案馆。

纪早期,已经是郑和下西洋后400多年的事情,距离地理大发现过去将近300年。"

"老师!"又一名同学举手。

"蒸汽机后来被内燃机取代了,说明用蒸汽机船在效能上不如内燃机船。而现在海上仍能看到帆船,却看不到蒸汽机船,说明最终被淘汰的是蒸汽机船而非帆船。所以不能简单地说,帆船跑不过蒸汽机船。老师,您说是不?"

"老师,老师!帆船有风才能航行。海上如果没有风,或者风吹的方向不对,帆船就无法航行。所以帆船只是一种落后的交通工具,它注定会被淘汰。"

"麦哲伦的船队环绕地球一周,用的就是帆船,说明帆船并不落后。"

"对呀,帆船只能朝着一个方向开,麦哲伦没办法才绕地球一周完成了环球航行。"

"哥伦布驾驶的也是帆船。他发现了美洲大陆,还返航回到欧洲。郑和船队不也往返七次西洋吗?怎么能说帆船只能朝一个方向航行?"

"那是因为风向变了,他们得等风向变了才回得去。"

同学们七嘴八舌地争论。发散性的课堂讨论很容易让这些思维跳跃的中学生忘记中心议题。历史老师却没有批评他们,她已经习以为常。

她笑盈盈地说:"同学们善于使用比较的思考方式,很值得表扬。不过,关于这些问题,老师也不清楚。究竟是帆船快还是蒸汽机船快?帆船是不是只能朝风吹的方向行驶?恐怕需要专业人士才能回答。"

"老师,凌向楠的爸爸就是开帆船的。她肯定知道!"不知哪个好事之徒嚷嚷,结果同学们齐刷刷朝凌向楠看去。

凌向楠笔尖飞快,刷刷地记下问题,心早已跑到操场去了。下午田径队的训练内容是定向越野跑,她至今还看不懂定向地图,想着去找高年级的队友指点迷津。脑子正溜号的工夫却被冷不丁地点了名,她一时间不知所措。

"对啊,凌向楠,你爸爸不是开帆船的世界冠军吗?"同桌杵了杵她的胳膊。

众人突如其来的目光让凌向楠很不自在,但被人羡慕的虚荣心马上给予了足够的补偿。她转过神来颇带几分自豪地说:"啊,是啊,我爸是开帆船的世界冠军。"

"你爸是世界冠军?""凌向楠她爸爸是世界冠军!""真的?""哇!"

同学们目光充满羡慕之情,私下议论起来。但接下来的各种奇葩问题却让凌向楠有些招架不住。

"你爸在哪里得的世界冠军?""他参加过北京奥运会吗?""你爸爸开的船什么样子?""是那种一人一帆站着开的帆船吗?""那叫帆板,笨蛋,会不会是电影《加勒比海盗》里的木头帆船?""你爸遇见过海盗吗?"……

问题接踵而至,话题自然越跑越远。历史老师不得不将大家从天马行空的思绪中拽了回来。

老师示意大家安静,然后问:"凌向楠同学,你能帮大家解答一下关于帆船的问题吗?"

"呃,这个,我不清楚。我没开过帆船。"凌向楠尴尬地说。

她只知道自己的爸爸会开帆船,还获得过世界冠军。可也仅限于此。家中的玻璃柜摆着不少爸爸得的奖杯。似乎从她很小的时候开始,它们就在柜子里一个接一个地长出来。但自己竟从没想过拿出来仔细瞧瞧。

最近几年爸爸很少有时间回北京。他不是出国参加比赛,一去好几个月联系不上,就是在国内的某个港口城市带队集训,只有在每年春节前后的个把月里，才能回北京和母女俩共度。

凌向楠开始后悔贸然承认有个会开帆船并且还是世界冠军的老爸，也后悔有这样的老爸自己竟没开过帆船。她答不上问题，脸唰地一红，惭愧地低下头。

"帆船不如游艇快，游艇才最快！"后排一个男生大声嚷嚷。

"过几天放假，我爸就带我去坐游艇。带游泳池的那种，有好几层高，超——级大、超——级快、超——级爽。"

他夸张地把几个"超"字的发音拖得老长，瞬间收割教室里全部的羡慕目光。

历史老师皱起眉头，连敲黑板："李明明！你超——级烦了啊！"

惟妙惟肖的模仿让同学们顿时爆笑一片。老师不费吹灰之力顺利将课堂的话语权收回手中。

说话间，窗外操场上音乐渐起，一个清澈的女声抑扬顿挫地随乐而歌：

> 每当你向我走来
> 告诉我星辰大海
> 趁现在还有期待
> ……

每天这个时候，学校广播室都会用这首《星辰大海》提醒教室里忙碌了一天的老师和同学们：课后活动的时间到了。

历史老师瞧一眼窗外，见三三两两的人走出成四方的教学楼，朝中央操场汇拢过去，于是边收拾教具边说：

"好了，同学们，今天的课堂讨论已经超时。回去请大家继续思考刚才提的问题，想一想曾经遥遥领先的航海大国为什么后来在大航海时代缺席？同学们不必急于下结论，国庆节后上课还将组织课堂讨论。

"另外，也请凌向楠同学回去向家长请教同学们的问题，国庆假期做些准备，节后复课给同学们做个小科普讲座。看看到底是风吹的帆船跑得快，还是游艇跑得快？还有帆船是不是只能沿着风吹的方向航行？"

"今天的历史课就到这里，下课！"说完，老师将教具拢起往胳膊下一夹走出教室。

歌声在操场上空回荡，高亢而嘹亮，好像广播员有意转动音量旋钮撩动人心。凌向楠早已忘却一时的尴尬。她合上书包飞也似的冲出教室，马尾辫在歌声中一路飞扬。

> 趁现在还有期待
> 会不会我们的爱
> 会被风吹向大海
> 不再回来
> ……

飞虎 2

接电箱面板被拆开，后面裸露出一排排电源接头和跳线开关。

狭小简陋的舱内，身材魁梧的凌大鹏用一种极别扭的姿势试图将手和脑袋同时挤到面板后面，白色的玻璃钢舱壁和黑色的接电箱之间的空间只能勉强容下他半个肩膀。

凌大鹏一个个排查，终于找出烧坏的保险丝。他换上新的保险丝，拨动发动机通电开关，朝外边喊："再启动试试！"

突突突，一连串发动机打火的喘息声响起，呛人的柴油味伴随着燃烧不充分的黑烟从舱底缝隙间滚滚而出。发动机连咳带喘，接连熄火了两次，第三次终于在经历了长时间点火之后启动，并转入持续轰鸣的工作状态。

"着啦！"外边声音传来。

于是凌大鹏扣上面板，将散落在地板上的螺丝刀、老虎钳等工具收拾到工具箱内，手脚并用地爬出舱门。

船舱外碧海蓝天、阳光明媚，空气里弥漫着海的味道。

这是一艘长约 30 英尺[1]的白色帆船。甲板中央耸立着一根黑色桅杆，高约 65 英尺，顶端由四根斜拉着的支索钢缆连接固定在甲板上。桅杆顶端微微向后倾斜，造型优雅，像一把半截露出水面的英式长弓。桅杆的正后方水平连接一根粗壮的主帆桁杆。桁杆上整齐地捆扎着灰白色的主帆。帆船的前帆虽已降下，却并未捆扎。它层层叠叠地挂在前支索上，好似前甲板堆起了一朵巨大的奶油拉花。

这样的帆船在椰子树环绕的港湾内一共有三艘。它们船身纤细，甲板低矮，桅杆却很高，并排停靠在栈桥分割的泊位里。

此时，浮动式的栈桥随海浪微微晃动，和船舷一同挤压蓝白色的碰

---

[1] 1 英尺 = 0.304 米。

2. 飞虎

球，发出吱扭吱扭的声音。同旁边泊位里那些体态饱满、光鲜亮丽的豪华游艇和双体帆船相比，这些单薄的高桅帆船显得弱不禁风。

凌大鹏将手掌贴在中舱位置下方的发动机盖上，俯身感受它持续的震动。一番诊断后，他示意正在后甲板控制油门手柄的年轻队员李响停机熄火。

李响是从省队招来的苗子运动员。他和凌大鹏一样高大魁梧，一样有着倒三角形的完美身材、黝黑的皮肤以及一口白牙。凌大鹏对他说的第一句话就是"当水手得有好牙口"。未及他细想，凌大鹏拍拍他的肩，就把他从担任省队总教练的老队友手里给挖了过来。

三年来，李响一直没搞懂为啥当水手得有好牙口。凌队长将他揽入麾下到底是因为他是省队里压舷姿势最帅的一个，还是因为他的牙齿最白。

"新三年旧三年，缝缝补补又三年。"凌大鹏似乎对老当益壮的25匹曲轴洋马发动机的表现颇为满意。

他右手一把抓起机舱内的提绳，小臂青筋暴起，沉重的发动机连同水里的螺旋桨一起被拉起来。正欲锁扣之际，整个机器突然哐当从卡扣的位置掉落下去，螺旋桨哗地掉入水中。

手指被挤成紫色，疼得凌大鹏直龇白牙。若非身手敏捷，他右手食指恐怕就得断送在发动机与机舱壁之间不足一厘米的缝隙里。但他换左手又将发动机提了起来。

这回成功了。只听咔嚓一声，机舱两侧的夹绳器卡住机器，螺旋桨稳稳地脱离水面。

"差一点，队长的九指神功就练成了。"李响似乎见怪不怪，对凌大鹏的遭遇没有半点同情。

"我早说给飞虎装个电动升降器吧，你就是不让。"他凑过去替队长合上机舱盖。

"你小子不当家不知道柴米贵。三艘飞虎就得装三套。有那钱,我不如把这台发动机给换了。"

两人边说话边收拾甲板上散落的控帆用的缭绳,将它从帆角上卸下捆成一团,又解开搭在前支索上的前帆,铺在栈桥地板上开始叠帆。

这时,他们的队友兼后勤主管沿着栈桥从岸上走来。他姓吕,凌大鹏每次向新队员介绍时都称呼他为团长,所以大家也跟着管他叫吕团长。

队里数吕团长年龄最大,除了一样黑,他的身型和虎背熊腰的凌大鹏完全是两个极端。整个人精瘦精瘦的,眼睛眯眯着,走起路来总是习惯缩脖弓背,仿佛随时提防额头撞上前方的隐形门框。

"老凌,那个……借咱们船训练的省队那帮家伙,把一艘激光的帆搞丢了。远志开摩托艇找了一上午也没找见。今天水流大,估计漂外海去了。"吕团长晃晃悠悠地走到跟前。

李响正用膝盖压住地上叠好的帆。他将帆卷起,说:"吕团长,你给咱队长添堵不是?他刚庆幸自己保住一根手指,你跑来告诉他丢了一张帆。就不能说点开心的事?"

一张帆,几万块。凌大鹏确实感到心里堵得慌。连心的食指此刻又开始隐隐作痛。

吕团长却是丈二和尚摸不着头脑,不知李响话里有梗。

"开心的事?那个……有哈,"吕团长挠了挠自己的寸头,仿佛忘记说啥又一下子想起来,"就是……那个,竞赛组委会来通知了,说维克多帆船已经运到三亚,通知咱们去验收。有些队昨天已经登船开始训练了。"

他话刚说完,李响腾地从地上弹起来。

"嘿,船到三亚啦?咱们动能帆船航海队终于有正经事儿做喽!"

凌大鹏也停下手中的活儿:"这个事情重要。组委会说没说什么时候开赛?"

"呦,这我忘了问。"

吕团长脑子里又有根线短路,他磕磕巴巴地说:"应该……没说吧,要说我肯定记得。上回通知国庆节有可能开赛,后来不是没下文了?"

"还是天气的原因?"李响问。

"天气?哦,天气,好像吧。总之,他们说在等上面通知。"吕团长竖起一根食指,指了指天。

凌大鹏看着自己发紫的食指思考片刻,说道:"吕团长,你通知大家,这两天抓紧把手头工作处理掉,准备集训。组委会既然通知验船,开赛时间应该不会远。让吴冉别再接新的培训业务了,十月份的时间要空出来。全队从明天开始全力以赴,准备参赛!"

"已经接的活儿怎么办?"

"已经接的活儿?能延期则延期,不能延期就退费。"

"哦,好的。"

吕团长转身朝岸上走去却又折回来:"那个帆,帆怎么办?"

凌大鹏想了想回答:"从厂里再订一个吧,让他们尽快发货。省队是咱们娘家,咱不能小家子气。别耽误省队的训练。"

"队长对娘家倒挺大方,就是苦了自己。整个十月都泡汤,损失可不小。"李响嘴里发出啧啧的声音,连连摇头。

十月份有国庆长假,是全年旅游旺季的尾巴。队长的一句话,全队十月份的收入说没就没了,李响感到心疼。但想到梦寐已久的帆船比赛即将开始,他又立刻止住话头,生怕队长反悔。

"明天一早,你先去三亚办理验船手续。"凌大鹏对吕团长说。

吕团长点头离开,却又再次折返回来。

"哦,还有啦,组委会说咱们的参赛费没缴齐,让咱们抓紧补上。"他说,"那个……组委会还说,租赁费和保险费再不补齐,他们就把船给候补队伍用了。"

吕团长大喘气的毛病真是急死人。听他说话,你得揣好一颗坐过山车的心脏,时刻准备接受不期而至的大起大落。

"哪壶不开提哪壶。"李响给了他一个极度鄙视的眼神。

凌大鹏一听费用的问题,大脑也开始短路。组委会为这次比赛专门从国外调集了一批维克多帆船。维克多帆船的造价高昂,租赁费和保险费是动能帆船航海队参赛费用的大头。而他至今还没筹齐这笔费用。

"那个……费用过两天会解决。"他的嘴也开始瓢,"呃……订帆的钱想办法拖一拖,让厂里先发货后付款,老客户嘛。"

"要是厂里问啥时候付钱,怎么回答?"

"就说……还是让吴冉和厂里说吧,就说我带队出海比赛去了,等我回来。"

吕团长正欲转身,凌大鹏又叫住他。

"另外,明天你到三亚先去找孔处长,看看他有没有办法让我们把船验收了。咱们等了足足两年,不能这时候让别人抢了去!"

"好嘞。"吕团长应道。

"另外,你再和吴冉交代一下,帮我约约那几个赞助商。如果有哪个老板愿意马上签赞助合同,我可以立即就签。"

"好嘞。"吕团长又应道。

但他却没离开,而是和凌大鹏四目相对,片刻后,确信对方再无话说才转身。

走到岸边,吕团长似乎又想起件事。

"李响!"他喊道,然后双手比画成一挺机枪朝向李响,嘴里哒哒哒地打出一梭子无影的子弹。

这天晚上 11 点,凌大鹏忙完工作回到家。

2. 飞虎

所谓家，不过是与游艇码头一路之隔的长租公寓中的一间。家里空空荡荡，脑子里却满满当当。

楼里所有的房间，除了电子门锁的密码不一样，其他都一样。长方形的房间，进门左手卫生间，右手开放式厨房。说是厨房，其实就有一个小水槽加一个电磁灶，还有个转起来声音比发动机还让人厌烦的抽油烟机。再往里走是沙发和电视，墙边摆着餐桌和两三把椅子。紧里头靠窗有张席梦思床。

但凌大鹏还是愿意称这里为家而不是宿舍。因为真正的家远在千里之外，只有将这里当作家，他才能将工作和生活稍稍区分开。

他经常在按动门锁密码时，幻想这个家里也能看到远在北京的老婆和女儿的身影。但两年来每次开门，家里都空空荡荡、冷冷清清。

他打开电视，将自己丢进沙发。

电视里自顾自地播着综艺节目，一群奇装异服的演员在舞台上卖力演出，评委和观众席响起阵阵掌声。节目在他脑海里激不起一点涟漪。

他有属于自己的舞台，此刻正思考着自己的演出。

三年前，凌大鹏决定退出法国船长率领的顶级赛队，放弃到手的国际赛事决赛资格，义无反顾地回到国内开启自己的事业——成立了动能帆船航海队。

他几乎白手起家，用了三年光景才有了现在这般模样。现在，他不仅有了自己的船、自己的队员，还有一个动能帆船培训基地。当然，所谓基地，不过是码头上几个泊位和岸上两间办公室而已。

"茫茫大海就是我们的培训基地，要那么多房间做什么？你见过有谁是在岸上学的帆船？"每当有人说他的培训基地小，他都不以为然地反问。

动能帆船航海队的主力帆船是三艘老当益壮的 33 英尺龙骨帆船。每一艘都是经过他严格淘选、曾征战沙场的退役赛船。它们有一个相同的名字,叫飞虎。

飞虎是这款进口帆船的中文音译。凌大鹏属虎,又喜欢在海上飞驰,所以他对船的名字非常满意。尤其是这个中文名字能撩动遐想:飞虎,海面上飞驰的猛虎。你能由它理解出许多层意思,迅捷、勇猛、犀锐、坚毅……一切他所追求的都能通过遐想与它联系起来。

当然,他对飞虎的性能也很满意。飞虎是地地道道的竞赛帆船,依靠风吹动船帆带动船身在海上飞驰,是他眼里的宝贝。

港湾里也停着不少别的"帆船"。有的四四方方,船壳上桅着一根桅杆,桅杆上却空空荡荡,没有一张帆。有的"帆船"甚至连支撑主帆的桁杆都省了。

这些火柴盒子"帆船"船身大多打着广告。广告语撩人煽情:"帆船航海,尊贵享受!""项目随意玩,免费送果盘!""每人499,值得你拥有!""水上滑梯、摩托艇、浮潜、海钓"……

每当看到它们轰着发动机,将一群大呼小叫的客人带到防波堤外三两百米的地方绕圈圈,他和吕团长就感到不齿。这样的架子货也配叫帆船?真是挂羊头卖狗肉!

除了飞虎,港湾里也有几艘能入他眼的帆船。比如,单体的50英尺博纳多、54英尺汉斯,双体的65英尺兰高,甚至还有一艘三体帆船。但它们干的也是同样的勾当。每当它们开出港口扬起帆,他就知道又有人买了拍婚纱照或网红打卡的套餐。在他看来,这些帆船没有去到真正的大海上扬帆远航,实在是可惜。

三艘飞虎经过他的精心维护,跑起来能把这里所有的单体、双体和三体帆船远远甩在后面。飞虎只要在他手里操控,就算面对新近到港的水翼艇,也能拼一拼。

有了船,事业渐渐有了起色。培训基地承接的对外培训业务是维持动能帆船航海队运转的主要经济来源,同时也是宣传和推广国内帆船运动的一个平台。

他总想，或许有一天会有某个世界冠军从这里诞生呢。

凌大鹏最近两年举步维艰，帆船运动在中国展现出的勃勃生机是他坚持下去的动力。虽说大海航行靠舵手，可许多状况就像海上的天气，不在舵手掌控的范围内。但看到越来越多的青少年加入这项运动，看到他们由最初的观望到尝试，由尝试到喜爱，再到热爱，他觉得为此付出的一切，包括等待，都是值得的。

组建帆船队的时候，他还拉来了吕团长。吕团长年龄整整大他一轮，别人都这么叫，于是他也这么叫。至于吕团长是否真的当过团长，早已无人知晓。但吕团长曾在海军服役，在军舰上当过兵、打过仗，这段经历是真的。

据他自己讲，1988年他还是个新兵蛋子，刚入伍便上舰服役。确切地说，是一艘排水量320吨的猎潜艇。"不到500吨，只能叫'艇'，够不上'舰'的资格。"他解释过，"但它是地道的军舰。"

猎潜艇载着他参加南海海战，同排水量超过3000吨的敌舰展开激战。战斗在西沙群岛赤瓜礁附近打响，炮声震耳欲聋，爆炸声此起彼伏。他在猎潜艇主炮位上冒着枪林弹雨坚守了一昼夜，最终将吨位十倍于己的敌舰击沉在距离海南岛不远的海域。

退役后吕团长经过商、炒过股，也打过渔、开过船。和平年代不需要舞枪弄炮，他的手艺越来越不吃香，日子越过越平淡。直到凌大鹏回国撺掇他一起搞帆船航海。

凌大鹏回国创业第一个想起的人便是吕团长。两人之前在一艘船上相识，豪情壮志，把酒言欢，成了相见恨晚的兄弟。现在，两人兜兜转转，因为船又走到一起。

吕团长耳背，说话做事经常犯迷糊。他总说，那是当年在船上炮打得太多落下的毛病。

"猎潜舰打成了筛子,我身上竟没一处伤。那时作战英勇已经算不了什么。都在一条船上,谁也不怕死。记军功只能优先照顾受伤的人。我说耳朵背算内伤吧,可医生不认。唉,要是缺胳膊断腿,我就不单单只有集体一等功了。"他常常感叹。

除了认为自己耳背,他还认为自己点儿背。若不是当年脑子进水,想着下海赚大钱,离开了部队,熬到现在铁定能当个舰长。

"你说,脑子进水算不算内伤?"别人常被他问得一愣一愣的。

话虽如此,吕团长一旦上了船,那些耳朵背、点儿背的老毛病就立刻消失了。

队里其他都是年轻人,像李响、远志、建兴、超越、大鲨鱼等,有的来自省队,有的来自国家队,有的因为与生俱来对海的亲近和对帆船航海的热爱。他们在凌大鹏和吕团长的感召(忽悠)下陆续加入了动能帆船航海队。

像李响、远志、建兴,他们除了玩儿帆船,游泳、冲浪样样精通。哪天若是皮肤没有浸泡过海水,他们就觉得浑身不自在。还有体格健硕、笑起来同样一口白牙的大鲨鱼,也是能将绞盘摇得飞快的一把好手。他走到哪里都挎着个蓝牙音响,播放着不属于他那个时代的张雨生的《大海》。最年轻的队员超越,除了喜欢操弄帆船、喜欢潜水,还喜欢捣鼓各种电子设备。凌大鹏从他们的身上看见了自己年轻时的影子。

但和队里的年轻人相比,他觉得年轻时的自己更加幸运。作为一名帆船运动员,他经历了与这些年轻人完全不同的运动生涯,令他们羡慕至极。

中国在世界现代帆船运动中属于后来者。国内帆船运动员的竞技水平和世界顶尖水平有很大差距,尤其是时间超长、航线险峻的跨洋和环球长航比赛。这些比赛不仅考验运动员的意志,更需要丰富的长航技术和经验。

2. 飞虎

偶尔有新闻报道中国队参加某国际环球帆船大赛，甚至夺冠的消息。可实际上，除了赞助的资金和赛队的名字取自中国，那些真正驾船搏击风浪的船长和船员几乎都是外国人。颁奖典礼上，人们诧异地看到一帮金发碧眼的外国面孔围着五星红旗，兴高采烈地举起奖杯，总是感觉怪怪的。

只有极个别来自中国的运动员有幸成为国际顶级赛队的一员，更只有他们当中的佼佼者，才能成为站在国际顶级赛事领奖台上的一员。因为除了必须已经是国内最优秀的帆船运动员，他们还需经过极为严格的选拔和专项训练，以及运气的加持。凌大鹏就是国内屈指可数的幸运儿之一。

现在，他在经历多年环球航行并两度和队友捧起冠军奖杯之后，希望将自己的经验和运气传递给更多年轻的中国帆船运动员，梦想着培养出一支可以与国际赛队同场竞技的中国人自己的队伍。

不过，梦想浪漫，现实残酷，追梦之路走起来并不容易，他在陆地上经历的坎坷不比跨越重洋少。困难像捉摸不定的咆哮西风带，总在不经意的时候降临。为了抵达理想彼岸，他除了加倍付出热情和精力，还得绞尽脑汁克服困难。

摆在眼前的一个问题就是参赛费用如何解决。这个老大难问题已经困扰他两年。对外培训业务收入只能保证基地和全队的日常运营，算是实现了基本温饱。再想往上迈一个台阶就很吃力了。

年初，凌大鹏将一切不必要的开支统统砍掉，使出浑身解数去腾挪调度，就是解决不了租船费和保险费的缺口。他原本指望组委会能将时间再拖一拖，让他再多搞几次培训班。现在维克多帆船已到三亚，开赛日期就算暂未宣布，想来也不会拖过十月。砍掉整个十月的培训业务，让本已捉襟见肘的他倍感窘迫。

当回想起吕团长说其他参赛队伍已经登船开始磨合时，电视机前的他再也坐不住了。

凌大鹏拿起茶几上的手机，打开电子银行界面，输入账户密码。屏幕上跳出一个账号，他点进去后盯着账户里的数字直愣愣地看了许久。

他叹了口气将手机放回茶几，拿起旁边摆的相框。蓝色的相框用贝壳镶边，是女儿读小学时的手工课作品。相框里嵌着他和妻子、女儿几年前的合影。

这些年来，他和妻儿的关系愈加疏远。

妻子在北京一家医院工作，一直独自拉扯孩子，含辛茹苦地将女儿带大。她早就希望自己能够结束长期漂泊的工作状态，回到北京找个更稳定的工作。

孩子出生以后，自己不是在训练就是在比赛，少有在家团聚的时间。孩子上学后，自己更是不着家，不是在外国漂着就是在海上漂着，每次回来孩子又大了一岁。

"你在海上一待就是11个月，我一个人带娃，还得替你担惊受怕。这日子什么时候是个头？能不能别玩水了，到北京找个安稳点的工作？"

可只要他不想放弃帆船就离不开水。回国之后，他又跑到海南去搞帆船培训基地。这让妻子忍无可忍。

"你想搞帆船我不反对，我也知道帆船没水跑不起来。可为什么偏要去海南？不能在北京找个离家近的地方搞？北京有青龙湖、金海湖，还有密云水库、怀柔水库……哪里不行？"

北京那么大，会没有水？这是他和妻子永远争吵无果的话题。

妻子对两地分居的不满已经积攒到了难以为继的地步。在几个月前，当得知凌大鹏竟然拒绝了北京市水上运动中心请他担任帆船总教练的邀请，她的愤怒终于爆发了。

"北京的风能把沙尘暴刮到日本，你竟然说北京没风？"妻子质问。

凌大鹏不再继续辩解为什么自己会拒绝北京的邀请。他理解妻子的心情，也能理解她为什么不理解自己。假如自己没有在南太平洋超过70节[1]的飓风中驾驶帆船切过近20米的巨浪，可能他也会有和妻子同样的想法。

但是有着两次环球航行比赛经历的他无论如何也不相信北京的水和风能够培养出真正的水手。在太平洋面前，北京的水不过是雨后地面上积起的一小片水洼。

妻子另一个对他不满的原因和孩子有关。她希望女儿楠楠将来能够出国读大学，并为此早早启动规划。

可一想到出国留学意味着女儿得独自面对陌生的世界，凌大鹏就不同意妻子的想法。做父亲的大概都会如此，自己冒再大的风险也觉得平常，可让女儿去冒险，哪怕冒一点点风险，也认为是天大的事。

身为不合格的丈夫和父亲，他非常清楚家里的话语权不在自己手里，于是不再试图解释为什么北京的风只能刮来沙尘暴。

凌大鹏放下蓝色贝壳相框，又拿起手机。他想和女儿通通电话，听听她的声音。常年聚少离多，女儿几乎是在电话里长大的。

就在两天前，女儿提出想趁十一国庆来海南看爸爸。妻子竟同意了，她将带女儿一起来，这让他欣喜万分。他想着能见到两年未见的女儿，还能缓和与妻子的关系。而妻子来"看他"的目的，是想和他当面商量孩子的未来。

凌大鹏真心不想拒绝妻儿的到访。即便赛事将近，能陪她们多待一天也是一天。

时间已过午夜12点，母女俩肯定已经入睡。他放弃了拨电话的念头，改用短信留言：

"楠楠，记得让妈妈把航班信息发给爸爸。爸爸去机场接你们。"

---

[1] 节，是用于航海航空的速度单位，相当于船只或飞机每小时所航行的海里数，也是航海时使用的风速单位。1节=1海里/小时=1.852公里/小时。

放下手机，他又拿起电视遥控器，调出气象频道。这是他每天临睡前的习惯动作，尤其是赛事临近的时候，他更关注天气情况。

现在，仍是西太平洋一带最容易刮台风的季节。

气象播报员身后的卫星云图一帧帧地跳动，演绎大气层的风起云涌。风云四号气象卫星从 3.5 万公里外的地球同步轨道上，密切注视着几个大大小小的盘踞在太平洋上空像圆形锯盘一样的气旋。

他习惯开着电视关着音量，忽明忽暗的气旋在屏幕上转动，像回到海上的感觉。看着看着，他渐渐陷入沉睡。

3

战 舰

9月30日上午10点，三亚国际游艇港。

透过丰田汽车的车窗，远远看见防波堤外碧海蓝天，防波堤内游艇帆船鳞次栉比。

温柔的海风夹杂新鲜海水的咸腥味，林立的桅杆犹如风中的树木微微摇摆。三亚就是三亚，海是一样的，感觉却不一样，处处弥漫着国际范儿。

靠近防波堤的一片开阔水域，30多艘桅杆高高耸立的单体帆船引人注目。焕然一新的战舰整整齐齐排列成一个方阵，高大威猛，不怒自威。

游艇会里有的是雍容华贵的游艇和帆船，更有几艘堪称巨无霸。有的习惯以高调和夸张招揽游客，有的秉持低调奢华的气质，但在这些金戈铁马的战舰面前，它们无一例外地收敛起了锋芒。

这些战舰有一百个理由傲视一切，因为它们是专为环球巡航赛事打造的维克多型龙骨帆船。长度接近66英尺，由碳纤维制成，重量轻却异常坚固，速度快且善于劈波斩浪。

吕团长驾驶的丰田汽车转过一块限速五公里警示牌，沿岸边的水泥行车道继续前进，朝游艇港中央酒店驶去。

凌大鹏坐在副驾驶座上，默默看着海面上的"军团"，向它们行注目礼。1、2、3……他一艘艘地数，一直数到37。

漂亮的船不一定跑得快，跑得快的船也不一定漂亮。

但维克多帆船不仅漂亮而且跑得飞快。船体为流线型设计的碳纤维船体。船艏狭长尖细，最前端安装有升降球帆用的"炮筒"[1]。平整

---

[1] 能够使用球帆的帆船在船头位置安装一根形似"炮筒"、可以伸缩的球帆杆，用于连接球帆的帆前角。

3. 战舰

的甲板中央耸立着一根接近十层楼高的碳纤维桅杆，桅杆底部齐刷刷地码放着一捆捆缆绳。

组委会打算给这些船配几面帆？凌大鹏望着空荡荡的桅杆想。

甲板中舱两侧对称排列的敦实粗壮的金属绞盘，被阳光照得锃亮刺眼，像海军上将制服胸前的两排铜扣。他似乎能听到它们转动发出的清脆嗒嗒声。

船舱入口后方扁平的甲板上默默立着两座黑漆漆的立式摇把，与白色的船体、银色的绞盘格格不入，可他却感到十分亲切。

没有这两个黑家伙，大风天里就算船上所有水手一起上也控制不了面积达数百平方米的巨型船帆。以前他总是和队友两人站在立式摇把的两侧，在飓风暴雨中玩儿命似的转动摇把，有节奏地疯狂扭动着腰身，像跳迪斯科一般，用最快的速度将升帆索和缭绳收紧。拜它们所赐，他练就一身令人羡慕的腱子肉。

甲板后方两侧各有一座驾驶台，镶嵌一模一样的仪表、一模一样的不锈钢镀铬舵轮。再后面是近两人高的通信导航设备支架，上面有海事雷达、卫星导航和通信设备，还有甚高频电台的天线。

当然，他知道水下看不见的地方还有一个螺旋桨、两扇刀状的舵叶、两副稳向板以及一个近10吨的纺锤形压舱龙骨。

此时此刻，凌大鹏表面看似波澜不惊，内心早已按捺不住激动。他知道，这些高冷孤傲的战舰一旦到了大海上便是桀骜不驯的种马。而他是那个能够驾驭它们以高达30节的速度驰骋的驯马师。

它们其中的一匹应该属于他，可他竟还没有资格去触摸它。

这天一大早，凌大鹏改变主意。他赶在吕团长发动汽车的最后一刻跳上丰田汽车的副驾驶座。他还是决定亲自去一趟三亚，再刷刷自己的老脸，看看老孔有没有办法。

老孔是曾和他一同效力国家队的老队友，退役后选择进入国家体育总局，十几年坚持下来成了负责水上运动项目的官员。老孔的官虽然当得不大，却负责管理与帆船运动相关的许多事务。借老队友的关系，凌大鹏回国创业得到不少助力。

老孔也是这次国际帆船赛事的筹备负责人之一，凌大鹏认定他有办法帮自己牵回那匹本应属于自己的海上种马。

"老孔一定有办法的。"凌大鹏十二分笃定地对将信将疑的吕团长说。

汽车载着两人来到三亚，在游艇会酒店大门前停下。

酒店正对大海和游艇码头，尽享静谧旖旎的热带风光。这里是竞赛组委会临时办公地点，随着赛事临近，显得比往日热闹。

汽车还未停稳，一个穿海蓝色制服的保安走来示意车子挪到远离大门的露天停车场去。吕团长暗骂一句，不情愿地将车开往几百米外的指定地点。

两人沿迎宾道步行前往酒店。道路两旁彩旗招展，灌木丛修葺一新，佩戴各色通行证的人来来往往。

"凌！"

两三个肤色深褐、金发蓝眼的外国人迎面走来，其中一人认出了凌大鹏。

凌大鹏也认出对方，是来自英国的水手杰克逊。他们几年前同船参加了澳大利亚的悉尼—霍巴特帆船赛。两人热情拥抱，互道世界真小、时间真快。

"你在哪艘船上？"杰克逊突然问道。

凌大鹏一时语塞，不知如何回答。

"当然是中国的船喽。"他打着哈哈将这个尴尬的问题搪塞过去，然后找个由头匆匆离开了。

走到酒店大堂的门廊，凌大鹏和吕团长才明白为啥保安不让他们停车。酒店门前的草坪已经被占用了，钢管、电缆、焊机、脚手架以及其他零部件散落一地，十几名工人正汗流浃背地搭建地台。

工人们身后已经完工的背景墙和保安的制服同色。上面印着中英双语两行大字：首届环中国海不间断航行国际帆船邀请赛。

凌大鹏路过时默念了一遍，这便是他们来的目的，也是动能帆船航海队等待两年的机会。

他觉得"首届环中国海不间断航行国际帆船邀请赛"念起来实在拗口，或许将"帆船"两字放在"航行"前面会更加顺畅些。比赛的名字该不会出自老孔之手吧？明明是当船长的料，却坐进了办公室。唉，就老孔肚里那点墨水，真难为他了。

比赛冠以"国际"二字往往带着洋气，显得高大上。能在中国搞一场真正的国际帆船大赛，凌大鹏打心眼儿里还是挺佩服老孔他们的。连英国的专业水手杰克逊也来参加，比赛用上"国际"也不算是名不副实。只是不知道这次的比赛总共能有几支真正的国际赛队参加。

这些年，国内不少地方的场地赛都是找几个在华留学生凑数，然后便堂而皇之地冠上"国际"大赛的名号。那些比赛就和没有桅杆的方盒子船一样名不副实。

两人进门感觉呼啦一阵猛风。游艇会酒店里与门头齐宽的冷气机动力十足，将酒店门厅内外分割成冷热两个世界。

游艇会酒店的大堂一改往常的格局。原本散落各处用以分割空间的藤条沙发座已经被撤掉，取而代之的是井字形排列的彩色喷绘展板，它们将偌大的厅堂分割成数十个展位。

体育赛事是运动爱好者的盛会，同样也是品牌厂商的大集。只不过，那些平常如雷贯耳的奢侈品、高端汽车和房地产品牌却被挤到边上，船舶模型、船用设备、航海用品的专业厂商现在占据C位成了主角。花枝招展的营销员笑盈盈地给人们递上宣传单和礼品袋。

凌大鹏和吕团长无心逗留，匆匆穿过人流去找竞赛组委会的办公室。

酒店一楼和二楼的许多房间被临时改造成组委会办公室。新闻组、后勤组、联络组、登记处、司机班……凌大鹏边留意路过的每个房间边翻看手机。

他一早出发前已经给孔处长发了短信，说是要去拜访，却始终没收到回应。老孔去哪儿了？他纳闷。

凌大鹏并不知道，孔处长此刻与他仅一墙之隔，就在一间紧闭的对开大门的后面。此时，大门后面的会议厅里正在召开竞赛组委会现场办公会，孔处长一整个上午都正襟危坐，根本无暇顾及兜里的手机。

深棕色的椭圆会议桌上摆满资料，一架投影仪将光柱投射到会议厅尽头的白色幕布上。组委会和有关部门负责人围坐在会议桌旁，听一位领导模样的人讲话。

"由于众所周知的原因，首届环中国海帆船大赛耽搁了整整两年，直到今年年初才决定重启。筹备工作一波三折，比赛时间由春季推迟到夏季，又从夏季推迟秋季，个中曲折一言难尽。

"现在，筹备工作已经推进到最后关头，就差临门一脚。需要我们更加团结，加倍努力，克服万难，确保赛事圆满成功。

"组委会已经介绍了筹备工作进展，各部门也汇报了配合的情况。接下来咱们闲言少叙，直接谈问题。大家不要有顾虑，各抒己见，将意见摆到桌面上。

"还是老办法，民主讨论，集体决策。先由钱秘书长起头把问题捋一捋。"

"好的，我先讲。"

钱秘书长50岁出头，两鬓灰白。他扶了扶眼镜框，说："各位领导，我就直奔主题。目前最主要的问题，或者说分歧，是究竟何时

3. 战舰

开赛。

"夏季开赛的计划因为连续出现的台风天气而被否决后,组委会综合各部门意见,报请上级同意国庆节当日开赛,各方面的工作也围绕该目标日期展开。

"但时至今日,十一国庆临近,我们仍然没有宣布开赛日期。因为气象局两周前向组委会通报,近期的气象条件仍然无法满足比赛要求。现在,几百名参赛人员、后勤保障和媒体代表已经抵达三亚,还有游客和观众,他们都冲着国庆开赛而来。环球帆船联盟也天天追问我们开赛的具体日期,而我们内部却拿不出个统一的意见。这里面最主要的原因,是气象局的同志一直没有给我们明确的建议。组委会现在压力山大。"

"气象局的建议一直是很明确的!"

钱秘书长的话被椭圆会议桌尽头的一位女士打断。只见她短发干练,30岁出头的样子,说起来嘎嘣脆,如同打机关枪。

她继续说:"船队不应该在气象条件不允许的时候出航。这是我们始终坚持的原则。现在天气不好,当然不能草率开赛。"

"我们得从全局角度出发做决定,不能屁股决定脑袋。"钱秘书长斜眼看了看她,说道。

对方依然一副理直气壮的样子:"气象局是专业部门,只尊重事实,拿专业说话。要说屁股决定脑袋,你们才是。"

会议室的场面有些尴尬。

领导环视一圈,明白除了气象局反对开赛,其他部门基本赞同钱秘书长的意见。

"那么,计处长,就说说你们的专业意见吧。"他说。

计处长于是打开自己的笔记本电脑,接上投影仪,将一幅亚太区域图投射到屏幕上。

她拿起激光笔，解释说："帆船航海需要充分考虑洋流、季风等因素。客观讲，选择在秋季组织帆船从三亚穿过南海、东海、黄海航行到青岛，顶风顶浪，本来就不理想。

"春夏季节，季风北上，太平洋西侧的黑潮暖流也帮助推动船只向北。但到了秋冬季节，季风转向南下，近海表层水开始向南倒流，帆船北上多数时间遭遇逆向的洋流和风。

"秋季开始，西太平洋副热带高压和西伯利亚的冷气团在本区域上空反复争夺，造成大面积剧烈的天气变化。越临近冬季，越不利于帆船北向航行。

"比赛从春季推迟至今已是事实，由不得我们。但我们目前最担心的是台风。近年来厄尔尼诺现象频发，太平洋地区的台风频发期延长。据观测，西太平洋上空有数个热带气旋，其中一个已经发展成为热带风暴，正在盘旋西进。

"一般而言，西太平洋地区形成的台风大致有三条移动路径：一为西行路径，台风经菲律宾或巴林塘海峡、巴士海峡进入南海，西行到海南岛或越南登陆；二为登陆路径，台风向西北偏西方向移动，穿过台湾岛、台湾海峡，从福建登陆；三为转向路径，台风从菲律宾以东海面向西北移动，在北纬25°附近转向东北方，向日本移动。

"台风一般在盛夏季节以登陆和转向路径为主，在春秋季则以西行和转向为主，但三条路径均与环中国海航行区域高度重叠。

"气象局从专业角度认为，不宜在台风威胁消除之前开赛。"计处长说。

会议桌的另一端有人举手要求发言，是负责旅游行业的厉司长。领导点头示意。

他不紧不慢地说："有台风的时候不宜比赛，没台风的时候不宜北上。这些都是气象局同志自己说的。"

3. 战舰

显然，他的语气已经表明了态度："帆船比赛不应该错过国庆窗口，不仅因为国庆长假是下半年的黄金旅游期，更因为旅游、商务系统围绕比赛已经投入大量资源，比赛一拖再拖，成本与日俱增。政府和私营企业签署了招商、采购、赞助、场地、服务等方面的合同，许多交易行为已经产生。上半年因为赛事筹备工作叫停，就曾引发一系列的违约、诉讼和赔偿。

"总之，我们商务部门没人希望重蹈上半年的覆辙。发令枪一响，这些问题都迎刃而解。"他说完，拿起茶杯抿了一口。

他的发言道出不少人的心声。会议室响起议论的声音，一些人点头表示支持。

"厉司长说的是，"钱秘书长趁热打铁，"这次是中国首次主办长距离不间断航行赛，为未来组织跨洋甚至环球赛事积累经验。有点风浪怕什么？现在国际社会都在关注这次比赛办得怎么样。如果一听说有台风来，我们就畏首畏尾，岂不是让国际同行甚至全世界看笑话？"

"另外，我再谈点个人看法。"厉司长放下杯子，"当然，我不是要质疑气象专家的专业能力啊。我只是觉得，天气预报没有那么准。你们是不是也有同感？"

会议室后排传出努力克制的笑声。

"大气运动变幻莫测，对其预测本来就是世界性的难题。"计处长不卑不亢地说。

"空气涡漩可能在短时间急速发展，成为爆发性气旋。在西北太平洋地区，每年平均约有 31 个这样的气旋爆发，甚至达到台风强度，多数发生在秋冬季节，水平范围可以覆盖几千平方公里。我们气象部门怎么可以掉以轻心？"

"那也不至于听风就是雨，狼来了故事听说过吧？"

后排笑声更多。计处长脸上青一阵紫一阵，热辣辣的。

"我想起来了，孔处长是帆船运动员出身，对吧？谈谈你的意见。"领导这时打了个圆场，将话语权交给孔处长。

孔处长说："帆船航海自古是人类挑战大自然的冒险活动，天气是其中最大的不确定因素。开帆船希望有好天气，但这个好天气并不指常人希望的风和日丽。帆船要的是风，有风才有速度，有速度船才跑得起来。

"换个角度说，现在国际环球帆船赛事历时八至十个月，行程四万海里[1]，需要横跨大西洋、太平洋，经过好望角、西风带。那些地方常年气象海况恶劣。还有六百年前，明朝郑和船队驾驶木制帆船也能航行六千海里到访非洲。

"与之相比，环中国海赛事充其量是一次十天的长航。相信参赛选手的想法和我一样，不会因为天气而退缩，反而希望能够借助气旋的扰动跑起速度来。"

会议室里众人窃窃私语，连连点头。计处长又举手发言。

"可如果遇到的是台风呢？"她自问自答地说。

"如果气旋发展到了台风的级别，影响就不止赛事区域的范围。2014年的超级台风威马逊，最初仅是西北太平洋上一个低压区，在副热带高压脊和亚热带高压脊作用下，进入南海，途经菲律宾、海南岛、北部湾。它在两周内持续爆发，以超过17级的强度多次横扫东南沿海，造成我国88人死亡、超过1100万人受灾。"

她的话再度让会议室陷入静默。大家低下头，谁也不吭声。毕竟，天气这玩意儿谁也说不准。既然连专业人员都摸不准老天爷的脾气，别人更没法保证。

---

[1] 1海里=1852米。海里是航海使用的长度单位，原指地球子午线上纬度间隔1分的长度。由于地球略呈椭球体状，不同纬度处的1分弧度略有差异，国际上统一采用1852米为标准海里长度。

3. 战舰

静默被开门声打断。两位服务员推门进来，她们绕会议桌给每个杯子添水，然后轻轻关门退出。

领导若有所思："嗯，那年台风我有印象，给咱们东南沿海造成了巨大损失。现在气象局密切跟踪的那个气旋算不算台风？"

这一问倒把计处长问住了。因为根据中国气象局"关于实施热带气旋等级国家标准"的分类，热带气旋分为热带低压、热带风暴、强热带风暴、台风、强台风和超强台风六个级别。如果按照强度划分，台风的中心风力一般为12-13级，强台风为14-15级，超强台风为16级以上。现在的气旋风力才8级，属于分类当中的第二级——热带风暴。

"呃，尚未达到台风级别，但发展趋势有可能。"

领导点点头："既然如此，那就发布正式通知吧，国庆期间开赛，组委会和气象局再仔细研究一下，根据气象情况确定具体日期。就这么定了。"

他继续说："天气情况只是我们考虑的一个方面。这次帆船比赛，是我国首次举办的国际航海大赛，不仅关系体育竞技和旅游经济，也关系国家形象，说得再大些也不为过，它关系到如何推进新时代的国家海洋战略。我们这代人面临百年未有之大变局，大变局意味着可能迎来一个大时代。

"这个大时代里，海洋战略有着举足轻重的影响。远洋航海不仅是检验国家实力和专业能力的试金石，更是培养人才和践行国家海洋战略的发动机。

"现在，能够主办环球赛事的国家都是航海大国。中国已经是世界造船大国、航运大国，却不是航海大国。我们需要尽快补齐这块短板。

"未来我们还要组织从中国起航的环球帆船赛，环中国海大赛是朝此目标迈出的第一步。确保第一步迈得好固然重要，但首先要有迈出第一步的勇气。"

计处长见领导一锤定音，不好再说什么，低头做着笔记。手边的手机微微震动，收到一条最新的信息。

"最新消息，中央气象台、日本气象厅和美国联合台风警报中心已将盘旋南海以东的热带风暴认定为强热带风暴，取名'泥猛'。台风的中心现位于台湾省花莲市东偏南方向2090公里，北纬14°9'、东经139°1'洋面，最大风力12级，中心最低气压975百帕。"

4

回 国

"愚蠢的决定！"法国籍船长琼斯曾对凌大鹏说，"你连一艘像样的船都没有。"

琼斯船长既是他的队长，也是他的老板、良师兼益友。

这个法国人从上千名专业运动员中选中他，将他带出国门见识什么是帆船航海的国际水准，教会他如何驾驭世界上最快的帆船，让他和队友们获奖无数，甚至两度捧起环球航海赛事的冠军奖杯。

凌大鹏之所以回到祖国，源于两封电子邮件。时至今日，他依然不知道当时的决定是对还是错。但琼斯船长至少有一点说对了，那就是他连一艘像样的船都没有。

"回到中国你还得从头开始。毫无疑问，你的想法愚蠢至极！"琼斯船长连连摇头。

三年前，凌大鹏随琼斯船长参加完美洲杯帆船赛[1]的一场近岸竞速赛。他们刚刚在琼斯船长的老家法国马赛战胜其他欧洲选手获得分赛段冠军。

能在故乡夺冠，琼斯船长喜笑颜开。他激动地抓着凌大鹏还在滴水的防水外套说："干得漂亮！你是我最棒的绞盘手！下一站，悉尼！"

下一站，悉尼。他当时也这么样想。

他跟随琼斯船长多年，已经有了丰富的航海经验。

按照琼斯船长的计划，凌大鹏和队友们将在他的带领下驾驶全新的增压式水翼帆船一路向前，直至夺得总冠军。

---

[1] 美洲杯帆船赛（America's Cup）是世界上最富商业价值、历史最悠久的职业帆船赛事。比赛起源于1851年的英国赛舟会，迄今已有170多年的历史。该项比赛分预赛和决赛两部分，决赛每四年举办一次。在四年期间，主办方在世界各地举办分站预选赛。预选赛后决出的4支船队参加季后赛，胜者将成为挑战者挑战上届冠军，最终获胜者赢得"美洲杯"。

4. 回国

这种水翼帆船全球不超过十艘，是世界上速度最快、技术最先进的帆船，堪称帆船界的 F1 赛车。当两侧匕首般的水翼插入水中，两个船身可以完全脱离水面仅依水翼滑行，速度能够轻松突破 55 节（大约 101 公里/小时）。那种感觉就像开着飞机在海面滑过。

顶级的赛事、优秀的队友、靓丽的比赛成绩、炫酷的赛后酒会，以及主办方为每站比赛准备的高达百万美元的奖金，都是他出国前未敢想象的。而这一切他都实现了。

所以，当凌大鹏回到马赛港酒店，换掉湿答答的防水服，又急匆匆地返回码头找到琼斯船长，提出自己的回国打算后，琼斯船长以为他疯了。

凌大鹏回到酒店，发现自己的邮箱里有两份附件内容一模一样的电子邮件。

一封是来自环球帆船联盟秘书处的普发邮件。邮件转发了来自中国组委会的邀请，欢迎他们参加即将举行的首届环中国海不间断航行国际帆船邀请赛。

另一份则来自老队友孔处长。孔处长希望他能够回国组织一支赛队参加环中国海大赛。

"我们都希望你回来组队参赛。"孔处长写道，"这将是第一次中国主办的真正意义上的国际离岸帆船长航大赛，计划采用国际标准的跨洋竞速帆船，邀请来自全球的顶级选手参加。我们十分希望其中能有一支中国籍船长率领的中国队参赛。"

凌大鹏盯着电脑思考了半个小时，然后返回码头找到琼斯船长，告诉他自己刚刚做出的最新决定。

"愚蠢的决定！"琼斯船长脱口而出。

凌大鹏静静地站在那里。

琼斯船长瞧他没什么反应，于是轻拍身旁水翼帆船的碳纤维船身："大鹏，你知道这是什么吧！"

"我知道。"他说。

"水上F1！世界上速度最快的帆船。"琼斯船长又扬手指向马赛港内的其他帆船，"还有那些帆船，都是最先进的。这里有你向往的一切。回中国干什么？"

他的话一点没错。全世界最顶尖的帆船、最顶尖的比赛，要么在欧洲，要么在美国。能够令人们想起中国的地方，恐怕只有来自中国赞助商的钱。

"在中国，你能驾驶什么？打算靠摇橹参加比赛吗？我不认为回国对你来说是个明智的选择。"琼斯船长说。

"他们希望我回去组建一支队伍。我也有这个想法。"凌大鹏说。

"如果你想当船长的话，过完这个赛季，我可以推荐你做另一艘水翼船的船长。我知道下个赛季他们需要一位新船长。我甚至还可以给你介绍船员。"琼斯船长语重心长地说。

"你是一名出色的运动员，冷静、果断、有力量，你在船上可以胜任任何岗位，只需和队员们磨合一两个月，你就能驾驶这艘高速水翼帆船参加比赛。我知道拥有自己的队伍是你的梦想，但这里才是你实现梦想的地方。"琼斯船长继续劝道，"回到中国，你得从头开始。那里连一艘像样的离岸竞速帆船都没有。"

可惜，琼斯船长最终没能说服凌大鹏。

琼斯船长于是用力地握了握他的手，说："既然说服不了你，我只能祝福你。"

"大鹏，如果国内混得不好，回来继续当我的绞盘手。"琼斯船长道别时说。

人生或许就是这样。有些决定，当你做选择的时候，不会想到现实

4. 回国

与梦想之间的距离，不会想到实现目标所需要的时间，更不会预料到后面还会有更多不知对错却不得不做的抉择。而往往就是这一系列的抉择，逐渐让未来的方向发生偏转。

当凌大鹏从巴黎戴高乐机场起飞，透过舷窗看着地面上停着的飞机越变越小时，他的老队友孔处长也陪着环球帆船联盟的孙理事从英吉利海峡对岸的伦敦机场启程回国。

孙理事和孔处长刚参加完环球帆船联盟理事会的年度会议，他们从英国著名的海港城市普利茅斯取道伦敦返回国内汇报情况。

在刚刚结束的理事会上，两人经过努力终于说服联盟理事同意支持中国举办环中国海帆船赛。

"只能算实现了我们的低案目标。"孙理事若有所思道。

他看着笔直的跑道和曲折的泰晤士河划过舷窗，飞机开始穿越斯堪的纳维亚半岛南面的蓝色北海。

孙理事从来没在海上乘过帆船，他只在海外当过大使。后来被派驻到国际组织任职，机缘巧合参与了中国帆船协会申请加入环球帆船联盟的工作，这才与帆船结缘。待他退休后，恰逢环球帆船联盟理事会增补席位，于是被推荐去了联盟理事会。

按照他几十年从事外交工作的习惯，谈判必有预案。他在谈判前会分析各方立场，设计了以高中低三个不同等级诉求为目标的谈判方案。这次他虽然争取到了联盟理事会对中国举办一次环中国海不间断航行帆船赛的支持，联盟秘书处也将出面邀请会员参赛，却并没有说服理事会同意支持中国举办不间断环球帆船大赛的高案目标。所以他认为谈判的结果不算理想。

"毕竟环球航行四万海里，我们不可能一口吃个胖子。总归迈出了第一步。"孔处长说。

"嗯，饭要一口一口吃，路要一步一步走。我们不能为了冒险而冒险。"孙理事点头道。

理事会不少成员向孙理事表示，中国帆协至今连一场跨洋国际帆船赛事的主办经验都没有就贸然发起环球帆船赛事，且还是不间断航行，过于冒进了。他们就算私下和中国的关系再好也难以支持。

"还是先从航程短些的比赛起步比较好。一个舵手千万别等到大海上才发现控制不了船。"临行前，老约翰爵士对心有不甘的两人说。

花白头发的老约翰爵士一直是理事会召集人，环帆联理事会成员里数他资历最深。他在年轻的时候曾单枪匹马驾驶一叶孤帆两度环绕地球航行，创下迄今无人能敌的不间断航海世界纪录。也正是在他的推动下，中国帆协和许多新兴国家的帆船协会加入了环球帆船联盟。

环球帆船联盟历史悠久，是世界上规模最大、最权威的国际帆船组织。它有着两百年的历史，将全球一百多个国家的主流帆船协会吸纳成为其成员。全球知名的船舶制造商和赛事承办机构都是其企业会员，所有具备跨洋和环球航海专业资质的船长都是其个人会员。

环球帆船联盟负责指导开展各类帆船运动，负责制定、颁布、监督和解释帆船比赛规则，处理全世界各级别项目间的矛盾，决定国际帆船竞赛的竞赛资格，审查、研究、调查有关帆船运动的各种问题并制定航行规则。

它是现代国际帆船运动背后最重要的推手，也是世界公认的航海赛事和专业技术权威，要想让中国的帆船航海事业走向世界，让国际同行认可中国主办的赛事，就离不开它的支持。

环球帆船联盟虽然是一个非政府国际组织，享有广泛的代表性，但它的代表性却不均衡，尤其是作为最高决策机构的联盟理事会。

自从两百年前在普利茅斯那个烟熏火燎的小酒馆里创立伊始，理事会的控制权一直把持在几个欧洲老牌航海协会的手中。随着欧洲航海帝国势力范围的不断扩张以及新世界的崛起,环球帆船联盟的规模逐渐扩大。时至今日,扩编后的理事会格局为,三分之二席位由欧美航海强国的协会分享,来自亚非拉国家的协会通过区域内竞选的方式争夺剩余三分之一的理事会席位。

说到底,环球帆船联盟是一个"基于实力的地位"的机构,所谓的代表性取决于各国帆船航海竞技能力的强弱。

就在刚刚结束的理事会年会上,当代表中国帆协参会的孔处长提出中国计划主办环球帆船赛事的提议后,理事会陷入激烈讨论。一些理事表示支持,另一些则提出质疑,还有一些表示反对。

理事会内部存在不同声音是孙理事意料之中的事。他知道,理事们各有各的考虑,各自代表各自背后的国家。

除了地位决定理事们的态度,另一个影响他们态度的重要因素是利益。据统计,帆船运动在全球约有每年30亿人次的观众规模。商业市场规模相对稳定,不同比赛和项目之间存在竞争关系。赞助商不可能赞助所有的比赛,运动员也不可能参加所有的比赛,观众更不可能观看所有的比赛。

所以,理事会需要通过设定规则来平衡各方利益,通过基于规则的秩序切分蛋糕。这也是它作为权威机构最现实的存在意义。

中国有3.2万公里长的海岸线[1]和14亿人口。漫长的海岸线加之庞大的、几乎未开垦的市场,对于帆船运动而言是一块巨大蛋糕。从商业角度来看,联盟理事会成员以及他们背后的利益集团不可能忽视,更没理由拒绝。

对于他们而言,中国是海一样的潜在增量市场。孔处长和孙理事最大的底气就源自于此。

---

[1] 中国的海岸线总长约3.2万公里,大陆海岸线约1.8万公里,岛屿海岸线约1.4万公里。

不过，假如有的人只想着如何切分眼前的蛋糕，而没有着眼将蛋糕做大时，那么为了利益的矛盾就会以各种形式出现。

理事会争论的一个焦点是赛事保障。一些理事提出，中国帆协没有主办帆船航海赛事的经验，担心比赛得不到有力的后勤保障。

也有理事支持孔处长的观点，认为中国成功举办了2008年夏季奥运会和2022年冬季奥运会，完全具备大规模赛事的保障能力。

"奥运会规模虽大，但那是岸上的比赛。"

"奥运会也有帆船项目。"

"现在讨论的是不间断航行的离岸赛事，可不是日间场地赛。两者对后勤和安全的保障要求根本不在一个等级上。你们缺乏这方面的经验。"

经验永远是后来者的劣势。孙理事清楚，一旦开始试图证明自己有经验，便落入了对方设置的话语陷阱。他轻轻按下将要举手反驳的孔处长的手臂。

"'不循规蹈矩，勇于尝试新航线'是环帆联的精神吧？只凭经验论道有违联盟的百年宗旨。况且，章程也规定了'积极倡导并支持各成员国协会通过承办赛事推广帆船航海运动'。"孙理事慢条斯理地将关于主办经验的话题打住。

"中国连一支像样的跨洋帆船航海队伍也没有。"又一位反对者发言。

这话让孙理事和孔处长黯然。因为事实的确如此。偌大一个中国，迄今还未组建一支具备国际水准的跨洋帆船航海队。

"他们完全可以花钱雇人参加，商业赛事无所谓。"另一位理事的发言替两人解了围。

因为根据环球帆船联盟的规则和一些国际大赛的惯例，像中国这样的发展中国家，可以选择聘请非本国籍选手代为参赛。所以，有没有本国的参赛队伍并不妨碍中国主办比赛。

虽不违反规则，但两人听着却不是个滋味。替国内物色外籍船长和水手组队参赛的事儿他们可没少干。近年来，随着国内这方面需求的增加，外籍船长开出的价码水涨船高。

"中国人有钱……"底下窃窃私语，不时传来几声笑。

两人的脸上一阵青、一阵红。

"让中国人来主办商业比赛，这没什么问题。"又一位理事发言。

孔处长还指望他说两句好话，但他话锋一转："中国主办的比赛总是政府主导，有违联盟的市场化原则。他们无须联盟的认证，联盟理事会也不应表态支持。让他们自己干就是了。"

孔处长当然知道我们可以自己干，但没有环球帆船联盟在国际上强大的号召力和积攒百年的技术沉淀，主办国际长航大赛的难度可想而知。且不说难以吸引国际顶尖选手参与，恐怕连比赛所需的船只都凑不齐。到头来很可能将比赛搞成小孩子过家家，除了自己没人当真。

正因为有这样的共识，孔处长和孙理事出国前向国家体育总局的领导表示，要办国际赛事就一定要获得环球帆船联盟的支持。

孙理事和孔处长很清楚，获得联盟认可与支持，这对中国的帆船运动和航海事业的发展具有莫大的价值。而要想获得联盟的认可与支持，就必须认真对待理事会成员的意见和诉求。

"既然中国政府愿意出钱扶持帆船运动，有何不可？"有理事对前面的发言不以为意。

"这都是政府行为，对其他运动员不公平。"

"那好办，理事会可以同意他们主办赛事，将钱花在有利于这项运动的事上，但不能允许他们派有官职的运动员参加比赛。"

……

理事会最终在主持会议的老约翰爵士斡旋下，通过表决同意支持孔处长提出的第三方案，即赞成中国帆协举办比赛，但航程压缩，举办一次环中国海不间断航行帆船赛，同时，要求报名参赛的队伍全部为非政府补贴的本国运动员，以示公允。

但就在理事会表决的当口，又冒出一个幺蛾子。一位亚洲籍理事认为将比赛航程描述为"环中国海"不恰当。

"'环'在中文里代表一个闭合的圈，中国又不是一个岛国，不存在'环中国海'的概念，比赛的线路没有构成一个闭环。所以不应该使用'环'字。"

这位小林理事主张比赛的名称应该改为"中国近岸帆船赛"。

不过，理事会里除了他和孙理事，再没别人懂中文。所以小林理事咬文嚼字的异议并未获得其他人的响应。"中国人自己的文字，干你什么事？"老约翰爵士没好气地将小林理事怼回去。

表决程序一过，方案便通过了。孙理事和孔处长终于松了一口气。

此时，飞机已经飞越海峡。机身下方的层积云漫无边际，如一床新弹的棉花将陆地覆盖起来。

孙理事也同意孔处长的观点，能够获得环帆联的支持，谈判就算成功。但他仍对决议里那条要求所有报名参赛的队伍为非政府补贴的本国运动员的限定耿耿于怀。

"这条明摆着是针对中国运动员的。"他对孔处长说。

"无所谓。"孔处长将腰间的安全带松了松，释然地回答。

运动员出身的孔处长对理事会为了限制中国运动员而设立的附加条件表示无所谓，是因为十几年来他根本没能从主管部门申请到用于支持大帆船运动员培养计划的项目经费。

主管部门否决的理由很简单：大帆船运动不属于奥运会项目。

既然大帆船运动不是奥运项目，就只能走市场化路线。

现行政策支持的米级帆船属于日间航行的短途竞速赛，大帆船属于跨洋巡航拉力赛。两者在帆船吨位、航行距离、操控难度上不具备可比性。

前者仅仅需要一两个人就能完成操作，每场比赛的距离不超过20海里，使用的船体重量在几十至几百公斤。其中最重的男子双人龙骨帆船，全长不超过7米，船身重量660公斤，比赛通常选在风和日丽的天气举行。

而跨洋长航所使用的大帆船长度都在20米以上，重量超过30吨，配备各种复杂的助航设备，船上操控的人数在数人至数十人间不等，航程更在数千乃至数万海里，途中必然经历风雨雷电等恶劣天气。

孔处长和一些大帆船运动支持者认为，中国的帆船运动不能局限在米级帆船，更不能将目光局限在几块奥运金牌上，而应放眼推动发展更大船型、更广阔的海域、更具难度的离岸远洋国际赛事。

反对者则认为，应当将有限的资金投入到能够获得最大效益的地方，那自然就是万众瞩目的奥运会项目。

"想要推动大帆船运动，你们先把它搞成奥运会项目再说。"一位负责编制财政预算的部门领导曾告诉他。

这位部门领导随后又说："话说回来，大帆船不是我们国家的强项，就算搞成奥运会项目，我们也拿不到金牌。给别人作嫁衣的事情，我们为什么要搞？"

这样的逻辑实在是让人无语。需要支持的缘由是落后，而提供支持的前提却又不能是落后。年复一年，这成了孔处长游说主管部门的"闭环"。

所以，当理事会反对列入政府编制的运动员参赛的意见占上风的时候，孔处长连一丝挣扎和反对的意思都没有表现出来。

"你放心，在咱们总局的名单里根本找不出一个有能力驾驶大帆船参加跨洋巡航比赛的职业运动员。"孔处长耸耸肩对孙理事解释道。

孙理事看着舷窗外的白云，似懂非懂。

但这样一来，回去的任务又增加一项：寻找非现役的中国籍帆船运动员，特别是船长。孔处长于是想起了在英吉利海峡对岸那位正挥汗如雨地疯狂摇转绞盘的老队友。

9月30日下午5点，三亚国际游艇港。

等了足足一天的凌大鹏和吕团长终于熬到孔处长的会开完。

孔处长听了情况，二话不说领着两人去组委会各部门拜码头。

"这位是凌船长，你们见过吧？肯定见过，他以前是咱们国家队的杠把子。"

"凌船长可是奔着比赛冠军来的。他的队伍清一色都是中国运动员，代表咱中国。一定得支持哈。"

"没错没错，凌大鹏就是咱国家让他来组队参赛的。"

"他们费用还没交齐？也许是银行国庆节要放假耽搁了吧。这赖不着老凌。他只懂得开船，哪里懂银行的业务！回头让他找银行再问问。可咱也别拿截止日期为难人家。"

"资格审核？两届环球赛冠军，要说他没资格，国内恐怕再没别人了。咱别因为延期付款这点事儿把咱中国的队伍给卡了，那岂不成了胳膊肘向外拐的民族罪人？"

竞赛组委会是个临时性的机构，由主管相关业务的职能部门派人组建而成。虽然有上下级之分，但临时组建的机构内部本质上谁也管不了谁，相互之间更多的是协作关系。所以孔处长也得觍着脸求人。

孔处长为了老队友的事可谓是不遗余力，甚至连民族大义都搬出来。话说到这份儿上，组委会几个捏着图章的部门负责人也不好意思再为难他们。

4. 回国

经过一番疏通，凌大鹏终于得以在尚未结清参赛费用的情况下办完了动能帆船航海队的参赛手续。

他们虽然避免了被取消参赛资格的困境，但由于租船费、保险费和押金没有结清，仍然无法开走那艘朝思暮想的维克多帆船。孔处长可以帮他刷脸疏通关系，但涉及钱他就无能为力了。维克多帆船的造价高昂，动用它参赛所需的费用不是小数。就算孔处长面子再大，也不管用。

但他向老朋友透露了一个重要信息：比赛可能在国庆假期的最后一天开始。"你们还有时间筹集资金。"孔处长送行时宽慰道。

他目送载着凌大鹏和吕团长的汽车绕过棕榈树围成的环岛，一溜烟上了高速。

傍晚，汽车顶着沉沉暮色驶出海南岛东侧的环岛高速，径直朝万泉河入海口方向的动能帆船培训基地开去。

培训基地办公室里只有一个人在忙碌：负责队里商务接洽的吴冉。她这一整天都忙着打电话、发邮件。此刻，她仍飞快地敲击键盘，发出噼啪的声音。

凌大鹏进门时从她近乎麻木的面部表情上已经知道，没有什么让人振奋的消息。他知道，现在去联系那些厂商寻求赞助，完全属于临时抱佛脚。

于是他回到自己的座位，打开桌上的电脑，登录了一个电子银行，输入账户和密码，犹豫再三，按下回车键。电脑屏幕上的数字瞬间由六位缩减成了四位。

他叹口气说："你一会儿查下公司账户，我打进去一笔款。这样，咱们接船的费用差不多够了。还有什么缺口你再算算，回头告诉我。"

吴冉应了一声，目光仍然停留在自己屏幕上。

"账上的钱如果够数,就明天一早打给组委会,记着提醒对方查收。"说完凌大鹏关掉电源。

他一天没顾上吃饭,早已饿得前胸贴后背。他正起身准备离开,吴冉叫住他说:"楠楠和嫂子已经到了。"

楠楠?凌大鹏顿时感觉脑瓜子嗡的一声。他一拍脑门,自己竟把今天该去海口机场接老婆孩子的事情忘得干干净净!

"她们到哪里了?还在机场吗?"他急忙摸出手机,屏幕上显示有12个未接电话。

"她们下飞机联系不上你,就自己坐高铁到博鳌。嫂子后来给我打的电话。我已经接她们去吃了饭,送回你家休息了。"

"哦,谢谢。"他三步并作两步向外走。

出门时他突然想起兜里的名片,那是孔处长道别时塞给他的一张当地老板的名片,说对方兴许能帮上忙。

凌大鹏摸出那张红彤彤的名片递给吴冉:"这个人你联系一下,看看对方有没有可能赞助咱们。"

未等吴冉回答,他便飞快地冲出办公室。

吕团长恰好进门,差点与夺门而出的凌大鹏撞个满怀。吕团长的两只手颤颤巍巍地各端了一碗冒热气的泡面。

他朝着路灯下远去的背影喊:"嘿,你的泡面!"

凌大鹏直到打开房门的那一刻也没想好如何解释自己的疏忽。

他知道任何借口都会显得无比苍白,因为这已经不是他第一次把家人的事抛到脑后。

房间里的电视机开着,女儿和妈妈相互依偎坐在沙发里。两人的目光没有因为他的出现而离开屏幕。显然,她们不想同他说话。

电视屏幕里的主播正在字正腔圆地播报晚间新闻。

4. 回国

国防部新闻发言人今天表示，近日，中国人民解放军海军编队已按计划通过对马海峡，进入日本海海域。编队将继续前往太平洋地区巡航，并按计划举行演习和训练任务……

"楠楠，来啦。吃饭了吗？"凌大鹏关上门主动打招呼，想打破这尴尬的重逢。

"别打岔，打扰我们看电视。海军编队又出第一岛链了。"女儿头也不抬地回应。

凌大鹏明显感到女儿长大了。她坐着的个头已经和妈妈齐平，嘴里竟还蹦出"第一岛链"之类的词。

"你还想得起我们娘俩？"妻子瞥他一眼，余怒未消。

"哦，我从三亚往回赶，路上抛锚了。"

凌大鹏没料到自己的谎话张口就来，脑海里瞬间又想起孔处长。只半天工夫，自己竟学会了老队友的本事？

"手机也会抛锚？"妻子冷冷地说。

电视里的晚间新闻结束，她起身关掉电视，开始收拾床铺。

"楠楠跟我睡，你睡沙发！"妻子将一条薄薄的毯子甩到沙发上，说话的语气坚定而决绝。

凌大鹏自知理亏，没敢吭声。

"楠楠，快洗洗睡吧，时间不早了。"妻子对女儿说话态度却完全不一样。

女儿听话地从沙发里站起身，穿着老爸的拖鞋一趿一趿地走进卫生间。她关门的时候回头朝父亲扮了个同情的鬼脸，说："汽车修好了吗？"

"呃，修好了……"凌大鹏心虚地应道。

女儿总是会很快原谅自己的父亲，她比母亲更愿意相信什么汽车半路抛锚之类老得掉渣的笨拙理由。

凌向楠将头探出卫生间。她一边刷牙一边说:"爸爸,你开帆船是不是得过世界冠军?"

"呃,算是吧。"凌大鹏一愣,不知从何说起,因为那两次冠军是他在法国赛队获得的。

"什么叫算是吧?是就是,不是就不是。"

"呃,那些都是集体荣誉。"

模棱两可的回答让女儿有些失望。

她洗漱完毕,爬上床回到母亲身边,又问父亲:"那你说,到底是帆船快,还是游艇快?还有啊,帆船是不是只能朝风刮的方向前进?"

凌大鹏很奇怪女儿为什么突然会对自己的职业产生兴趣。

他想想说:"时间不早,先睡吧。明天,我带你到帆船基地,应该可以解答这些问题。"

熄灯后没一会儿,房间里响起轻微的呼吸声。

窗帘缝隙透入黄色的路灯灯光,勾勒出熟睡中母女俩的侧影。淡淡的光带随呼吸起伏,散发着柔美的光辉。遥远的海浪拍打岸边,秋风吹过椰子树沙沙作响,舒缓而有节奏的交响乐在耳边回荡。

家里从未像今晚这般热闹,凌大鹏心想。

这才是家的感觉。

5 出海

清晨，凌大鹏带女儿来到动能帆船培训基地的码头。

凌向楠记得小时候也曾经跟着爸爸到码头看过帆船，但具体细节早已不记得了。这回可完全不一样，她是带着老师布置的任务来的。她可不想回去后再被同学们嘲笑一问三不知。何况，同学们都已经知道她有一位当世界冠军的爸爸。所以她非常认真，准备记下看到的一切。

她跟着父亲沿着火山石铺成的步行道路走过一块写着"动能帆船"字样的招牌，面朝大海的办公室玻璃门上方，一幅蔚蓝色的口号标语映入眼帘：跟着世界冠军去航海！

世界冠军？是爸爸吗？凌向楠还未来得及细想，一进门便见到了吕团长。她瞬间回想起自己小时候曾被吕团长高高举起，抛向空中、又稳稳接住的感觉。

"伯伯好！"她亲切地喊。

"哟，咱闺女又长高啦！"吕团长热情回应。

此刻的办公室里聚满了人，都是动能帆船航海队的成员。他们已经知道队长昨天在三亚办完参赛手续的消息，一个个兴奋之情溢于言表。

凌向楠瞧见满屋子的人，一时不知如何称呼他们，索性一律喊对方"叔叔"。

"叔叔好！叔叔好！……"她一个个地同他们打招呼。

其实，动能队队员们的年龄比她大不了多少。像大鲨鱼、建兴、华强他们几个才二十出头，年纪最小的超越刚过了十八岁生日，队里年长些的李响和远志也不过二十三四岁。

年轻的"叔叔"们被懂礼貌的凌向楠喊得不知所措，哼哼哈哈地顾左右而言他。超越头一回遇上有人喊他叔叔，尴尬至极。

"哎——"只有李响仗着自己比其他人多吃几克盐大声应允，然后一脸得意地朝其他人笑。

"李响，"凌大鹏点他的名，"你带楠楠到码头转转，她有不少专业问题想问你。"

"得令！闺女，跟叔叔走。"李响摇头摆尾、神气活现地带凌向楠走出玻璃门。

凌大鹏今天的工作内容相当多，除了给大家开会，还需要静下心来筹划全队去三亚的行程物资，想好如何安抚被推掉的对外培训业务的合作伙伴，提前落实他离开期间省队的用船需求，还有调整原本安排好的船只上排保养计划……

但所有这些事项中最重要，也是最让他发愁的依旧是筹措资金的问题。不过，这次吕团长倒是带来一个令人开心的消息。

吕团长刚刚给队里接了一个赚快钱的活儿。准确地说，是给凌大鹏找了一件能赚快钱的事儿做。虽然赚的钱还不能从根本上解决经费短缺的问题，但这件事的难度对于凌大鹏而言可以说不费吹灰之力。

"看见那艘游艇了吗？"吕团长勾起手指敲敲面朝大海的玻璃门。

凌大鹏朝他手指的方向看去，是港池里最大的那艘三层豪华大游艇。银灰色的船体用金色包边，散发着土豪的气息。它就停在自己的飞虎对面的泊位里，队里都管它叫土豪金。

"土豪金？那艘船趴了有半年了吧？"凌大鹏问。

"整整十个月。"吕团长纠正道。

"十个月？"凌大鹏诧异吕团长今天的记性怎么这么好。

记得土豪金的船东是个房地产公司的老板，自己和他曾有过一面之缘。自这个庞然大物开进港湾，它就几乎没挪过窝。

船东雇了一位荷兰船长替他打点土豪金，但多数时间只看见荷兰船长在船舷边钓鱼或者在甲板上晒太阳。春节过后他再没露面，只有三两个水手每个月过来打扫打扫船上的卫生。

凌大鹏觉得这船一直停着怪可惜的。或许身为土豪的船东已经忘记他还有一艘土豪金的游艇停在这儿。

"荷兰人回国休假再没回来。"吕团长说。

船东想在国庆期间将船开到海上搞一个派对，他正发愁没人替他开船。

昨天晚上，船东来码头看船，撞见蹲在浮桥上埋头吃泡面的吕团长，于是向他诉苦。结果吕团长当场就把自己的老搭档给卖了。

"价钱相当合适，而且就开一天。"吕团长对凌大鹏说。

"他自己不也有A1E的执照吗，怎么不开？"凌大鹏皱眉道。

持有中国海事局颁发的A1E游艇驾照的人，应当具备驾驶65尺以上游艇的能力。

"你又不是不知道，"吕团长笑道，"这些老板哪个真正会开船？也就是在海上兜兜风。进出港、靠泊，还有外海的锚泊，哪样他们亲自干过？不都得别人伺候？何况土豪金有108英尺长。"

"那你怎么不去替他开？"

"我开不如你开叫得上价嘛。"

见凌大鹏不答话，吕团长开启忽悠模式："谁不知道整个博鳌就数你开船技术最好，能把船开成飞机。不找你这样的老司机，他还想找谁？"

"他说给咱这个数。"他神秘兮兮地伸出几根手指，年轻的队员们都瞪大了眼睛。

"我没同意。"

吕团长说话大喘气，一直屏住呼吸听他讲话的年轻人忍不住催促起来。

"我说，要请世界冠军替你开船起码得这个数，"他伸出另一只手，又添上几根手指。

"结果你猜怎么着?"他说。

"怎么着了?"众人齐问。

"他想都没想就同意了!这不,咱全队去三亚的住宿费有着落了啦!"

吕团长两只手上下猛地合上,发出一记响亮的声音。凌大鹏却仍然没有松口。

"老凌,别抹不开面子,谁跟钱过不去啊。"吕团长拍拍他肩膀劝道。

几个年轻人见状也坐不住了。

"就是嘛,队长。"队员们也一起忽悠,可劲儿地怂恿他。

"钱都出到这份儿上了,您就从了吧。"

"队长要是不从,我们就把队长绑了八抬大轿送过去。"

"为了大家的幸福,您就牺牲一回吧。"

凌大鹏当然清楚他们的心思。除了队里的飞虎,这些年轻人还没机会驾驶更大的帆船。三亚之行将是他们走得最远的一次航程,维克多帆船对他们而言充满无尽诱惑。

这帮兔崽子,真是什么都敢"出卖",凌大鹏心想。也罢,他叹口气说:"那好吧,就开一天。"

"队长万岁!"

办公室里掌声和欢呼声雷动,玻璃似乎都跟着晃动起来。

"不过我有言在先,"凌大鹏见状也提出他的条件,"从现在开始,你们要加紧训练,绝不能偷懒。拿回来的设备资料一定要仔细学习,还有比赛规则和航区资料要记住了。一切以比赛为重,任何事情绝不能妨碍我们准备比赛。"

不用说,队员们纷纷拍胸脯做保证。

吕团长收起罗圈腿,刷地立正敬礼,然后一溜烟朝码头跑去。他生怕那个土豪金的生意被别人抢走了。

"都说开帆船最关心风从哪里来。"凌大鹏看着他的身影感叹,"我看,最关心的应是钱从哪里来。"

凌向楠跟着李响走在混凝土箱体构筑的浮动码头上。

清晨的水雾尚未散尽,似一层薄纱笼罩海面。太阳已经升起,照常用阳光一点点打扫着海面上的渺渺晨雾。

浮桥由一连串几何形状的箱体构成。它们如坦克履带相互咬合,一直延伸至泊位尽头,箱体上面铺设有一层防滑的栈道木。人走在上面微微晃动,咚咚作响。栈桥两侧每隔几米有一座半人多高的水电桩,黄色电缆像一根脐带一样为停靠在泊位里的游艇输送养料。

泊位里的游艇和帆船都被前后交叉的缆绳牢牢地拴在羊角桩上。船舷与码头之间挂着防止碰撞用的白色或者黑色的浮球,时不时发出类似气球与气球相互摩擦的声音。

"我得纠正你对帆船的误解。"李响一边走一边说,"帆船也是游艇的一种,只不过它和你所理解的游艇相比动力不同。"

"帆船也算游艇?"凌向楠以为他在逗她。

"根据中国船级社的游艇制造规范,帆船指的就是以风力为主要推进动力的游艇。国内也把它纳入游艇管理。在国外,长度超过50英尺的大帆船就被划入豪华游艇的范畴。"

见他说的头头是道,凌向楠觉得应该不是胡扯。

"你可别以为我们开帆船,比那些开游艇的低人一等。他们的船我们照样能开,可我们的船他们未必开得了。"

李响笃定且自信的语气像极了初入学校的青年教师。

"那到底是帆船快,还是游艇快?我指的是,拿帆船和烧油的游艇比。"

"这个嘛,要看具体什么船型,还有海上的风、浪、洋流、潮汐等因素,比较复杂。最关键要看驾驶技术。"

"比方说就这艘船。"她抬手指指白色飞虎,又指指另一艘豪华游艇,"如果你开这艘,和那艘比呢?天气嘛,就现在这样。"

"要是我,"李响用手搭起凉棚,眯眼看着阳光照来的方向说,"现在的风,大概能开八九节,差不多每小时十五六公里的样子。至于那个游艇嘛,能开到 20 节以上。"

"哦,看起来还是游艇跑起来更快。"凌向楠神色失望。

"那也未必。有些帆船跑起来比游艇还快。"李响不同意她的结论,"你爸爸开过的高速水翼帆船,最快速度超过 55 节,每小时 100 多公里,可以将这些游艇远远抛在后面。"

"每小时 100 公里?那不赶上高速公路上的汽车啦?"

凌向楠没想到水里跑的帆船竟也能开出岸上汽车的速度。帆船和游艇的较量,帆船扳回一分。

"对呀。这艘飞虎,到了 30 海里以外有大风的地方,我也能开到 20 节。"李响说,"如果你拿帆船和游艇对比,它还有一个绝对优势。"

"什么优势?"

"使用机械动力的游艇必须依靠石化燃料推动。一旦没有燃料,它就趴窝了。既不经济,也不环保。"他说,"帆船可不一样,只要有风就能跑,除了进出港偶尔需要开发动机,其他阶段不需要燃料,没有碳排放,对环境非常友好。"

"嗯,那倒是,"凌向楠自言自语,"这么说来,帆船比游艇更胜一筹。"

无论柴油还是汽油,都和煤一样属于化石燃料,燃烧时会产生二氧化硫、一氧化碳等对地球环境造成污染的物质。如果将环境因素考虑进去,那么运用风做动力的帆船显然比烧油的游艇更好。她暗暗记下这个重要的论据。

李响走到飞虎旁,解开系在护栏上的一件黄黑相间的救生衣,递给凌向楠。

"走,叔叔带你去吹吹风!"

"现在?"

"对!就现在。"

凌向楠看着船晃晃悠悠,担心自己晕船,还担心自己掉进海里。但想到老师布置的问题还没完全弄明白,她心一横,踩着船舷翻过护栏。

李响松开羊角桩上的缆绳,将其拢在一起抛上甲板,自己顺势推了一把船身,然后翻身越过船舷护栏跳上甲板。

于是,毫无心理准备的凌向楠就这样开启了平生第一次帆船航行。

李响打开引擎舱盖,将发动机降低至螺旋桨完全浸入水中的位置。启动引擎,倒挡低速退出泊位,而后空挡、怠速,调整船头对准航道。

只三五分钟,飞虎已经驶出防波堤出入口,来到开阔水域。

"发动机也就进出港时需要。不开发动机也能行,就是稍慢一些,得看风。"李响一边看风一边将船头对准西南方向。

他将发动机熄火,停了船跑到船头开始摆弄船帆。

"前面那个三角形的帆叫前帆,由前帆缭手通过左右两边的缭绳控制帆面角度。中间这面大的扇形帆叫主帆,由主帆缭手通过主帆缭绳和滑轨控制角度。后边是舵手的位置,用舵柄控制船底舵叶的方向。"

李响一边拉升帆索一边解释。两面纵向排列的船帆徐徐升起。凌向楠瞧他跑前跑后,忙得不亦乐乎。

"这船应该几个人开?"她问。

"一般四五个人。"李响回答。

"四五个人?"凌向楠开始感到后悔。

"前甲板、中舱、缭手、舵手……所有岗位都算上,五个人够了。"

他说。

待捯饬完前甲板的帆,船已经开始凭借风自己航行了起来。李响连蹦带跳回到船艉,一手抓住缭绳,一手扳动 L 型的舵柄。

操纵飞虎,李响显得得心应手、游刃有余,但越听他讲凌向楠就越不安。

"现在,就你一个人开能行吗?"

"不是还有你呢吗?"李响笑着说。

凌向楠顿时知道什么是被人骗上贼船的感觉。

飞虎的船帆升起后,帆面张开立即兜住了风,发出哗啦哗啦的声音。随着缭绳收紧,甲板开始向一侧倾斜。溅起的水花向后飞舞,流线型的船体加速移动。狭长的船艏撞开两道浪以后,开始劈波斩浪向前行驶。

凌向楠起初担心自己站不稳,她有些紧张地抓住纤细的船舷护栏。但没过多久,她感觉自己能够根据船体压过波浪的节奏,预判下一秒的颠簸方向和起伏程度,渐渐放松了下来。

风和帆在空中互动。李响通过调整帆面,控制舵的方向,使两者之间保持一种动态的平衡。船帆升起时哗啦啦的抖动渐渐消失。

"你来掌舵。"李响将折叠的舵柄打开递过去。

"我?"凌向楠迟疑地接过舵柄。

"稳住就行。"

李响腾出手来,将甲板上散落的升帆索捆成整齐的一卷,扎紧丢入舱内,又将左右缭绳收拾好,这才不紧不慢地接过舵柄,坐回舵手的位置。

飞虎在他手里开始飞快地跑起来。甲板越来越倾斜,桅杆的倾斜角渐渐超过 45°。在风持续压力下,帆面贴近水面。

"怎么样,刺激吗?"李响大声问。

"刺激!"凌向楠刚开始那股子紧张早已被新鲜和刺激的感觉取而代之。她将两条腿挂在船舷外侧,不一会脚面泡进水里,嗖嗖嗖地划过海浪。

"到船的另一侧,换个方向,用身体压舷!"李响大声说。

凌向楠大概明白他的意思。她猫下身子,手脚并用爬过近乎垂直的甲板,来到船的另一侧,将两腿搭在船舷外,身体压在护栏上。她感觉帆船倾斜的角度回来一些。

"船会翻吗?"她问。

"帆船,帆船,当然会翻啦。"李响拿她寻开心,然后又宽慰道,"放心吧,翻不了的。"

他解释道:"这是艘龙骨帆船,船的底部安装了龙骨,就是一块纺锤形状的金属重物,能够起到压舱的作用,在水中施加和风相反的作用力,确保船不会倾覆。"

"龙骨?龙的脊骨!这名字,我喜欢!"凌向楠欢快地喊。

随着舵手操控角度的变化,帆船的倾斜角再次加大,船速继续增加。

"楠楠,风从哪里来?"李响问。

风卷起浪花从前方扑向她的脸,头顶的帆面向船的右后方鼓起。她指向前方:"风从前面来!"

"你感受到的风叫作视风。它是真风与船舶行进运动造成的风相结合形成的风。真风的方向与视风的方向并不一定相同。那你觉得,我们现在是顺风前进,还是迎风前进?"

凌向楠一听这话猛然意识到,飞虎竟然在逆风航行!

啊,这真太有趣了!

尽管她还没搞明白,帆船怎么可以迎风逆行,但此刻的她相信,其中的奥秘必将颠覆班里所有人的认知。

白色的飞虎犹如一只海燕，载着凌向楠轻盈掠过波浪。它时而直冲向前，时而快速折返，时而用尾迹画出巨大的0，时而沿着8字绕行，自由自在地航行在海面上。

飞虎返回港口时，李响没有发动引擎。或许是为了节约燃油，也可能想展示自己的技术，他降下一面帆，依靠余风带动另一面帆，将船徐徐开回码头。

"你能教我开帆船吗，李响老师？"凌向楠突然问他。

突然由"叔叔"又变成"老师"，李响尴尬了。他有些不自信地说："你想学帆船？找你爸不就行了？"

"我爸？他总那么忙，都没时间搭理我。"凌向楠撅起嘴，"我就是想知道，怎么才能像你刚才那样，让风儿拐弯。"

她已经打定主意。如果自己学会开帆船，那么就可以更加理直气壮地给同学们讲为什么帆船可以迎风航行。

李响想了想说："你倒是可以学学单人操控的稳向板型帆船，它对理解风和帆的关系很有帮助。而且，正好适合你的年龄。"

"不过，OP级对你来说有点小，激光雷迪尔正合适！"

"激光雷迪尔？又是什么？"

"激光雷迪尔是激光级帆船的一种，属于稳向板型帆船。它和我们开的龙骨型帆船不同。稳向板型帆船的底部没有龙骨，而是通过一块可以升降高度的稳向板保持重心稳定。激光雷迪尔上面只有一面三角帆和一个舵，控帆、操舵、压舷都由舵手一人完成。它只有四米多长，非常适合你。"

"啊，才四米多长？"凌向楠觉得这个尺寸比刚才坐的飞虎小很多。

"别瞧它小，它可是正式的奥运会比赛项目。2012年我国女子帆船运动员徐莉佳在伦敦奥运会的帆船激光雷迪尔级比赛中摘得金牌。那可是中国乃至亚洲的首枚奥运帆船金牌。"

不一会儿,李响开摩托艇拖来一条乳白色的小帆船。

凌向楠从第一眼看到就喜欢上了它。激光雷迪尔流线型的设计非常完美,简洁的船体和帆型洋溢着青春活力。

"来,上船,我先教你如何将船翻过来!"李响让凌向楠爬上激光雷迪尔,推动油门拖着小船开到距离码头不远的水面。

凌向楠又开眼了,学习开帆船的第一步,竟然是学习如何把船弄翻。帆船,翻船,听起来还蛮有道理的。

李响解释说:"激光级船型重量轻、速度快,对风的响应非常灵敏。它没有龙骨,所以新手操作容易翻覆。但这不是什么大问题。既然船体轻盈,只要掌握一定的技巧,反转回来并不困难。而学习如何仅凭驾驶者自身的体重将船底朝天的帆船反转过来的训练,就叫作翻覆扶正训练。

"翻覆训练的第一步,当然就是把船弄翻喽。"

李响话音未落,凌向楠已经扑通一声跳下水,使劲摇晃起小白船来。

此刻,办公室里的晨会已经结束,队员们早已散去各忙各的工作,只有凌大鹏焦急地等待一位客人。

他看看腕上的航海手表,抬头望向椰子树后方的海面,看见一个熟悉的小身影在水里摆弄队里的帆船。再定睛看去,竟是自己的女儿楠楠!

他眉头一皱,心想,李响这小子又在给自己找麻烦。让他帮忙带楠楠到码头四处转转,怎么转眼就下水了?这要让孩子妈妈瞧见,必定又落一顿埋怨。

他远远看着水里的女儿,小小的身型游到小船旁,努力爬上倒扣的船底，利用体重用力地朝一侧下压稳向板，一次、两次、三次……

她竟然成功了！只见泡在水中的船帆一跃而起，晃悠几下，又重新飘扬在海面上。

他发现自己的手刚才不由自主跟着女儿的动作一起发力，食指又开始隐隐作痛。他松开拳头，心头涌起一股欣慰的感觉。

"队长，任总到了。"凌大鹏的思绪被推门而入的吴冉打断。他等的客人到了。

早上，吴冉给那张红彤彤名片上的号码打去电话。她只是抱着试试看的心态，谁曾想对方竟然非常热情。这位姓任的老板在电话里不仅爽快地答应赞助动能帆船航海队参加比赛，还决定亲自驱车赶来基地和凌大鹏见面。

凌大鹏没有像吴冉那么兴奋。随随便便就做出承诺的老板他见得多了。

这些人有一个共性：个性豪爽，喜欢开空头支票。开支票的时候什么都是好的，但凡到了白纸黑字、需要签字画押的时候，他们不是借故律师对合同有意见，就是其他什么原因，将事情拖得不了了之。自己总落得空欢喜一场。

吴冉建议他见见。据说，这位任老板经营一个叫红灯笼的番茄酱品牌，产品畅销东南亚。红灯笼番茄酱？凌大鹏想起曾经在泰国比赛时吃过。

番茄酱味道倒是不错，装在很小的铝箔塑料包装里，就是不太容易撕开。自己粗糙的手指要么挤不出来，要么扑哧一下，挤得到处都是，满手通红，颜色和那张名片一样。

"凌队长，久仰大名，久仰大名。"红灯笼集团任董事长人未到，爽朗的声音已经先一步传入办公室。

"老孔跟我提过您好多次啦，说您是他在国家队时的铁哥们，开帆船的 number one。"任老板拱手作揖后又竖起大拇指。

"任总过奖，欢迎欢迎。"凌大鹏应承道。他一直不习惯生意人特有的自来熟。他也不清楚，老孔和眼前这位满脸堆笑的老板之间的关系。

"这是我儿子大雄，今年 18 岁，在国际学校上高三。"

任老板的身后跟着一个戴着耳机、青涩茫然的大男孩。

他一把将儿子拽到跟前："大雄，喊叔叔好！不，应该喊凌队长好！"

"凌队长好！"儿子毕恭毕敬鞠了个躬。大雄与敦实的父亲相比高出整整一头。他面色白嫩，身体有些虚胖。

正在这时，戴着头盔、穿着救生衣的凌向楠湿答答地一颠一颠地跑进办公室。

"爸爸！"她一面颠出耳朵里的积水一面喊父亲。

正瞧见屋内还有别人，她想都没想，条件反射地对大雄和任老板点头说："叔叔好！叔叔好！"

任老板又开始竖起大拇指："你就是凌队长的闺女吧，果然是名不虚传，我早就听你孔叔叔说啦，说你帆船开得老棒，和你爸爸一样！"

凌向楠被夸得不好意思。她刚刚才头一次坐船出海，怎么就名不虚传、开得老棒了？她更不晓得对方说的那个孔叔叔是谁。倒是大雄开口替她解了围。

大雄说："你叫我叔叔？那你得喊我爷爷才对。"

凌向楠俏皮地吐吐舌头："那，爷爷好？"

"大雄，别乱讲话！"任老板制止大雄说，"你瞧人家，真懂礼貌！虎父无犬女，巾帼不让须眉，不简单！哪里像你，大人家好几岁，动不动还哭着找妈妈。"

凌向楠瞧见大雄被父亲数落，嘿嘿直乐。

5. 出海

李响这时也跟进来。

凌大鹏于是说:"李响,你带楠楠再到外边转一会儿,我们这里谈点正事。"

"带大雄一起去吧,去看看帆船。"任老板也说。

李响见凌大鹏点头同意,于是拍拍两人的肩膀说:"走,叔叔带你们去玩好玩的东西。"

两个孩子屁颠屁颠跟着走远,两个大人开始坐下商量正事。

"凌队长,关于赞助的事情,我这边没任何问题,就按电话里说的办。"任老板不等主人说话,首先开腔。

凌大鹏被打了个措手不及。双方头一次见面,谈判还没开始,对方就已经同意了,他有点怀疑自己的耳朵。

"那个,关于赞助的具体要求,吴冉都告诉您了吗?"他试图重新找回谈判节奏。

"条件没问题啊。你们把合同准备好我就可以签!你瞧,章我都带来了。"

任老板变戏法似的从一个兜里拿出黄铜色的合同章,又从另一个兜里拿出印泥,摆在桌上。

凌大鹏不禁感慨万千,这样仿佛是天上掉馅饼的故事情节完全出乎他的意料。

他以前和赞助商打交道都先从两人眉来眼去开始。他得像展示商品一样展示自己过往的辉煌战绩,对方才会多瞧上几眼。就算双方相谈甚欢,也不一定能熬到谈赞助合同细节。

眼前这位任老板,头一次和自己见面就热乎到了"谈婚论嫁"的地步,幸福未免来得太突然了吧?

"那我,就让吴冉把合同打出来?"他怀疑地问。

"打打打!公司名称就按我名片上的写。"任老板不知又从哪个兜里摸出一张番茄酱颜色的名片。

凌大鹏下意识地只伸出两根手指夹住名片，起身去隔壁房间。不一会儿，隔壁传来打印机吱呀吱呀的声音。

任老板不自然地咳嗽一声，然后开口："凌队长，我儿子大雄你也见了，一米八的个儿。"

凌大鹏点点头，他隐隐感觉对方的真实意图即将暴露。

"那个，"任老板继续说，"我呢，有个小小的不情之请，希望凌队长能够答应。"

"任总别见外，请讲。"

凌大鹏将两杯由隔壁房间端来的咖啡放到桌上，将其中一杯推到对方面前。

"我呢，"任老板端起咖啡又放回桌上，"希望大雄跟你们一起参加比赛。"

凌大鹏举杯正饮，听到这话似被咖啡烫到舌头，怔了一下。他没有立即表态，而是对着咖啡来回吹气，心里开始盘算如何回答。

他对刚才见过的大雄印象不错。这孩子不像许多富二代那样直接将狂妄和无知写在脸上。

可他看过一眼便知，大雄平日里肯定缺乏锻炼，体能与队里的同龄人相比差远了。他的队员都是精挑细选出来的帆船运动员，上船比赛各有各的岗位职责。现在赞助商突然提出加一个人，还是个新人，他感觉头疼。

凌大鹏正寻思该找个什么样的借口拒绝，隔壁的打印机又吱呀吱呀地响起打印的声音。他犹豫了。

"这个嘛，"他一边想一边说，"大雄他学过帆船吗？"

"没有，"任老板如实回答，但紧跟着又说，"不过他游泳游得很好。"

5. 出海

"任总,您也许不知道我们这次的比赛会是什么样子。"他整理了思路,说,"这个比赛是长航比赛,吃住都在船上,条件非常艰苦。比赛从三亚出发一直开到青岛,全程将近 2000 海里,需要昼夜不停连续航行大约 10 天。期间肯定会遇到各种海况和天气,十级风九米浪,不是一般人承受得来的。"

"那都不是事儿。"任老板连连摇头,摆手打断他的话,"临来的时候孔处长全都告诉我啦。环中国海比赛也就 1700 海里,不到 2000 海里,和环球航海相比差远了。你们的船离岸也就几十海里,风浪没那么大。至于船上条件艰苦,他说,大雄正好可以借机锻炼锻炼。"

凌大鹏微微皱眉,心想,这个老孔,怎么也不事先和自己商量一下。

任老板没有注意到他复杂的表情,继续道:"我打小时候就梦想当个水手,环游世界。你参加过的跨大西洋比赛、环球帆船赛,我都仔细看过。可惜我自己没机会了,实现不了愿望,我就想办法让儿子去实现。他继承了我的优良基因,有潜力,这点我是非常清楚的。"

"你可知,我的队员都是专业运动员出身,他们从小开始训练。身体素质不说,单就航海技术已经学习多年。大雄他从来没有学习过帆船,恐怕——"

"不怕,不怕,他不仅有运动细胞,学习能力也很强。只要凌队长好好教他,一定能将他的潜力挖掘出来。都说只有不会教的老师,没有教不好的学生。凌队长,我对您有一万个信心。"

隔壁打印机继续吱吱作响,凌大鹏的大脑也开始激烈斗争。

按照竞赛规则,每艘帆船允许的登船人数不得超过十二人。他的动能帆船航海队名额尚有富余,所以只要自己点头,大雄就能上船。

动能帆船航海队集结已近两年,队员们一岗多责,训练已久,且还有自己和吕团长两名具有远洋资质的船长带班。他相信这样的配置可以与国际赛队一决高下。

他之所以没有将队员招满，一方面是由于经费不足，另一方面也觉得1700海里的航程实在算不得什么。

但话又说回来，多一个人也多一份力。大型帆船比赛比拼的是团队整体实力，而非单独某名船员的能力。像一些帆船比赛，比如克利伯环球帆船赛，船上至少会有三分之一毫无经验的帆船小白。取胜的关键在于团队整体，核心在于船长的经验和组织能力、骨干队员的技术和默契程度。

他试图说服自己既然船上还有位置，不妨多带一人。环中国海大赛全程长航，没有设置场地赛和短途竞速环节，所以船上多一个人对速度影响有限。但连续十几天的长航这人可不能掉链子，要知道一旦起航，再减人可就麻烦了。

不过此时此刻，他更担心因为自己的犹豫，将唾手可得的赞助搞黄。钱不是万能的，但没有钱是万万不能的。桌上任老板带来的黄铜合同章杵在番茄酱颜色的印泥里等待召唤。他想到了蓝色港湾里同样等待召唤的维克多帆船，内心随着打印机的节奏左右摇摆。

"凌队长，我知道你为难。我希望你能体谅我作为一个父亲的苦心。"任老板看出他动摇，于是又打出一手亲情牌。

任老板自认为，和商业成就相比，自己在教育下一代方面乏善可陈。他为了事业常年奔波，一直很少关心大雄的成长。家中一切均由大雄妈妈负责。人过中年，到了该考虑家族事业传承的时候，他这才意识到妈妈一手带大的儿子完全不似自己。

"我办事向来雷厉风行、敢作敢当。而他在他妈妈的照顾下，唯唯诺诺、弱不禁风。但凡遇到一点挫折便打退堂鼓，这哪能行？我可就这一个儿子。"

他不希望自己的儿子将来是个阿斗，更不希望自己奋斗半辈子打拼出来的基业毁在儿子的手里。于是他动了心思,准备找机会让大雄独自经历些磨炼。

"我知道,他妈妈肯定不同意。她总认为孩子还小。可凌队长也见过,大雄已经18岁,块头不小,不能再当作吃奶的娃娃对待。我在这个年纪,已经在码头上扛两年麻袋了。无论如何也不能由着她放任大雄天天宅在家里刷手机、打游戏。否则,她就休想让大雄当红灯笼集团的接班人!"任老板说到激动时啪地拍了下塑料桌面。

桌上纸杯里的咖啡激荡出一圈圈海浪似的波纹,沉甸甸的图章像一座绞盘纹丝不动。凌大鹏一言不发,起身踱步。

玻璃门外码头方向的空中突然绽放出几朵烟花,耀眼的橘红色火光在蓝天白云的映衬下格外醒目。火光燃起烟雾扩散成橙色的烟雾带,随风朝海面飘散开去。

烟雾的源头里,一高一矮两个身影在海边手舞足蹈,连蹦带跳。两人的旁边站着一个后背印着航海队 LOGO 的黑色速干衣的身影。

凌大鹏皱起眉。又是李响这小子,把仓库里的应急烟火信号弹拿去当烟花放了。

海上的烟雾散尽,隔壁的打印机也安静下来。凌大鹏拿定主意,吴冉也拿着装订好的合同走进来。

"任总想把大雄托付给我。我深感荣幸,也感责任重大。既然如此,除了合同条款,还有两个条件,希望任总答应。"

"讲讲讲,我都答应。"任老板迫不及待。

"首先,大雄上船之后,必须做到一切行动听指挥。作为船长,我需要为船上的一切,包括全体船员的安全负责。大雄作为动能帆船航海队的一员,必须完全服从船长的指令。"

"那是当然,那是当然。"任老板连连点头。

"第二,虽然比赛没有要求所有船员都具备航海资质,但基本的安全措施和航行技能还是必要的。否则，我担不起这个重任。所以，我要求大雄从今天开始正式入队参加训练。他不用回去了，就住队里的宿舍，趁着比赛还未开始，我抓紧对他集训。"

"那是必须的，那是必须的。"

未及他话说完，任老板已经拿过合同，签字、盖章一气呵成，生怕他反悔。

轮到凌大鹏签字的时候，他却有点后悔。早知任老板如此心切，刚才自己再提高些要价好了。他一边签字一边懊恼。

"咱们现在可是一条船上的蚂蚱了。"任老板瞧他签字盖章，顿时喜笑颜开。

他仿佛又谈成一笔利润丰厚的大生意，抓起凌大鹏的右手使劲握使劲摇，将对方受伤的食指捏得生疼。

任老板的兴奋之情溢于言表，说："从今往后，咱队里吃的番茄酱我承包了。你们敞开怀想吃多少就吃多少，我无限量供应。明天，我让厂里先拉一车过来给大家尝尝！"

大雄无论如何也料不到自己竟有来无回。

他被父亲留在了帆船培训基地。他望着来时乘坐的奔驰600载着父亲一溜烟开走，哭丧起脸对凌向楠和李响说："爸爸妈妈真的不要我了。"

李响拍拍大雄的肩，说："放心，还有叔在。"

当天晚上，凌大鹏组织全队开会。一是宣布队里获得赞助的好消息。二是通知大家，即日起，大雄正式成为动能帆船航海队的成员，将随队出征环中国海不间断航行国际帆船邀请赛。

凌大鹏安排李响负责对大雄进行赛前的突击训练，力争起航前让大雄尽可能多地掌握帆船技能。

5. 出海

"临阵磨枪,不快也光。大雄,你对自己一定要有信心。"凌大鹏鼓励他说。

其实,他还有个不能说的小心思:也许大雄在训练过程中会知难而退主动放弃。如果那样的话,既能按照合同获得赞助,又能避免小白登船的麻烦,岂不两全其美?

年轻人纷纷凑上前挨个儿去摸尴尬苦笑的大雄的头。队里年龄最小的超越最开心,他终于不是资历最浅的成员了。众人嘻嘻哈哈打成一片,凌向楠则满脸羡慕地给大雄鼓劲加油。

看着这群充满朝气又乐观的年轻人,凌大鹏不禁对自己龌龊的小心思感到羞愧。他打住自己的念头,继续说:

"另外,我们的维克多帆船也有了一个光荣而响亮的名字:红灯笼号!"

集训 6

10月2日上午8点，大雄的集训正式开始。

针对大雄量身定制的训练计划以"临阵磨枪、不快也光"为目标，不过李响又起了一个更加响亮的名字——"魔鬼训练营"。他准备通过魔鬼般的突击培训让大雄由帆船小白进阶成为远洋水手。

凌向楠吃完妈妈做的早饭也换上队服跟着父亲去了码头。她可不愿放过学习帆船的天赐良机，已经打定主意要利用国庆假期将关于帆船的所有问题搞清楚，回到北京后一定要杀杀班里那几个嘲笑她的男同学的威风。

魔鬼训练营又多了一名学员，李响的干劲更足，拿出一副老师的派头。第一堂课是理论课，他打算从基本原理开始系统地给两人讲解授课。

"帆船只能顺风前进吗？"李老师用马克笔在白板上写下第一个问题。

大雄点头，凌向楠摇头。若是放在以前，她一定会不假思索地点头。但自从有了第一次乘船出海的经历，她肯定帆船不只能顺风航行。

她非常确信，除了风，一定还有某种神秘的力量推动帆船，不仅能顺风航行，也能逆风航行。

"你们知道伯努利效应[1]吗？"李老师又在问题底下唰唰写下Bernoulli's principle。

大雄点头，凌向楠摇头。

---

[1] 1726年，"流体力学之父"瑞士科学家丹尼尔·伯努利发现，在一个流体系统，比如气流、水流中，流速越快，流体产生的压强就越小。后人将这种现象称之为"伯努利效应"。伯努利由此总结出无黏性正压流体在有势外力作用下，作定常运动时，表达总能量沿流线守恒的伯努利方程，又称伯努利定理，于1738年发表。伯努利定理在水力学和应用流体力学中有着广泛的应用。

"老师讲过，飞机能飞就是因为伯努利效应。"大雄应道。

这回轮到凌向楠一脸茫然。

李响老师继续讲解："空气流动作用于帆的力有两种形式。一种是动压力，即当空气流动时对挡住去路的物体产生的推动力。这很容易理解，顺风航行依靠的就是它。另一种是静压力，当船帆的两侧空气流速不同时产生的压强差。我们帆船航行的最大动力来源就是静压力，背后的原理是伯努利效应。"

公元7世纪，阿拉伯商人已经驾驶帆船前往中国贸易。阿拉伯帆船使用一种三角形的纵帆，能让船在横风和偏逆风时快速前进。这种神奇的三角船帆后来被欧洲人吸收借鉴。1726年，瑞士科学家伯努利终于发现了帆船逆风航行的奥秘，那就是著名的"流速增加、压强降低"的伯努利效应。

"船帆鼓起时具有像机翼一样的弧形。你们可以将帆想象为树立起来的飞机机翼，或者将机翼想象为横着的帆。"李响拿起一个帆船模型和飞机模型对比，"把帆的横截面和机翼的横截面对照一下，就可以看到它们的共同点。

"当气流通过机翼时，由于机翼上面气流要走更长的距离来和机翼下面气流会合，机翼上下面的气流产生了不同的流速。流速不同造成的压强差使机翼产生了向上的升力。同理，竖直的船帆获得的是向前的推动力。

"船帆所受的静压力并不能全部用来推动船前进。真正推动船前进的是沿船头方向的分力，向前的分力值要小于使船横向移动的分力值。船体和龙骨的水翼效应产生的力量与船帆倾斜方向相反的力量，抵抗风对船帆产生的横向分力，从而只保留船帆的前进分力。向前的推力虽然比横向力小，但在水中船的纵向阻力远比横向阻力小，所以向前推力的效果相当显著。"

凌向楠没听懂，她觉得似乎牛顿定律能够解决的问题为什么要搞得如此复杂，但她记住了"伯努利效应"几个字。总之，因为伯努利效应，所以帆船也可以像飞机那样获得"升力"。帆船既可在动压力推动下顺风行驶，也可在静压力推动下逆风行驶。

"那到底是顺风跑得快，还是逆风跑得快？"她问。

"这要看具体的角度。帆船可以在顺风、侧风、逆风的条件下行驶，但只有横向刮来侧风时才是速度最快的。正顺风的时候，帆上完全没有伯努利效应，行驶效率反而最低。"

顺风条件下，帆船靠动压力推动，而动压力的大小取决于风对帆的相对速度，相对速度越大，动压力越大。然而船在动压力的推动下，前进速度逐渐增加，风与船相对速度减小，风对帆的动压力减小，船的加速会减弱，同时进入不稳定状态。所以顺风对帆船来讲，并不是持续高效的动力来源。微风的时候，顺风航行的前进速度恰恰是最慢的。

"如果顺风的风力不够大，通常我们需要使用球帆增加受风面积。但顺风时风的来向和船平行，如果风力或者风向突然变换，很容易打破平衡，出现紧急过帆甚至翻船的事故。对刚入门的水手而言，顺风航行更有难度。"

原来是这样！"一帆风顺"在海上未必是件好事。凌向楠心想，这个有趣的道理回去要和同学们分享。

"帆船可以在顺风、逆风、横风状态下行驶，那是不是只要有风，帆船就可以向任何一个方向行驶呢？"李响老师接着又问。

大雄和凌向楠都点头。

"答案却是否定的。"李响说，"帆船可以到达任何方向的目的地，却不能向任何方向行驶。"

这下两个人同时露出茫然困惑的表情。

NO-GO ZONE！李响在白板上又唰唰写下一组单词。

"也叫'不可航行区'。它并非禁止航行的区域，而是由于风帆原理导致的帆船无法前进的角度区间。

"一般而言，当船艏角度接近正顶风方向的左右各 45° 区域，帆面会剧烈摆动起来，当夹角小于 45°，船帆就无法受风产生有效益的前进力，速度会随之下降直至相对速度为零。这个角度区间被称为"不可航行区"。

"不可航行区对帆船航行非常不利，叫它禁航区也不为过。"大雄说。

"也不尽然。有时我们会刻意将船驶入 NO-GO ZONE。"李响故作神秘地说。

"哦，对了！"凌向楠恍然大悟，"每次升帆前，你都先将船头对准风来的方向，是为了利用不可航行区升帆，对吧？"

"没错，不可航行区虽然不利于航行，却是安全操作升降帆的角度。为了减少升降帆的阻力，就需要将船艏角度调整进入该区域。"

李响又说，"随着科技进步，这个区域的范围也在不断收窄。目前，最先进的帆船的 NO-GO ZONE 已经接近 15°。"

"如果要去的地方恰好位于不可航行区，怎么办？"大雄问。

"你的问题很好。正如我刚才说的，帆船虽然不能向任何方向行驶，却可以到达任何方向的目的地。

"对于不可航行区以外方向的目的地，帆船可以直接到达。对于不可航行区以内不能直接到达的目的地，帆船可以采取之字形的行进路线，以大于临界角度的航向，经过数次换舷到达。"

大雄似懂非懂地点点头。

"你到船上就明白了。"凌向楠对他说。

李响过足了当老师的瘾："当然啦，实际中的帆船并不仅仅涉及简单的受力分析。从流体力学的角度，帆船处于风、流、浪共同作用下的无动力漂浮运动状态,被认为是最复杂的物体受力和运动问题。"

一连三天,凌向楠像个跟屁虫似的跟着父亲早出晚归。回家除了吃饭和睡觉,但凡有一点空闲,她也拉着父亲问个没完。

父女俩对话的内容除了帆船还是帆船,让妈妈如天书贯耳,什么离岸潮、弦深比、风压中心……全是她听不懂的词儿。

餐桌上,她感觉自己像个外人似的,插不上嘴。她默默地吃着饭,很诧异自己的丈夫究竟使用了什么魔法,仅几天工夫便将自己一手拉扯大的女儿给笼络过去。

她心中泛起醋意。不过看到女儿兴致盎然,她选择沉默。过去的几年时光对女儿来说也不容易,由于众所周知的原因,孩子一天没离开过北京,寒暑假也只能在家待着。趁着这次假期,就让孩子好好玩吧,何况国庆放假就七天,她心想。她这次答应带孩子来海南有她的初衷。

国内教育内卷严重。尤其北京,孩子和家长都疲于应付,对于未来却不可知。她已经想好,想和凌大鹏商量,将原本打算送孩子出国上大学的留学时间再往前提一点,让女儿初中毕业就去国外读书。

"你们再不行动可就晚啦。"几个朋友最近跟她说。

她的朋友们和她一样,都在北京,都有同样的焦虑。但行动早的已经将孩子提前送出国,另外几个正着手送孩子出国读高中。而她自己却连让孩子未来出国读大学的想法还未与丈夫达成一致。一想到这里,她更加焦虑了。

她打定主意,趁父女俩关于帆船的对话告一段落,女儿呼噜呼噜地喝着西红柿蛋花汤的时候,将话题引到留学上。

"楠楠已经这么大了……"

她刚一开口,凌大鹏的手机却响了起来。

"喂,什么?"他接起电话,"组委会发布通知啦?哪天?好,我马上到办公室。你通知全体队员半小时后集合开会!"

他挂断电话对妻子说:"过两天要比赛了,我得去办公室安排下工作。"说完三步并作两步出门去了。

"爸爸——"跟屁虫将最后一口汤倒进嘴里,又屁颠屁颠地跟着跑出去。

家里只留下她一个人,呆呆地望着一桌的热气腾腾饭菜。

晚上18点30分,三亚国际游艇港。

海上的黄昏格外绚丽,夕阳将余晖撒在海面上,波光粼粼,港湾内外船灯和路灯陆续亮起,交相辉映,如同一幅现代版莫奈风格的海港油画。

会议室内,竞赛组委会钱秘书长等人正和气象局专家讨论。

过去24小时,海上的强热带风暴泥猛继续缓慢向西偏北方向移动,期间一度快速加强。前一晚8时许,中央气象台和日本气象厅先后将其升级为台风。但午夜过后,级别又降回强热带风暴。

"最新研判认为,泥猛将会继续西移,路径稳定且保持减弱趋势。"气象局计处长说。

钱秘书长松了口气说:"各参赛队伍和媒体均已抵达三亚,他们反复催问开赛日期。既然天气情况出现好转,那么就按商定的计划,10月7日开赛。各位不会再有不同意见了吧?"

"没有。"计处长明确说。

"能不能再观察两天?"一位年长的气象专家迟疑地提出保留意见,"泥猛所在位置,海面垂直风切变微弱,高空辐散良好,发展出中心密集云团,它的外围云带已经呈现出放射状。"

"您能不能说得直白些?"钱秘书长打断道。他和房间里的多数人一样听不懂气象术语,皱起眉头。

计处长赶紧解释:"刘教授的意思是,泥猛所处的环境系统不能排除逆势走强、升级为台风的可能,建议继续观察。"

"计处长,你知道的。再不开赛,组委会对国内外都难以交代。箭在弦上,不得不发。"

"是啊,计处长。环中国海帆船赛已经拖了两年,没法再拖了。我们再犹豫不决,环球帆船联盟将撤回对我们主办赛事的支持。"孔处长说。

半年前他正式发邮件通知远在英国的孙理事,说国内决定重启环中国海帆船大赛的筹备工作,孙理事感觉如释重负。他已经在英国坚守了两年,环帆联的理事会上,一些人试图收回环帆联对中国赛事的支持,这封邮件打消了他们的念头。

去年的理事会会议斗争最为激烈,因为同为亚洲国家的日本也提出了主办赛事的设想。日本帆协的主张是组织一场环太平洋的不间断航行帆船赛事,显然这将直接影响到环中国海赛事的举办。理事会经过激烈辩论,投票否决了日本帆协的提议。这被视作理事会优先支持环中国海大赛的姿态,在国际上引起不小的震动。

然而,自此以后环中国海大赛的筹办迟迟未见动静,那些经过孙理事做工作而投票支持中国方案的理事们感到前所未有的压力。

最近,来自日本的小林理事又开始游说理事会,说如果中方有困难无法主办比赛,可以邀请所有原计划参加环中国海大赛的参赛队伍们驾驶维克多帆船前往日本,改为参加日本主办的环太平洋不间断航行帆船大赛。

三年前曾经力挺中国帆协的老约翰爵士也找到孙理事,话里话外暗示中国帆协不必勉强。他认为,如果中方筹办比赛有困难,不如接受小林理事的建议,请日方接盘承办环太平洋大赛。

"这不失为一种解决方案。毕竟,日本是海洋大国,具备跨洋赛事

6. 集训

的组织和保障能力。"老约翰爵士说。

孙理事知道，一旦让 30 多艘维克多帆船改道前往日本，中国帆协将沦为国际航海界的笑话。

所以，孙理事在给孔处长和钱秘书长的邮件中这样写道："最艰难的阶段已经过去，我们没有理由拖延。整个世界都在关注我们能否迈出关键一步。无论前方会有多大风浪，我们都必须排除万难，扬帆起航。"

此刻，游艇会酒店会议室里除了气象局的专家，再无别人反对将国庆假期的最后一天设定为开赛日。

钱秘书长于是转向孔处长问道："孔处长，这里只有你有跨洋航海的经验。假如你是船长，会因为台风泥猛而不希望我们按期开赛吗？"

孔处长摇头回答："当然不会。按照泥猛的路径预测，会对比赛有一定影响，但应对突变的海况天气是远洋船长的基本要求。

"如果是我，完全可以提前预判，避开台风的正面迎击。话说回来，长航比赛船长大多希望海上有台风。"

"为什么？"

"和台风相比，没有风的天气才是最糟糕的。参加过跨洋赛事的船长都喜欢贴着风圈跑船，那才是展示真正技术的时刻。"

"既然如此，我们不再犹豫了。"钱秘书长最后拍板。

晚上 9 点，博鳌游艇会。

港池内停满回港的船，海边灌木丛里蛙鸣虫叫。动能帆船培训基地的办公室内灯光点点、人头攒动。全队紧张开会研究工作方案。

墙上的壁挂电视屏幕静音播放滚动字幕：首届环中国海不间断航行国际帆船邀请赛计划 10 月 7 日正式开赛。

按照分工，吕团长次日将带队赶往三亚，验收红灯笼号帆船，并进行磨合。凌大鹏则去开那艘三层楼高的土豪金游艇。李响继续用队里的飞虎给大雄培训。

队里只有大雄没参加会议。此时，他和凌向楠两人正坐在泊位里一艘飞虎的桁杆上。海风拂面而过，波浪敲击船体，远处灯塔上的探照灯来回探照海面。

"我不是块开帆船的料。"大雄垂头丧气地说。

今天出海他又晕船了，而且吐得一塌糊涂。上船不到半小时，大雄胃里就开始翻江倒海。

"教练说今天的风速最高才 10 节，涌浪不到一米。可我怎么觉得那个浪有 10 米高，吐得我想死的心都有。真要遇上你爸说的那种三四十节的风暴，你说我怎么办呀。"

他现在不止担心自己拖整个队伍的后腿，更担心到了海上自己坚持不下来。

"你不会想投海自尽吧？要是这样，我正好可以再演练一回 MOB。"凌向楠有心逗他。

MOB 是 Man Over Board 的缩写，也就是"人员落水"。一旦在茫茫海上发生人员落水事故，只有全体人员齐心协力、操作得当才有机会将人救起。

如果海水温度低于 20℃，那么营救的时间窗口不到十分钟。因为随着人的核心体温降低，落水人员会失去意识，随波逐流。如果落水人员入水时已经受伤，更增加营救的难度。根据历史经验，外海落水超过 30 分钟，生还概率几乎为零。

应对 MOB 的技能是大帆船训练的必备课程。为了让大雄熟练掌握技能，李响这一天里让他和凌向楠在船上的不同岗位和不同的迎风角度反复演练。

有人落水时，首先发现者必须高呼 MOB，同时担任起瞭望员的职责，随时指示并通报落水人员的位置，避免丢失目标；舵手立即调整方向，必要时停船降帆开启发动机，操控帆船从上风方向靠近；船上的其他人则按照船长指令配合操帆；距离落水者最近的人抛出救生圈或者释放救生筏，直至将落水人员营救回来。

"那可不能让你来掌舵。可怜的 Bob。"大雄一想起白天的 MOB 演练仍心有余悸。

队里用一个与真人的身高体重差不多的橡胶假人模拟落水人员，大家都叫他 Bob。每当需要演练 MOB，大家就给它穿戴救生衣带到船上，投入海中。

当时凌向楠担任舵手，风大浪急，一连几次错过捞起 Bob 的机会。她驾驶飞虎转了好几圈，终于由下风处接近。就在最后一刻，她担心船头撞到 Bob，探出脖子想看看水里假人的位置，结果手中的舵柄一下子脱了手，于是飞虎轰着发动机冲着假人直直碾压过去。

晕船的大雄正趴在甲板上一边呕吐一边准备打捞 Bob，却眼睁睁看它被刀刃状的船艏拦腰碾入水下。船底的螺旋桨一阵异动，假人身上套的救生衣在尾波处翻滚出水。不成人形的假人过了许久才浮出水面。

眼见支离破碎的 Bob 被下沉水流带向大海深处，无力回天的李响感慨万分地说："场面惨烈，手段残忍，简直就是一场谋杀。"

"我宁可晕死在船上，也绝不会选择跳海自尽。"大雄回忆起当时的场面，身体发冷。

"嘿，那不过是个假人而已。"凌向楠嗔道。

凌向楠和父亲回到家已经是半夜了。

时间很晚，妻子让女儿抓紧睡觉，自己打算继续和丈夫讨论晚餐时未尽的那个话题。

窗外微风徐徐，屋内妻子絮絮叨叨，凌大鹏却心猿意马，似乎在听，又似乎没在听。

他点头应允妻子的每一句话。妻子一度以为他是在考虑自己提出的关于提前送女儿出国留学的想法,但随后发现他根本一句没听进去。

凌大鹏的心思全在队里。他在想明天吕团长能否顺利接收那艘属于他的维克多帆船,担心被别的队挑剩下的最后一艘船会不会有什么毛病,担心任老板签约承诺的钱能否按时到账。

妻子看着他漠然望向天花板的眼神,轻轻地叹了口气转过身去,不再说话。

7 备战

10月4日，又是新的一天。天色有些发阴，覆盖整个天空的薄幕卷层云呈淡淡的乳白色，海面刮起凉飕飕的西南风。

七八个年轻人早早收拾完行李，聚在宿舍楼前推搡嬉闹，兴奋之情溢于言表。

凌大鹏将自己那辆不知转了几手的老爷面包车的钥匙交给吕团长，接过他的丰田车钥匙。吕团长发动汽车，载着兴高采烈的队员们朝三亚出发。

凌大鹏目送车子远去，心里五味杂陈。奋斗了三年，现在他的团队终于迈出实质性的一步。他希望吕团长和队员们能够接收到一艘状态良好的维克多帆船，同时感到万分遗憾，自己竟不是第一个触摸那匹海上种马的人。但随即他又宽慰自己，再过一天就见着它啦！

他一个人安静地回到码头，径直走向飞虎旁停靠的那艘港湾里最大的三层土豪金游艇。船上几名水手已经到位。今天，他是这艘船的船长。按照工作职责，他要在乘客们登船之前做好起航前的一切准备。

前一天，他已经仔细检查过土豪金的发动机、发电机、蓄电池、通信导航系统、油箱、水箱和救生设备的情况。这时，他又打开机舱门逐一查看。

真是艘好船，只可惜，一年的大部分时间都趴在防波堤内晒太阳。凌大鹏站在铺满柚木地板的顶层甲板感叹。

约莫10点钟光景，船东领着家人和朋友说说笑笑地来到码头。四五个孩子跟在几个大人身后嬉戏打闹。

凌船长在船艉甲板恭候客人。待众人上船，水手们解开缆绳，岸上的人准备好带缆。他返回驾驶舱，接通电源，推动油门，将这艘庞然大物徐徐推出泊位，朝防波堤外的大海驶去。

7. 备战

不一会儿，港池里飞虎的桅杆从视野里渐渐消失。螺旋桨卷起白浪，船速稳稳地攀升，凌大鹏驾驶游艇劈波斩浪，土豪金彻底放飞自我。

尽管船头高昂，他却开得异常平稳，桌上的玻璃酒杯纹丝不动。在飞虎和维克多帆船上这可做不到。单体龙骨帆船要想获得最佳的风向角，就得侧身航行，为了纠正航向，还需要换舷，甲板会转向另一侧倾斜。所以他开过的所有帆船里都不会出现玻璃酒杯。

凌大鹏一边开着土豪金，一边幻想驾驶的是维克多帆船。他心里惦记吕团长一行究竟到没到三亚，有没有顺利登上那艘维克多帆船。吕团长一直没打电话，不会出什么问题吧？有日子没开的老爷面包车会不会真在去三亚的路上抛锚？

他胡思乱想了一阵，决定不再考虑和眼下无关的事情。只有出了问题，吕团长才会打电话找他。既然没接到电话，就说明一切都在顺利进行。不是吗？他反问自己。

正在此时，他的手机却响了起来。他掏出手机发现不是吕团长而是妻子打来的电话。

"卡上的钱去哪儿了？"

妻子劈头盖脸的呵斥将凌大鹏吓了一跳。

"那可是准备给楠楠出国的钱，你不能动！"

妻子气势汹汹、斩钉截铁地警告他。

凌大鹏心虚地回头看了看驾驶舱的后方。此时，客人们都上了楼上的甲板，后舱只剩下两名服务员在准备午餐。

"喔，回头我查一下。"

凌大鹏故作镇定，偷偷将手机的音量调低。

"你别给我打哈哈，钱拿不回来就离婚！这日子简直没法过了。"

妻子说完挂断电话。

身后服务员埋头做事，一副漠不关心的样子。

凌大鹏头皮发紧，脑袋发蒙。他没想到自己的银行账户始终在妻子监控下，这么快就被妻子发现了。

他同时也感到万分的庆幸。就在他擅自挪用女儿留学金的第二天，任老板登门和他谈妥了赞助。只要任老板按照约定在三日内将赞助款汇至公司账上，他就能将家里的亏空补上，一旦家里的亏空填平，妻子的怒火自然也就熄了。

命运关上门的时候，总会另外打开一扇窗。他安慰自己道。

土豪金又行驶了个把小时，来到一处人迹罕至的无人小岛。

这座小岛面积不大，岛上植被茂密，西侧海岸线有一片洁白的沙滩，水清沙净。小岛周围的水底遍布五颜六色的珊瑚，热带海洋生物依傍栖息，构建起一个独立王国。

凌大鹏以前带领队员们出海训练时，偶尔会来这里锚泊。喜欢浮潜的队员们总是流连忘返。玻璃般的海水和天然去雕饰的海底世界堪比马尔代夫。

记得有一次，远志一直在水里不愿意上船。吕团长就笑话他没见过世面。

"这点珊瑚礁还能把你激动成这样，真没见过世面！整个南海海域面积350万平方公里，岛礁200多个，像这样的礁盘数不胜数。"他说。

这回，土豪金的船东老板托他找个干净人少的岛屿，他看在丰厚的报酬份儿上，将这片私藏的世外桃源贡献出来。

船东打算和朋友们上沙滩，于是凌大鹏将抛锚的位置选在一处距离沙滩较近的地方。他放下快艇，亲自送客人们上岸。

正在他驾驶快艇返回的途中，游艇方向竟然传来发动引擎的轰鸣。土豪金绕着锚链竟自己移动起来！

大惊失色的他急忙将充气橡皮艇的油门一推到底，开足马力返回游

7. 备战

艇。他跳上游艇直奔驾驶舱。只见几个十来岁的孩子正你推我攘地挤在驾驶座上，七手八脚地摆弄驾驶台上的方向舵和油门杆。

凌大鹏惊出一身冷汗。下锚的位置距离岸边的礁石不远，他若是晚来半步，游艇可能被这几个孩子直接开到礁石上去了。

他急忙上前喝止并关闭引擎。几个毛孩子像炸了锅的猴群四处逃散，有的钻入楼梯下方的舱室，有的连滚带爬上了甲板，有的嬉皮笑脸露出一副能奈我何的赖皮样。

有这帮调皮捣蛋的毛孩子在船上，凌大鹏再也不敢胡思乱想。他这一整天都在为土豪金提心吊胆。

土豪金出港之前，飞虎早已载着李响、大雄和凌向楠出海训练了。

今天的出港是凌向楠独立完成的。她学李响的样子发动引擎将飞虎倒出泊位，又将船开到外海，然后找准风向，将船艏向调整至不可航行区，顶风急速准备升帆。

海面上的风较前两日大，刮的是西南风，涌浪也比较大。大雄看见海浪滚滚袭来，胃里又开始翻江倒海。李响说，克服晕船最重要的一点就是相信它会被克服。他于是努力克制自己想吐的念头，不再将目光放在摇晃的东西上，而是不停地给自己找事情做，分散注意力。

他将升帆索在绞盘上绕了三圈，转动摇把，升起主帆和前帆，又在李响的指导下，根据主帆风向线的起落解读风向，将缭绳收紧，直至帆面鼓起，哗啦声消除。帆船右舷受风平稳地滑过浪尖。

大雄在甲板上紧着忙活，给自己找事情做。凌向楠反倒不如前几日那么专心。她将舵柄交给李响之后，便钻进钻出，这里瞧瞧那里摸摸。

李响于是问她："楠楠，找什么呐？"

凌向楠从船舱里探出半个身子："超越老师昨天说，帆船上装有电子综合海图仪、船舶自动识别系统、海事雷达，还有甚高频电台。这些东西，我怎么一个也没找到？"

"那些是远洋航行的助航设备，咱的飞虎可没有。"李响说。

超越自己都没见过的设备，怎么会想起跟凌向楠说起？李响心里纳闷。但立刻想到，超越最近在看吕团长从三亚带回来的维克多帆船资料。

"没有助航设备，飞虎靠什么航行？"凌向楠问。

"最基本的设备还是有的。比如罗经盘、深度速度仪、风向风速仪，这些都是最常用的。"

李响指指嵌在船舱外壁上三个比巴掌还小的灰黑色仪表盘。

"就这些？"凌向楠露出嫌弃的表情。

在她的想象中，帆船就算没有飞机驾驶台那样的复杂设备，起码也该有几个像样的屏幕和按键。

"你说的那些设备，咱们这次比赛用的维克多帆船上都有。到三亚肯定让你们看个够。"

"飞虎为什么不装？"

"乖乖，光一套设备的价格就顶上一条飞虎，你爸可装不起。"李响连连摇头。

海上的训练持续一整天。待到太阳再次西斜，飞虎回到码头。土豪金大游艇已经停靠在自己的泊位上。

李响领着大雄和凌向楠系好缆绳，简单收拾完船，便沿着栈桥朝岸上走去。

"凌向楠？"

凌向楠听见背后有人喊她于是回头。

"李明明？"她惊呼道。

两个北京的中学生意外地在海南岛重逢了。李响和大雄见状先走

7. 备战

一步。

"凌向楠,你怎么会在这里?"

"我来找我爸学开帆船。"

"那你呢?你怎么也在这里?"

"我是来开大游艇的,喏,就那个。"

李明明朝停靠在三艘飞虎附近的土豪金指去。

"你在学什么船?"他好奇地问。

"就那个。"凌向楠抬手指指白色飞虎。

李明明瞧瞧飞虎,又看看土豪金,扑哧地笑出声来。

"这——么小的船,也能开出海?"

"怎么不能出海?这船开起来可快了。"

凌向楠不乐意了。她很不喜欢李明明说话故意拖长音的腔调。

但李明明不仅说话爱拖长音,而且炫耀起来不依不饶。

"这船又小又破,能有多快?我估计连个厕所也没有。你瞧我开的那个,上面有游泳池、卫星电视、卡拉OK,还有电影院呢。"

"那有什么稀罕的。"凌向楠嘴上不示弱,心里却咯噔一下。

她的气势明显被对方比下去。因为确实被李明明猜中,飞虎上面连个像样的厕所也没有。

飞虎的船舱里有个弯腰才挤得进去的隔间。她曾好奇地问李响它是做什么用的。李响告诉她那个隔间就是厕所,"但你爸为了省钱一直没安马桶。"李响又补充道。

飞虎上面连个像样的厕所也没有,内急的时候凌向楠不能像男生那样在船艉解决问题。所以,每次出海训练,她只能尽量少喝水,实在憋不住的时候她会跳进大海解决。

凌向楠觉得难以启齿,悻悻地不说话。

"楠楠!"又有人叫住了她。

她回头看见父亲恰好从土豪金上下来。凌大鹏送走客人，领着水手们接上淡水阀准备清洗船身上的海盐，正看到女儿在栈桥上。

"楠楠！你先回去陪妈妈吃饭。我收拾完就回来。"

"知道啦。"凌向楠甩开马尾辫回头应允。

"他是你爸？"李明明吃惊地问。

"是啊。"凌向楠奇怪李明明为什么会有吃惊的表情。

李明明若有所思："我记得，你爸是世界冠军？"

凌向楠点头。这事儿她在学校已经承认了，可她现在不希望对方继续追问。因为自己问过父亲，得到的答复连她自己也不满意。

"怎么了？"凌向楠见对方的笑有些怪异。

"哦，没什么。"李明明捂嘴坏笑。他想起凌向楠爸爸在海上被自己和其他几个孩子捉弄之后生气的样子。

"你爸是世界冠军，真——牛！"他竖起大拇指，表情夸张，语调高扬。

凌向楠当然知道什么叫言不由衷。

意外遇见同班同学让凌向楠情绪有些糟糕，但回到家发现妈妈的情绪比她更糟糕。等到爸爸回家吃饭的时候，妈妈显得格外冷漠。

"三天，记住，只有三天了！"妈妈没好气地说道。

父亲没吭声，女儿却接了茬。

"什么三天？"

凌向楠随口一问，心想时间过得真快，假期只剩下三天了。

"小孩子别管，没你什么事！"妈妈话里话外都是火药味。

凌向楠缩缩脖子也不吭声，父亲只顾自己闷头吃饭。

"楠楠多吃点，明天咱们回北京。"妈妈意识到自己针对丈夫的态度误伤到女儿，语气缓和一些。

7. 备战

"回北京？明天？"女儿和父亲同时诧异道。

"你不是说还有三天吗？怎么说回就回？"女儿放下筷子。

凌大鹏清楚，妻子所说的三天，是警告自己务必在三天期限之内将银行卡的亏空补上。这事当然不能和孩子解释。但令他意外的是，妻子没和他商量就已经决定明天返回北京。

"吴冉说你明天要去三亚，把我们撇在这儿算怎么回事？我和楠楠明天回北京，不耽误你拿冠军。"妻子按住一肚子怒火，冷嘲热讽地说。

凌大鹏愕然。自己光顾安排队里的行程，全然没有考虑妻子女儿后面两天怎么安排。他在心里快速盘算，觉得妻子的想法是合理的，于是点头表示同意。

可女儿却不干了。她啪的一声重重放下碗筷，嚷嚷起来。

"怎么说回就回？假期不是还有三天吗？我不回北京！"

妈妈语气变得愈加和缓："楠楠，爸爸明天要去三亚准备比赛，他们一出海就是十几天，这里没什么可玩。咱们早点回去，还可以提前做做上学准备。"

"国庆假期刚过一半，我学帆船刚开个头，怎么就没什么可玩！要回你回，反正我不回！"

一提到上学，凌向楠更不乐意了。关于帆船的问题，她还有好些没搞懂，就这么草草收场，回去如何向老师和同学们交代？

"玩帆船以后有的是机会。后天北京的出国留学咨询会一年只有一次，你跟妈妈一起去听听。"妈妈说。

"我不想出国！我要去三亚，我要去看爸爸比赛！"

女儿一听妈妈又开始唠叨送她出国留学的事，逆反劲儿顿时涌上心口。妈妈总说要她将来出国留学。念中学的她总觉得大学离自己还远，也没在意。可最近一段时间，妈妈旁敲侧击反复地问她，明年出国怎么样？出国读书由一件遥远的事变得近在咫尺，这让她心里反感得很。

"比赛有什么好看的?"妈妈不屑道。

"不行,我要去三亚看勒芒!"女儿大声说出自己的想法,"看完勒芒,我自己坐飞机回北京。"

"勒芒?谁是勒芒?"妈妈丈二和尚摸不着头脑,"你一个人去三亚,谁来照顾你?"

"我不需要你们照顾!"女儿没好气地说。

女儿和妈妈顶嘴,一旁观战的父亲心里感叹女儿真长大了,也有自己的主意。他很好奇,女儿竟然还知道环中国海帆船大赛将采用"勒芒开赛式"。

他想了想说:"要不,你俩明天和我一起去三亚?比赛10月7日上午开始。你们看完起航仪式,下午回北京,耽误不了上课。"

"那不成,我7号晚上医院值班,下午回北京来不及。而且后天的咨询会我一定得参加。最好楠楠也跟我一起去见见招生的老师。"

"要回你自己回去好了,我要和爸爸一起去三亚。起航仪式结束我自己坐飞机回北京!"凌向楠见父亲站在她这边,语气越加坚定。

妈妈没想到女儿如此坚决。她一直认为家里指望不上的丈夫才是最令人心烦的,现在女儿也开始和自己作对。

"要不这样,"凌大鹏趁机继续打圆场,"你先回北京,我带楠楠去三亚。她看完起航仪式,自己坐飞机回去。她也不小了,况且以后出国也得自己照顾自己不是?就让她自己回去试试。"

妈妈白了一眼爸爸,看着女儿脸上稚气未脱的愤怒,心软了。

凌大鹏于是又说:"队里的人都在三亚,你不用担心。楠楠看完起航仪式,我让吴冉送她去机场。"

"那好吧。"妈妈勉强同意,"自己回去路上要小心。"

"真的?让我去三亚啦?"女儿的表情如海上天气,说变就变,瞬间由阴转晴。

7. 备战

"妈妈最好了。"她嘴里夸赞妈妈,眼神却看向父亲。

晚饭后妈妈洗碗,爸爸陪着女儿坐在沙发里看电视。
"楠楠,你也知道勒芒开赛式?"凌大鹏问她。

凌向楠点点头。李响曾给她讲过,这次环中国海大赛将采用经典的勒芒开赛式。但勒芒开赛式究竟怎么回事,李响也说不清,因为他也没见过。

"究竟什么是勒芒开赛式?"她问。

"它源于法国著名的'勒芒24小时汽车耐力赛[1]'的开赛方式。"凌大鹏解释道。

开赛前,所有赛车按预赛成绩在赛道上排好,车手在赛道另一侧列队等候。发令枪一响,所有车手立刻跑回各自车上,发动引擎出发。

"场面一定很刺激。"凌向楠兴奋地说,"海上比赛,船员也需要等发令枪响以后再上船吗?"

"海上的勒芒开赛式当然不能直接从码头上开始。如果那样的话,恐怕很多船还没驶出港口就已经撞翻。帆船的起航区域是一片相对开阔的海域。"父亲解释道。

"比赛开始前,船员们都已经登船。所有的船先将主帆升起,前帆则处于待升起状态,升帆索都连接好但不能进行升帆操作。船长会先驾驶帆船前往起航区集结。

"距离比赛开始还剩十分钟的时候,在开赛船长指挥下,所有参赛帆船使用机动力集结排成一行。四分钟倒计时,全体船员按要求后退至前立式绞盘的后方。一分钟倒计时,帆船的主机引擎关闭。开赛发令枪一响,船员才可以向前甲板区域移动升起前帆。

---

[1] 勒芒24小时汽车耐力赛同世界一级方程式锦标赛(F1)、世界汽车拉力锦标赛(WRC)并称为世界最著名和最艰苦的三大汽车赛事。

"在发令枪响后的十分钟内,所有帆船必须按照事先约定使用相同的船帆,以确保航向一致。过后,才允许换帆和改变航线。"

"开赛船长?他是裁判吗?他在岸上还是在船上指挥?"

"开赛船长是从所有参赛船长中选出的一位。他当然也参加比赛,所以肯定会在其中的一艘帆船上。

"开赛船长对整个开赛流程拥有总控权,负责确定所有船只使用同样的帆型,监督编队起航线前保持相同速度,确保整个过程顺畅公平。发令枪响起之前,如果队列发生明显的偏移,开赛船长有权终止流程,调整队形重新开始。"

"听起来勒芒开赛式一定很有趣。"凌向楠觉得它比汽车拉力赛复杂得多。

"不只是有趣。发令枪一响,所有帆船上的船员同时奔向各自岗位,升帆的升帆,摇把的摇把,掌舵的掌舵,帆船一窝蜂地涌出起航线抢占先机,场面极为壮观。"

凌向楠听父亲的描述,两眼放光,心潮澎湃。她希望立刻赶到三亚亲眼去看看那激动人心的勒芒时刻。

凌大鹏终于能够触摸到那匹属于他的海上种马。

他和女儿、大雄坐在橡皮艇上,由三亚港游艇会的码头朝着维克多帆船集结的锚地开去。

"人比人得死,货比货得扔。"这话真不假,凌大鹏感叹。

自从他见到维克多帆船的第一眼,内心就燃起一见钟情的感觉。现在,她就在不远的前方等待,他早已按捺不住内心的狂喜。

维克多帆船的长度是飞虎的两倍,碳纤维的桅杆高到几乎刺破苍穹。原本白色涂装的船身这时刚刚做完贴膜,呈现出通体的红色。这让它在一众锚泊的维克多帆船里显得格外醒目。船舷两侧的贴图为金色的

7. 备战

龙纹,自船头向后摆尾,龙头位置有"红灯笼号"四个汉字。

"汗血宝马!"凌大鹏认出海上的一抹红,立刻联想起传说中来自西域的汗血宝马。

"不!是番茄酱。"不解风情的吕团长却纠正道。

他告诉凌大鹏,红灯笼号的颜色按照赞助商的要求涂装,说必须和品牌色系保持一致。

凌大鹏立刻想起任老板同款色系的名片。不过他现在不介意它和番茄酱同色,反而觉得一袭红装更添喜庆。维克多在他眼里是一位初嫁的新娘。

凌向楠的兴奋则直接写在脸上。她觉得这艘红灯笼号才是她心目中绝对不输任何一艘豪华游艇的超级帆船。

她跟着父亲上了这艘临时注册为"红灯笼号"的帆船,从船尾摸到船头,从舱内摸到舱外,百看不厌。

这艘船接近30吨重,内部空间比飞虎大许多,结构的复杂程度更是远非飞虎可比。

凌向楠觉得它的船舱内部像天宫号轨道空间站,白色的基调,一镜到底的直通船舱,同样是被穿舱门分割成一节一节。

船舱内壁两侧挂满了用于固定物品的网兜,四组上下铺吊床左右对称排列。中央是围坐休息的沙龙区。岛台式的厨房除了冰箱、烤箱和微波炉,还有能够始终保持水平状态的丙烷炉灶和洗手池。

最让凌向楠惊喜的是,红灯笼号舱内竟然有一间功能齐备的卫生间!

"这船比飞虎强一万倍。"她自言自语。

船舱里还有一个结构紧凑的功能区。舱壁上镶嵌着各种控制设备和密密麻麻的按键,还有两块硕大的彩色屏幕。

"这里是船的中央神经系统。我们管它叫'导航室',是船长分析数据、绘制海图、对外通信的地方。船上所有电气设备的开关也在这里。"超越说。他正抱着一摞资料琢磨如何使用。

导航室将所有设备的数据信息汇聚到一起。帆船的状态、各项指标以及外部环境数据，都被汇总到综合电子海图仪的大屏幕上。船的对地速度、航向、航线、风向、风速、水深、温度、GPS 定位等数据一应俱全。

"真像《阿波罗 13 号》里登月飞船的指挥舱啊。"大雄赞叹。

舱壁上整整齐齐地摆放着百科全书一样的书籍。凌向楠注意到那些都是地图。

"除了最先进的现代导航技术，我们也携带了纸质海图以备不时之需。这些纸质海图的基础数据甚至可以追溯到 18 世纪的詹姆斯·库克船长[1]时代和更为久远的大航海时期。"超越说。

"自动识别系统（AIS）负责收集所有赛船和周边船只的呼号、位置、船艏向和速度信息，并同步显示在海图上。卫星数据通信系统提供包括音频、文字、图片、短视频等格式的实时对地通信服务。海事雷达能够侦测半径十海里以内的船舶和障碍物信息。

"角落里那部黑色的老式传真机模样的东西，叫气象传真接收机。它通过高频天线接收巨大地理范围内的天气系统图像，是船上必备的设备。不过现在水流和天气情况通过卫星系统传输，而且是彩色图像，气象传真很少使用了。"

维克多的舱底有一个比飞虎大许多的引擎舱，一个白色的独立发电机舱，以及两大排蓄电池。

"维克多是远洋巡航帆船。它的发动机配有四个独立的油箱。如果装满它们，可以依靠机动力行驶 600 海里。但这次比赛只允许我们在进

---

〔1〕 詹姆斯·库克（James Cook，1728—1779），是英国皇家海军军官、航海家、探险家和制图师。他以精确的航海技术制作航海图，为当时航海史上的一大突破。

7. 备战

出港或者遇到风暴等危及安全的紧急状况下启用发动机。每次启停发动机都需要拍照做好使用的记录。"

凌向楠漫步在充满科技感的维克多帆船上，庆幸自己做出的明智决定。如果跟着妈妈返回北京，可就错过了见识维克多帆船的天赐良机。和超级大帆船相比，出国留学咨询会实在太无趣。

可惜李明明同学没跟着来，否则一定惊掉他的下巴，她心想。

临近中午，岸上传来悦动悠扬的歌声，是罗德·斯图尔特（Rod Stewart）的那首《航行》（*Sailing*）。I am sailing, I am sailing, 带有淡淡的忧伤，透出一缕苍茫，给人力量。

连绵的遮阳伞沿着长廊一字张开，在三五成群的慵懒惬意的游客和阳光下晒得有些发烫的水泥地面之间划出一道屏障，服务员穿梭其间为他们端上午餐。

一些人目光被靓丽的红灯笼号吸引，有的拿起手机拍照，有的戴上墨镜端详。人们目送它载着动能帆船航海队全体成员，首次扬帆奔向大海的怀抱。

当然，船上还有一位特殊的船员，凌向楠。

全船只有凌向楠最开心。其他人都在紧张地忙碌，唯有她是来观摩的。因为这是全队与红灯笼号的首次磨合。现在距离正式比赛只有两天时间。动能帆船航海队的磨合训练比其他参赛队伍已经晚了至少三天。

操控一艘维克多帆船对凌大鹏和吕团长而言不算难事。凌大鹏曾在一条同级别船上连续航行十个月，对这种帆船了如指掌。但要让尚且只有飞虎航行经验的年轻队员也能和他俩一样达到操控自如、配合默契的程度则完全是另一回事。

凌向楠看着大雄和其他队员们在甲板手忙脚乱，也想上前帮忙。不过，父亲嘱咐她专心压舷，不要添乱。

除了进出港、升降帆、换舷转向等基本操作，动能帆船航海队在正式起航之前还必须通过专门针对维克多帆船制定的安全培训考核。

午后时分，两名环球帆船联盟指定的赛事安全官乘坐充气橡皮艇登上了红灯笼号。按照组委会的要求，他们负责讲解并考核每一位参赛队员。登船之后，其中一位安全官便向船长核对人数。

"一共九人，不，是十人。"凌大鹏瞧了眼女儿改口道。

安全官随后将红灯笼号上所有的人召集起来登记培训。

"我知道你们都是帆船运动员，但这可是艘维克多帆船。我估计你们当中的大部分人都没有操作过它。我的职责是让你们每个人都弄清楚它的基本构造以及安全注意事项。只有通过操作和应急安全考核，你们才具备正式的参赛资格。"

安全官做事情有板有眼。他按照规程列表逐条向众人介绍船上水火电等可能发生的危险点以及灭火毯、灭火器、消防水喉、防水门、医疗急救用品的存放位置，教授了如何使用维克多帆船配备的救生筏，检查了全队心肺复苏、止血包扎、骨折固定等急救技能的掌握情况。

安全官还要求全队演练了一次高速行驶状态中突发的 MOB 状况。于是队员们硬着头皮在没有完成团队磨合的情况下将一位可怜的 Bob 丢下水。

随着一声 MOB 的高喊，甲板上气氛顿时紧张起来，众人奔向各自岗位，条件反射地迅速分工，配合救援。

紧张的节奏让大雄应接不暇。他脸憋得通红，慌了手脚。一次，因为人在甲板上却没有锁扣救生衣上的两根安全绳，他受到安全官的严厉批评。

"除了救生衣，安全绳是唯一能够确保你不会掉入海中的纽带。你必须学会带着安全绳行走和干活。"安全官表情严肃，他转过头对全体船员重申，"你们都记住，只要上了甲板，短的那根安全绳也必须

7. 备战

扣上!"

祸不单行。在练习使用船舷绳梯时,大雄被一个浪头拍到船身上,眉角被船舷磕出一道口子。紧张的他竟没察觉到疼。直到安全官在所有人的考核单上打了最后一个勾,满意地乘橡皮艇离开,队友们才注意到他的伤。

众人急忙翻出刚刚演练用过的医疗箱,给大雄的伤口做了处理。好在伤口不深,用碘伏简单清理即可。

"我破相了。"大雄哭丧着脸。

时间一点点朝开赛日靠近,台风泥猛却停下了脚步。它的强度似乎有所减弱,在原地兜起了圈。

北太平洋的海水经过一整个夏季的日光照射,温度上升,积攒了巨大的热量,可以赋予台风更多能量。从秋分开始,太阳的直射位置从赤道向南回归线移动,副热带高压东退南移。

现在,泥猛盘踞在南海以东、菲律宾群岛附近的海域,蓄势待发。这让已经正式对外宣布开赛日期,每天关注台风动向的钱秘书长寝食难安。

他知道,海南岛以东的洋面有一头随时准备发起攻击的猛兽在等候37艘维克多帆船的靠近,而自己像个被时间机器操控的提线木偶,手舞足蹈却对行为毫无控制之力。狡猾的泥猛似乎洞悉他的无奈,按兵不动,等待他将猎物送至嘴边。

比赛一天天临近,钱秘书长的焦虑与日俱增。

10月6日晚上,环中国海帆船大赛开赛前夜。

凌大鹏表面看上去还是一如既往的淡定,但内心和钱秘书长一样焦虑。他知道,作为红灯笼号的船长,他必须掩藏自己的焦虑。他很清楚不能因为自己的焦虑影响全队的信心。在队员们看来，一切尽在船长的掌控之中。

凌大鹏和吕团长知道，动能帆船航海队和红灯笼号的磨合远没有达到预期。这会让红灯笼号在争夺有利位置的起航阶段吃亏。

环中国海属于红灯笼号的主场。主场作战有熟悉地形的优势，再加上红灯笼号配备了凌大鹏和吕团长两位经验丰富的远洋船长，动能帆船航海队有望冲击奖牌。但年轻队员们首次操作大龙骨帆船，经验不足是他们最大的劣势。

凌大鹏知道怨不得年轻人。他们从未接触过比飞虎更大的帆船，和这条维克多的磨合顶多不过两天。这些只驾驶过飞虎的年轻人面对维克多帆船没有了自信，就连队里技能最扎实的李响和远志也找不回他们操作飞虎时的那份洒脱。他们现在的感觉就好比一位羽量级拳击手发现对面站着的是拳王泰森。

飞虎只有一张主帆、一张前帆，顶多再加一张球帆。维克多的主帆和前帆之间还可以安装两面支索帆。组委会为了满足不同风力的需要，还给所有赛船配备了三张扬基帆、三张不对称球帆、一张风暴帆和一张微风帆。飞虎只有四个4英寸的绞盘，维克多有八个9英寸的绞盘和两座立式绞盘。飞虎有三个巴掌大的小屏幕，而维克多船舱墙面上满满当当的全是电子设备。

凌大鹏告诫自己急不得。运动员的培养本不可能一蹴而就，何况全国都找不出几名跨洋长航运动员。他和吕团长决定边赛边训，起航阶段务求稳妥，在航行中加紧队员们的磨合训练，争取在航程后段赶超对手。

另一件让人感到糟心的是赛前的天气。

海南岛东部海域的气压持续下降，风向开始转为东北风。强热带风暴泥猛现在就像个溜溜达达到了马路中央却停下脚步的小脚老太太，催

7. 备战

不得也赶不动，能把人急死。

组委会最新的气象预报说，未来 48 小时内相关海域平安无事，风向将以东北风和北风为主。但这样的天气给船长们留下一道进退两难的选择题。

起航后，要么驾驶帆船冒险从泥猛前方冲过去，要么找个地方趴窝给台风让路，要么主动转向绕到它的后方，但这意味着航向与组委会设定的南海标点 SC 的方向南辕北辙。

"这样走，航轨图上会留下一道滑稽的弧线。"凌大鹏说。

在规划红灯笼号航线的同时，凌大鹏和吕团长也需要揣摩其他参赛队伍会采取怎样的行船策略。

两人认为，这些维克多帆船的船长们不会选择绕行方案，因为碍于面子，谁也不愿意第一个在航迹图上画出调头航行弧线。原地等待也不在选择之列，除非没有风。所以，他们相信，绝大多数船长会选择在比赛的前两日以激进的策略航行，即尽可能采用最短距离，抢在台风前面通过。

"这和北京的教育一样内卷。"凌大鹏说。

不过，与台风在海上争夺通行权可不是儿戏。谁也预料不到两天后泥猛的脾气又会如何。如果恰好在它发作的时候撞上，那后果难以预料。

"在岸上，都是瞎操心。只有到海上才看得清。"吕团长眯起眼，摆出一副无所谓的样子。

凌大鹏知道，吕团长越表现出无所谓，他的内心其实越焦虑。

当晚，凌大鹏参加了竞赛组委会召集的赛前技术会议。

赛前技术会议是每次帆船比赛的惯例。除了组委会官员重申竞赛规则、通告赛事安排，会议还有一项重要议程就是讨论勒芒开赛式。关于开赛式的讨论由驾驶榴梿号的法国船长达达尼奥主持。他被推选为勒芒开赛仪式的开赛船长。

出席会议的三十多位船长里,凌大鹏认识的竟有大半。他们都是沃尔沃环球帆船赛[1]和克利伯环球帆船赛[2]等国际大赛的常客,其中只有两三个亚洲面孔。来自中国的参赛队伍有四支,但由中国人担任船长的只有动能帆船航海队。

"为了确保众位船长闪亮登场,我建议大家统一用帆计划,使用二号扬基帆、支索帆加主帆一级缩帆。"达达尼奥船长说。

"为什么要缩帆?既然亮相,应该满帆起航才对。不,我们还应该放出球帆,那才带劲。"驾驶哈吉斯号的查尔斯船长站起身第一个表示反对。

"我们只有在狂风中才会选择缩帆。"他又说。

"那是你们英国人。我们德国人在狂风中也不会缩帆。"雷司令号船长索林根应声说。

众人哄堂大笑。比赛还未开始,已是很浓的火药味。

"老弟,这可不是拼个你死我活的跨大西洋比赛。重要是确保顺利、成功。"达达尼奥船长按下跃跃欲试的两人道。

他认为,他建议的用帆组合虽然保守,但可以确保所有帆船在拥挤的起航阶段的行驶安全,不至于让船长们在众目睽睽之下出洋相。

"别忘记,我们还有亚洲的同行们一起。"达达尼奥船长含蓄地说。

---

[1] "沃尔沃环球帆船赛"(Volvo Ocean Race),2018年更名为The Ocean Race,是世界上历时最长的职业体育赛事,也是全球顶尖的离岸帆船赛事。其前身起源于1973年的怀特布莱德环球帆船赛(Whitbread Round the World Race),与美洲杯帆船赛和奥运会帆船比赛并称为世界三大帆船赛事。比赛每四年举办一次,共分11个赛段环绕地球一周并举办10场港内赛,全部赛程约45 000海里。在全部赛事结束之后,总分最高的队伍获总冠军奖杯。

[2] 克利伯环球帆船赛(Clipper Round the World Yacht Race)是世界上最著名的业余环球航海赛事。比赛由世界上独自不间断环球航行的第一人罗宾·诺克斯-约翰斯顿爵士创办于1996年。比赛每两年举办一次,历时10个月,共分七个赛段环绕地球一周。比赛结束时,所有分段赛的积分累加后得分最高的船队赢得"克利伯杯"。

7. 备战

"既然如此，我们问问亚洲的朋友好了。"查尔斯船长说。

"我无所谓。"达达尼奥船长耸耸肩，将目光投向寥寥几位亚洲籍船长，"凌船长，你怎么看？"

凌大鹏回答："主帆不用缩。球帆我看还是算了，除非你们打定主意想在起航阶段同归于尽。"

众人哄笑。谁也不想让自己的球帆和别人的桅杆缠绕到一起。反之亦然。

"好吧，开赛环节就这么定了。"达达尼奥说。他说起话来醉醺醺的，和《加勒比海盗》的杰克船长几乎一模一样。

"至于开赛十分钟以后的事情嘛，我的兄弟们，你们就算相互开炮将对方击沉，我都不会管啦。"

"这样的天气，明天能顺利出发吗？"凌大鹏问他。

"答案只有天知道。你知道的，凌船长。"达达尼奥船长向天上指指回答。

出发前夜最让凌大鹏糟心的不是天气，而是任老板承诺的赞助款一直没有到账。

合同约定的汇款期限已到，任老板那边还没有动静。一想起这事他便头皮发紧。他打给任老板的电话一直无人接听。

其实，不仅凌大鹏联系不上任老板，大雄也联系不上父亲。他打电话问母亲。母亲拒绝回答，只是不停追问大雄在哪里，让大雄马上回家。

大雄牢记父亲离开前的告诫：一不能告诉妈妈自己在哪里；二不能打退堂鼓，否则前功尽弃。他每次心里打鼓，就会想起父亲撂下的狠话："如果你选择打退堂鼓，那红灯笼集团也不可能交给你接班。红灯笼永远照耀前方，绝不后退。"

8 延误

谁也没想到,组委会竟然是第一个敲响退堂鼓的。

10月7日凌晨,船长们接到组委会的短信通知:由于天气原因,开赛推迟一天举行。

得知延期消息的凌向楠犹如遭到晴天霹雳,当时就蔫了。她不敢相信,昨天自己还在给沮丧的队员们打气加油,转天自己竟成了需要别人安慰的对象。

她来三亚的目的就是看勒芒开赛式,给红灯笼号送行。现在一切都泡汤了。一想到开赛仪式举行的时候自己得坐在教室里上课,凌向楠的眼泪就止不住涌出眼眶。

开赛时间的推迟未必对所有人都是坏消息。在凌大鹏看来,这多得的一天是意外之喜。他可以利用这一天继续团队和帆船的磨合训练。

看不了开赛仪式让女儿失望至极,但现在的他无暇顾及,只能全力以赴备战比赛。他领着凌向楠草草吃过早餐来到码头,简单安慰了几句后便将女儿托付给吴冉照顾。

"吃完午饭吴冉阿姨送你去机场。回到北京要听妈妈的话。"凌大鹏说罢将一套崭新的红蓝相间的防水服递给女儿。那是为比赛定制的远洋航海服。他特意多要了一套,算作送给女儿的礼物。

凌向楠耷拉着脑袋目送大雄和其他队员鱼贯上船。

吕团长最后一个登船,他对凌向楠说:"楠楠,那个……呃……开心点。"

她哪里开心得起来?这根本不是自己期待的送行场景!吕团长一句试图安慰的话让她眼眶里打转的泪珠终于止不住地流下来。

"别难过啦,楠楠。明天我把勒芒开赛式全程拍下来,发视频给你看,好吗?"吴冉急忙上前搂住凌向楠,不停地安慰她。

8. 延误

但她很快被组委会的电话召回了办公室。她作为红灯笼号的岸队经理，负责配合组委会和红灯笼号的赛事保障及联络。

凌向楠一个人目送红灯笼号火红的身影远去，孤零零地坐在码头边消磨时光，脚下浪花朵朵，心中充满忧伤。

远处海面上的天空被一大片马鬃似的云层霸占了，剩余部分阴沉沉的。组委会也许是对的，今天天气似乎不适合起航。

此时，三亚港的港湾里停满了船。在接到海事局的天气预报后，附近海域的船纷纷进港避风。

海面上只有那几十艘维克多帆船是逆行者。它们和红灯笼号一样争分夺秒抓紧训练。风雨将至的低气压让其他人感到压抑，却让这些海上种马仿佛嗅到了草原的鲜香。

妈妈打来电话告诉凌向楠自己晚上加班不回家，让她到了北京的机场后自己打车回家。

"比赛开幕式推迟了，明天爸爸才出发。"凌向楠委屈地说。

"你瞧，还不如那天跟妈妈一起回来呢。"妈妈显然没有察觉女儿低落的情绪。

"我能明天送完爸爸再回北京吗？"凌向楠说。她觉得要让妈妈同意不太可能。但起码自己得争取一下，也许还可以得到妈妈的安慰。

"明天回来怎么能行？你还要上学的。"妈妈并未会意，转而开始兴奋地讲起她参加出国留学咨询会的收获。

"楠楠，我跟你讲。这次的咨询会规模可大了。美国排名前三高中的老师，还有英国寄宿学校的招生老师，我都见到了，还要到了他们的邮箱和电话……"

凌向楠感到更加沮丧，妈妈的话一句也没有听进去。她觉得妈妈完全不理解此刻自己需要安慰的心情，对自己看不到勒芒开赛式的悲惨遭遇竟然表现得无动于衷，对即将远征的爸爸也毫不关心，一心只想如何把自己的女儿送到国外。

　　临近中午，没精打采的凌向楠燃起新的希望。因为，一则手机短信通知她说回北京的航班因为天气原因，起飞时间由下午推迟到晚上。

　　于是她整个下午都在盯手机，幻想会有新的短信通知说，航班继续延误直至她将明天的开赛仪式看完。可惜，一直等到红灯笼号返回港口，她的手机也没有收到新的延期通知。

　　父亲已经知道航班延误的消息，答应忙完手中的事后开车送她去机场。

　　凌向楠一个人坐在礁石上，看着沙滩上数不尽的小螃蟹在忙碌。沙滩上，指甲盖大小的螃蟹总在退潮时出没，它们忙忙碌碌将掩住洞口的沙砾用嘴做成一个个小球吐在洞口的周围，不一会儿就翻遍整片沙滩。浪花经过，它们的辛劳被抹去，于是又不厌其烦从头再来。

　　身后的咖啡厅里传出她熟悉的歌曲：

> 茫然走在海边
> 看那潮来潮去
> 徒劳无功想把
> 每朵浪花记清
> ……

　　远处，红灯笼号的水手们为第二天的比赛做准备。大雄看见凌向楠，便跳下橡皮艇走过来陪她。

　　"今天训练怎么样？"凌向楠有一搭没一搭地问他。

　　"我们和其他船一起编队演练勒芒开赛式。"大雄回答。

　　"勒芒开赛式？"凌向楠一听又郁闷了。她若是早知飞机延误，还不如上船去亲自体验一把勒芒开赛式的演练呢。

"刺激吗?"她心有不甘地问。

"何止是刺激!我的心都快跳出嗓子眼了。"大雄说。

"真羡慕你们,能开维克多帆船参加比赛。"她说。

"维克多帆船真的比飞虎复杂多了。我……"大雄叹口气,说着低下了头。

"怎么了你?"凌向楠问。

"我觉得自己总比别人慢半拍,跟不上李响他们的节奏。换帆的时候甲板被我搞得一团糟。"他垂头丧气地回答,"我还经常搞不清船的左右舷。"

维克多帆船上的标识全用的英文。凌大鹏和吕团长经常用英文直接发令。船的左舷在英文中不叫Left side,而叫Port,右舷也不叫Right side,而叫Starboard。这些源自公元8至11世纪北欧维京时期的传统经常会把初学者搞得晕头转向。

"我真担心比赛的时候会拖大家的后腿。"大雄叹气道。

"那有什么的。"凌向楠不以为然。她认为大雄能够在父亲的严格训练下坚持至今已经非常了不起。

"可你知道我还有晕船的毛病。"他说。

"你今天晕船了吗?"凌向楠问。

"今天?那是没有。"大雄摇摇头。若没有人提醒,他恐怕不会察觉自己已经连续两天没晕船了。

"这么说来,我当个水手还是基本合格的。"他点头道。

"就是嘛,你要相信自己可以的。"凌向楠鼓励道,"只有初衷与希望永不改变的人,才能最终克服困难达到目的。"

"你怎么和我爸说的一样?"大雄吃惊地问,"向楠,你说,我爸怎么就这么有信心?他说我肯定能跟着凌队长抵达终点。"

"那是法国作家儒勒·凡尔纳的小说《海底两万里》里的话。你爸一定也是凡尔纳的粉丝。"凌向楠回答。

"我爸说他会到青岛欢迎我们。"大雄又低下头,"不过,我不确定他还能不能去青岛了。"

"他怎么了?"凌向楠关心地问。

"我爸他,已经被我妈软禁了。"大雄犹豫道。

原来,任老板和大雄建立的攻守同盟最终被妻子识破了。大雄的母亲知道丈夫竟然让儿子出海远航后大发雷霆,将任老板关了禁闭。两个人在家里打得天昏地暗。

"他们俩最后谁赢了?"凌向楠忍不住问。

"那还用问?当然是我妈啦。这些年打架,我爸从来没赢过。他现在正在家里跪搓衣板呢。"大雄说,"向楠,你知道吗?刚才听见妈妈在电话里哭着要我回去,我心里真的又开始打鼓了。"

"你可不能在这个时候打退堂鼓。"凌向楠急忙道。

"这我知道,要是真打了退堂鼓,我爸肯定不让我当红灯笼集团的董事长。"大雄认真地说。

"说真的,我挺敬佩你爸的。"凌向楠说。

"为什么?"大雄不解。

"凭你们家的产业,明明已经可以躺赢的,你爸还能那么执着地严格要求你。"

"嗯,他希望我多经历些风雨,不能当一个坐吃山空的接班人。"大雄说。

"我爸的手机已经被我妈没收了,他偷偷用家里保姆的电话打给我。让我和你爸说,千万别担心咱队赞助的事,等他恢复自由后马上去公司办理汇款。"

"赞助的事,你妈妈不会也反对吧?"凌向楠替自己的父亲担心,她隐约知道了母亲和父亲争吵的原因。

8. 延误

"不会的。"大雄拍胸脯道,"就算我爸妈都反悔,还有我呢。你可别忘了,他们还指望我接红灯笼的班呢。要是我不干,他们上哪里去找接班人?"

"真的?你那么确定你爸妈不会再给你生一个小雄弟弟?"

"肯定不会,我妈都40多岁了。"大雄斩钉截铁地说。

"你爸不会瞒着你妈偷偷在外边给你生个弟弟妹妹?"凌向楠故作神秘地追问。

"有我妈在,我爸他不敢!"大雄说。

"他俩不会离婚吧?"凌向楠脱口问道,心里想的却是自己的父母。

"有我在,他俩不可能离婚!"大雄说。

两人沉默一阵,各想各的心事。

"真遗憾,你马上要回北京了。"大雄叹气道。

"可惜没机会给你们送行。"凌向楠说。

"送你个小礼物。"大雄变戏法似的掏出个玻璃纸包装的盒子,是一部新款手机。

"我爸临走时给的,早上忘了给你。我手边也没什么好送的,就把它转送给你吧。"

"这么贵重的东西我可不能收。"

一听说是大雄父亲送给儿子的礼物,凌向楠坚决不收。

大雄不再勉强,但趁她不注意,偷偷将手机塞进了她的背包。

凌大鹏终于忙完甲板上的事,揣着五味杂陈的心情开车送女儿去机场。

临行前,大雄找他讲了父亲被软禁在家的情况,还转述了父亲托带的话。

"队长放心,我爸不会赖账的。"大雄拍拍胸脯说,"他的宝贝儿子不还在您手里吗？"他非常认真地以红灯笼集团未来董事长的身份向凌大鹏保证，父亲承诺的赞助一定会兑现。

凌大鹏曾以为大雄会找他提退赛，没想到大雄直到比赛前夜也只字未提。

凌大鹏和他相处数日，看着他渐渐晒出和李响一样的水手肤色，纵使晕船受伤也坚持训练，已经完全接纳了他，早没了希望大雄退赛的念头。

他也没有因为赞助的拖延而责备大雄。他相信大雄说的都是真的，相信任老板不会食言。

送女儿去机场的路上，车外天气阴沉，车内气氛沉默。

汽车快到机场时，女儿突然问他："爸爸妈妈会离婚吗？"

凌大鹏语塞。离婚？他从未想过。

但妻子对自己怨恨的程度在升级是事实。他不清楚妻子对女儿说过什么，更不清楚自己该对女儿说什么，于是岔开话题，问孩子想高中出国还是大学出国，结果女儿一下子哭了。

"你们都不想要我！"凌向楠眼泪汪汪地说。

"我不想出国，我也不要你们离婚！"女儿泪如泉涌，压抑一天的情绪完全爆发出来。

凌大鹏在惊涛骇浪里都未曾慌乱过，现在彻底手足无措。

"不会的，爸爸妈妈不会不要楠楠的。"他擦干女儿的眼泪，安慰她说。

车子拐个弯儿到了候机楼的门口。凌大鹏向女儿承诺，等红灯笼号抵达青岛，他会立刻赶往北京去和母女俩汇合，陪女儿一起过新年。

"楠楠，答应爸爸，回北京一定要听妈妈的话。"他目送女儿走进候机楼。

8. 延误

出发大厅的玻璃门自动开合，女儿头也不回地进去了。

从机场回到码头同样是十五分钟，但时间过得异常漫长。

汽车驶过棕榈树和椰子树间隔的滨海大道，穿过酒店和草坪，回到码头。维克多帆船的锚地灯火通明，每艘船上都有人在忙碌。

火红的红灯笼号上，吕团长和队员们仍在继续做着出征前的准备。凌大鹏整理好情绪，让码头上的工作人员开来一艘橡皮艇，载他上船加入其中。

这天夜里，红灯笼号上的队员们一直忙到很晚才返回酒店。

凌大鹏回到房间，立刻给女儿发去短信：楠楠，到家了吗？

良久没有回复。床头的电子时钟指向凌晨两点。他想，女儿明天还要上学，此刻应该早已进入梦乡。

这一晚，三亚港的风刮个不停，小雨淅淅沥沥。凌大鹏盯着电视台气象频道里的白色锯齿状圆盘无声无息地转个不停，彻夜难眠。

9
勒芒

10月8日上午9点30分，三亚国际游艇港。

刮了一夜的偏北风势弱，西风渐起，天空依旧阴沉。太阳像一位宿醉未醒的主持人从云层中有气无力地探出头，总算露了个脸。

港外的海面上，37艘维克多帆船昂首挺立，它们已经在开赛船长达达尼奥的指挥下集结完毕，齐头排开。

按照抽签顺序，上风船位是凤梨号，下风船位是袋鼠号，其他赛船依次排列两者之间。维克多帆船的船头在海浪中高低起伏，仿佛跑道上的短跑选手在起跑线后活动手脚做热身运动。

游艇会酒店门前锣鼓喧天，码头上人头攒动，趴窝的游艇和帆船上的人聚集在上层甲板观望，两架直升机在空中来回盘旋。

一位电视台女主播对着摄像机进行实况解说：

"金秋十月，享誉世界的帆船之都三亚，终于迎来首届环中国海不间断航行国际帆船邀请赛。来自25个国家和地区的37支参赛队伍将从这里扬帆起航。"

天公的表现差强人意，但女主播饱含激情的神态语调点燃了现场的气氛。

"此时此刻，海面吹起12节轻风，浪高0.9米，给参赛船只提供了极好的开赛条件。各队早已列队完毕，他们摩拳擦掌、蓄势待发、威风凛凛、迫不及待。让我们和队员们一起静候开赛时间到来。"

组委会钱秘书长站在涌动的人群前排，不停地抬头看天，又低头看表。

草坪上安装的巨型表盘指针一格格向10点整的位置靠拢。甚高频对讲机突然响起声音，通过扩音器传到现场所有人的耳朵里：

"10分钟倒计时准备！"

9. 勒芒

起航信号船竖起 AP 信号旗。

所有人将目光投向海面，整装待发的维克多帆船发动引擎，扬起主帆，如国庆阅兵大典的重型主战坦克方阵，整齐划一地徐徐向前推进。

"四分钟倒计时准备！"

维克多帆船甲板上的船员纷纷从各自岗位后撤至立式绞盘的后方，弓身蓄势待发。

"一分钟倒计时准备！"语调没有一丝变化，像报时机器。

发动机的轰鸣声陆续减弱至完全消失。岸上观赛的人们静默下来，凝息等待，时间仿佛在这一刻凝固。

啪！突然，清脆的发令枪声响起。

海面上一时间完全沸腾起来。所有帆船的船员几乎同时跃出预备位置，狂奔向各自的甲板岗位。呐喊声、跺脚声、海浪声、风声，还有绞盘转动的轰隆声交织在一起响彻天际。

空中悬停的直升机将高空俯视的直播画面传来，投射到巨大的现场屏幕上。

"Go！Go！Go！"凌大鹏大声喊。

红灯笼号上的年轻队员们就像脱缰野马闻风而动。李响领着前甲板水手跑上前解开系着两个前帆的带子，吕团长紧随其后占据中舱，远志等几人立刻站到绞盘两侧，他们按照先前部署各就各位，奋力摇动绞盘，拉起升帆索，三角形的船帆一张张迅速升起、张开。整套程序几日来他们已经演练许多次，不会出错。

红灯笼号的升帆过程相当顺利，但船舱里遇到了点小麻烦。超越操作发动机关机时，由于过于紧张没能听清来自舱外的指令，延误十几秒。结果未能及时收拢的螺旋桨产生反向作用力，导致前进动力不足，红灯笼号起步的一瞬间比别人慢了半拍。37 艘帆船里，红灯笼号的船头最后一个压过起航线。

达达尼奥船长组织的开赛仪式近乎完美。没有一艘船因为抢跑或者违规而使整个程序被终止重来。所有维克多帆船的前帆几乎在同一时间升起。

实况转播的电视画面上船帆占满了整片海面，蔚为壮观。船员们高声喊着号子，疯狂转动绞盘，将甲板踩得震天响，直接将比赛气氛推至顶点。人们仿佛回到了几百年前的水手们驾驶木制风帆战舰在海上厮杀的时代。

然而，这一切还没完。

随着发令枪响后十分钟的限定期结束，勒芒开赛式由规定动作阶段瞬间切换到自选动作阶段，所有维克多帆船再度陷入疯狂。

每个船长对风都有自己的解读。如何借助风的力量，他们有各自的独门秘籍。一旦到了自由发挥的时刻，又是在万众瞩目之下，他们当然不能错过表演的机会。于是，甲板上的水手们按照船长的部署，启用各队自己的用帆计划。

岸上观战的人还未从前一波的亢奋中回过神，又被注入一针兴奋剂。

对于初学者来说，升帆和降帆都需要先将船驶入 NO-GO ZONE。对于这些以速度论英雄的顶级赛队而言，换帆根本不需要 NO-GO ZONE，更不可能减速停船。

这些船在完成降帆、换帆和升帆操作的同时，需要尽可能确保船速不减。舵手一刻不停地观测海面风向的变化，留意抢到上风位置的船的用帆情况，随时调整航向。甲板水手们就像流水线上训练有素的机器人，依靠电脑指令以最快的速度完成换帆所需的每个工序。

绞盘摇动的隆隆声、水手们的呐喊声、海浪被船头劈开的落水声再度响彻海面。一些船降下支索帆，升起球帆；另一些则继续使用扬基帆。

9. 勒芒

远远看去，海面上 37 艘维克多帆船组成的舰队因为船长们选择不同的策略出现队形的变化。

庞大的舰队也不再朝同一个方向行驶。抢占上风的船试图寻风调整方向压制对手，紧紧尾随的船觊觎任何可能的船位空间尝试顺风过帆超越前船。

有心急的船长一通调帆转舵，反而导致自己的船身大幅倾斜贴近海面，船帆被前船搅乱气流引起的"脏风"打乱了帆形，而不得不切过前船的尾波，朝旁驶去。东向的维克多舰队一下子打乱了稳步向前推移的队形。

"此时此刻，我的心跳达到了每分钟 140 下。"解说员继续高声解说。

"除非你本人身在现场，否则无法百分百理解和感受到勒芒开赛式过程中那种令人肾上腺素飙升的体验。"

天空中太阳早已不见踪影，雨点又飘落下来，但砸在脸上的雨点丝毫不妨碍解说员口若悬河，激情演绎。

起航的速度越快，就意味着抢占上风位的机会越大。榴梿号暂居船队首位。章鱼丸子号在近距离比拼过后马上选择北向行驶，它和另外几艘船正从船队中逐渐分离，比赛出现了两个梯队分别在各自的分赛场进行较量的场面。

红灯笼号虽然出师不利，但这是凌大鹏预料之中的事。他鼓励队员们沉住气，调整状态，集中精力做好各自岗位的操帆动作。经过他和吕团长的轮流掌舵，穷追猛赶，红灯笼号渐渐超过了铜锣烧号和莫莫扎扎号，跑到倒数第三的位置。

时间一分一秒流逝，各船选择的不同策略渐渐显出差异。选用大号球帆的队伍在顺风条件下速度明显快过其他队伍。落后的船长于是纷纷调整用帆，指挥船员们又来了一轮降帆、换帆和升帆。

船员们加快呐喊的节奏，把绞盘摇得震天响，手中的缭绳飞快地收紧，甲板上又一通忙乱。不一会儿，更多的巨型球帆被升起。

远远看去，海面上成了花的海洋。37朵牡丹花竞相盛开，遮天蔽日，争奇斗艳。各船船速迅速提升，维克多舰队的队形再次收拢。

等到所有的帆船乘风远去，消失在视野中，距离发令枪响已经过去半个多小时。

海面上看不见太阳，只有越来越多的雾气蒸腾。领头的几艘维克多开到一片鬃积雨云的下方，飘落的雨点于是成了垂直向下的机关枪扫射。

舰队里多数的船已经换完帆，转入长航状态，几艘换帆过程不顺的渐渐落在后面。

红灯笼号也再次换帆。重新升起的帆面抖动渐渐消失，在舰队中的排位从起航时的末尾追赶至腰部位置。这让大家都稍微松了一口气。

凌大鹏站在驾驶台的后方控制方向对抗海浪，任由风呼呼地吹，雨点噼啪砸在脸上。

驾驶台网兜里的手机屏幕这时闪不停，妻子打来的电话已经持续响了几分钟。起航阶段他根本顾不上接电话，但屏幕继续闪烁，妻子一遍遍不停拨打，仿佛不将电池耗尽誓不罢休。

凌大鹏于是接起了电话。再开几海里红灯笼号就将驶出手机信号的覆盖范围。

但耳边风声鼓噪，手机里说些什么他一点也听不清。于是他将舵轮交给吕团长，拿着手机走下甲板。

电话里是妻子劈头盖脸的质问，将他问得一头雾水。

"孩子呢？你把孩子送哪里去了？"

"孩子？楠楠吗？她不是回北京了？昨晚我送她去的机场。"他抹去脸上的雾水回答。

9. 勒芒

"你这个爹是怎么当的！"电话里的声音由质问变成咆哮。

"楠楠昨晚根本没回家，早上也没去学校。她手机关机，人找不到。凌大鹏，你给我说清楚，你到底把女儿送到哪里去了？"

"什么？"一个浪头袭来，凌大鹏感觉两脚发虚。

"楠楠她要是有个三长两短，我跟你没完！"电话里的声音转为哭喊。

凌大鹏从未晕过船，但此刻他感到一阵晕眩。他的脑海里快速回放昨晚与女儿在机场外道别时的情景。难道她没有上飞机吗？她会去哪儿呢？他不停地问自己。

头顶的甲板隆隆作响，吕团长又在指挥换舷了，船舱左右摇摆起来。他感到胸口发闷，一阵恶心涌至喉头。

"队长！队长！"

头脑一片空白的凌大鹏听见爬进前舱正在搬运船帆的李响朝他急呼。

他一手拿着手机，一手握着舱顶的扶手，跌跌撞撞、浑浑噩噩地走向李响。

李响却侧身给他让出了通舱过道。只见前舱里一个脑袋和身体都裹在毛毯里的人从李响的身后现身，像《一千零一夜》里突然从山洞里冒出来的阿拉伯人。

只见这个阿拉伯人一边揉搓睡眼惺忪的眼睛，一边神情木讷地问："爸爸，比赛开始了吗？"

凌向楠不仅错过了回北京的飞机，也错过了心心念念的勒芒开赛式。此时，她手捧一杯热巧克力坐在红灯笼号的沙龙区万分懊恼——自己竟能在船舱的角落里睡过了头，全然没有察觉舱外惊天动地的勒芒开赛式。

当然，遗憾归遗憾，她同时也万分庆幸自己有生以来最大的一次冒险行动竟然取得成功。

与父亲道别后，她一直在候机楼安检门前徘徊，直到飞往北京的飞机起飞也没走进去。她做了一个连自己都难以相信的决定——跟着父亲一起参加勒芒开赛式！

她撕掉登机牌，溜出机场，打车回到游艇会，穿上参赛服混进码头，学着大人们的模样搭乘工作人员的充气橡皮艇，偷偷爬上红灯笼号，然后躲进了船舱尽头的帆布堆里。

这就是十几岁的孩子头脑发热时会做出的事情。她做出决定的时候根本不考虑行为的后果。与后果相比，她更在意自己睡觉时关了手机忘记设置闹铃，错过了轰轰烈烈的勒芒开赛式。

"你这是偷渡！"大雄将凌向楠的冒险行动定性为"偷渡"。

大雄很好奇，早上如此激烈的一通颠簸竟然没有将她晃醒。但他更多的是开心，因为红灯笼号上又多出一名小伙伴。

凌大鹏作为红灯笼号的船长却开心不起来。

他硬着头皮向妻子解释，女儿没有丢，就在自己的船上。结果当然是遭到妻子的严厉指责。妻子绝对不相信女儿是自作主张偷偷上的船，他被妻子定性为这次"偷渡"行动的教唆犯、帮凶，百口难辩。

除了向妻子解释，凌大鹏还面临一个更加头疼的问题：如何向竞赛组委会解释红灯笼号凭空冒出的第十位船员？

然而，竞赛组委会接线员的回答更加让他大跌眼镜。

"红灯笼号船上难道不应该有10个人吗？"对方反问。

"呃……应该是9个人。"

"9个人？你这个船长怎么连自己船上的人都数不清？明明写的是10个人，却偏说9个人。该不会把自己给数漏了吧？"对方的语气带有一丝嘲讽。

9. 勒芒

"你是说我们报的就是10个人登船？可我怎么不知道？谁报的？"

"对啊，就是你报的，审核表格上还有你自己的签名，凌大鹏。"

我的签名？凌大鹏彻底被对方给搞糊涂了。于是他挂断电话，又联系红灯笼号岸队经理吴冉，让她到组委会复核。

"他们说得没错，就是你填报的。一共10个人，身份信息写得明明白白，还有环帆联安全官的认证呢。"吴冉回复他说。

凌大鹏这才想起来，全队首次驾驶红灯笼号进行磨合训练那天，因为船上连同女儿一共上了10个人，所以当环帆联安全官登船进行应急安全培训考核的时候，他为了避免对方找麻烦，随手将女儿的名字也填写进了审核表。

"可楠楠是未成年人，他们怎么就能同意？"他不解地问。

吴冉向他解释，这次环中国海帆船赛竞赛规则没有对参赛人员的年龄限制。如果参照环帆联的赛事规则，十四岁以上可以参加成人组的比赛。凌向楠刚过十四岁并且高分完成了环帆联安全官的现场考核。

"你填报了，安全官考核通过了，他们自然同意了。事情就这么简单。"吴冉说。

这真是让人哭笑不得，凌大鹏发现到头来这桩"偷渡"事件的始作俑者竟然是他自己。

事已至此，他该如何处置这名"偷渡客"呢？总不能带着她一直到青岛吧？

按照竞赛规则，组委会允许船上的人员途中下船，但前提条件是参赛帆船不得靠港停泊，否则就破坏了不间断航行的比赛要求。

"组委会可以协调船只接应你们，但需要红灯笼号改变航向，前往粤港澳地区沿海等待。"吴冉说。

"那怎么能行！"凌大鹏毫不犹豫地否决了这个方案。

改变航向不仅意味着主动放弃刚刚争取到的船位优势，还将直接影响到红灯笼号和台风泥猛争夺路权的时机。

"既然如此，我们干脆带上楠楠一起航行！"吕团长说。

"直到青岛？"

"那又何妨？反正向楠已经在组委会的正式船员名单里了。"

当队员们得知队长最终同意了吕团长的建议，纷纷从甲板下来和凌向楠击掌，祝贺她正式成为动能帆船航海队的第十名成员。

凌大鹏看着他们兴高采烈的样子，心里嘀咕，真正的"教唆犯"会不会是他们？

吕团长却耸耸肩，无所谓地说："除非你亲眼所见，否则，海上发生的事情只有天知道。"

凌大鹏十分怀疑，自己的老搭档同他们是一伙的。

10月8日上午，北京。史家中学某班凌向楠的课桌仍然空着。

生物课老师前脚刚走出教室，班主任老师就进来询问有谁知道凌向楠的去向，同学们纷纷摇头。老师于是匆匆返回办公室去给家长打电话。

"凌向楠会不会生病了？"

"也许睡过头了，今天早上我的闹铃就没响。"

……

同学们围成几个圈落，议论纷纷。

"依我看呐——凌向楠同学再也没脸回来喽。"李明明扯着嗓子高调对众人说道。一副煞有介事的样子，仿佛只有他掌握内幕。

他故作神秘的话立刻引起周围同学的骚动。教室如同生物老师制作的临时玻片标本，三五成群的几个圈落就像载玻片上的气泡，在盖玻片的挤压下瞬间消散。

同学们就像培养皿里的草履虫遇到了富含氧气的培养液，纷纷聚集

9. 勒芒

到李明明的周围。

"你知道凌向楠怎么了？不会转学了吧？"草履虫们问。

"放假的时候我在海南看见她啦。"李明明卖起关子。他将两腿搁在课桌上，翘起椅子支棱起身体。

"你倒是说呀，凌向楠她到底怎么啦？"几名女同学急了。

"你们知道，我爸放假带我去海南开超级游艇了嘛，就是三层、带游泳池的那种，超——级大。"

他见众人流露出不耐烦的神情，立刻话锋一转："没想到竟然碰到了凌向楠。"

"然后呢？"

"然后？她不是说什么她老爸是世界冠军吗？吹牛！你们猜怎么着？原来，她老爸在我开的游艇上打工。嘿嘿，我开船的时候，她爸得给我打下手。凌向楠的谎言被我当面戳穿，她已然无颜再见江东父老喽。"

李明明说完，两手叉在脑后，摇晃起咯吱作响的椅子。

"你别瞎说。我去过向楠的家，见过她爸的奖杯，她老爸真的是世界冠军。"一名女同学反驳。

"世界冠军？她爸会开帆船倒是不假，可她爸开的帆船才这么点大。"李明明拿手比画道，"还没我开的摩托艇大。"

这时，上午第四节课的上课铃声响起。草履虫们纷纷回到各自座位上。

"李明明又在瞎说。"

"我要是瞎说，你们就把我的头拧下来当球踢。"

李明明正说着话，瞧见数学老师拿着大三角板和厚厚的卷纸走进教室，于是急忙将桌上的书本一股脑儿塞进桌板底下，抽出了一本皱皱巴巴的数学书。

大航海时代

到了中午吃饭的时间，史家中学食堂里人来人往。同学们打完餐围坐在一起，继续议论凌向楠去哪儿了。

食堂里巨大的壁挂电视屏幕此刻正播放午间新闻。一行字幕显示：首届环中国海不间断航行国际帆船邀请赛在三亚正式开赛。

（画外音）来自25个国家和地区的37支参赛队伍从三亚出发前往青岛。他们将在大海上连续航行大约10个昼夜。他们驾驶的大型帆船专为跨洋航海打造，装有先进的设备……

"你们瞧，若凌向楠她爸真要是世界冠军，就该去开这样的船，参加这样的比赛。"李明明鼓着腮帮子说。

屏幕上尽是桅杆高耸的维克多帆船，张开的球帆遮天蔽日。新闻画面正是直升机从空中拍摄的勒芒开赛式的场面。维克多帆船扬起球帆劈波斩浪，直升机旋翼的震动声敲击耳膜。

参赛的400余名各国专业选手中，年龄最大的57岁，最小的14岁。最年轻的选手来自中国，她叫凌向楠，是北京史家中学的一名学生……

熙熙攘攘的食堂顿时安静下来，同学们的目光纷纷被电视屏幕吸引过去。

李明明瞪着眼睛，端着勺子，一动不动，惊掉了下巴。

海南岛以东宽阔的海面上，维克多舰队一路向东绕过比赛设置的首个标点。除了这些肆意撒欢的海上种马，海面再也看不到其他船只的踪影。它们为险而战，它们向阳而生，它们与台风赛跑，它们和巨浪共眠。

组委会的技术官员每隔数小时通过卫星将最新的气象数据发送给所有维克多帆船的卫星数据接收系统。

预报显示,前方 300 海里内的风向偏西南方向,风的强度 15~20 节(风力 4~5 级),后期风向预计转为南风。涌浪超过 3 米,已经波及舰队的先头部队。不过,台风泥猛的整体风况仍然保持稳定状态。

"这很好,我们可以保持长时间的顺风航行。"凌大鹏说。

"你觉得我们有可能抢在泥猛前面绕过下一个标点吗?"吕团长问。

有没有可能抢在台风泥猛的前面绕过南海 SC 标点,这是所有船长都在考虑的问题,也是他们难以决断却必须决断的问题。

对于天气的预判并不能完全依靠气象部门提供的预报,尤其在海上。同样一份台风预警报告,不同的人会有不同的解读,不同的解读就会带来不同的选项。而每艘船所处的局部地区的天气状况又各不相同,甚至相隔仅几海里就会发生东边日出西边雨的迥然不同状况。这又给航行策略的选择平添更多的不确定性。

而在瞬息万变的海面上,留给这些船长们思考的时间往往不多。凭理性思考判断得出的最优策略如果不能匹配稍纵即逝的时机便会显得毫无用处。

凌大鹏和吕团长经过分析认为,舰队已经摆脱了海南岛东部海面鬃积雨云控制的范围,所以大部分船长会和红灯笼号一样选择继续使用球帆。只要顺风条件继续保持,维克多帆船就能长时间地以接近 20 节的速度高速行进,为和台风泥猛争夺路权赢得时间。

在解决完"偷渡"事件、确定了后续航行策略之后,红灯笼号进入长航工作状态。

包括凌向楠在内的所有队员被分成红蓝两组,由凌大鹏和吕团长分别带班,每四个小时交替上甲板值守,保障红灯笼号 24 小时不间断的航行。当班的甲板组成员需要打起十二分的精神确保高速航行的安全。不当班的组员则可以回舱休息，处理个人事务、做饭、打扫舱内卫生。

当然，假如海面上的风况稳定，那么只要选配合适的帆，调整好受风角度，船可以一直朝目标方向行驶。凌大鹏带领值班的红组这次运气很好，他们除了偶尔调动一下缭绳和斜拉器，其余的时间都在一边压舷一边欣赏海上夕阳西下的壮丽风景。

凌向楠很喜欢前甲板瞭望员的位置。浩瀚的大海将它的宽广和伟岸展示得一览无遗。放眼望去，视野里除了大海和天际什么都没有。脑海里所有的烦恼和忧伤也统统被海风吹散。

凌大鹏站在女儿身后。他觉得整个世界一下子清静下来。每次开船远离陆地，摆脱纷繁复杂的人事纠葛，他都会有种恍如隔世、似幻非幻的感觉。

他的手机早已收不到信号，屏幕只停留在最后一条短信上："让女儿平安回来！"

凌大鹏不确定这究竟是妻子对他的命令还是嘱托，大概两者的意味兼有。还好，她没提钱的事。

并不是所有的人都安于享受顺风航行的便利以及此刻的宁静。

海面上遥相呼应的几艘维克多帆船的船长们开始在甚高频 16 频道里相互叫板。

这个频道为国际遇险、安全和呼叫的专用公共频道，船舶必须全天监听。手持对讲机的 16 频道可以呼叫到三五海里以内的船，电台依托天线可以联络数十海里以外的船。近岸航行的时候，16 频道里往往很热闹。海事部门会通过该频道发布语音通告，交会的船只会相互沟通确认航向安全。到了远海，放眼望去看不见几条船，甚高频 16 频道安静得不得了。

9. 勒芒

现在，不容别人清闲的船长开始在 16 频道里插科打诨，相互叫板。不一会儿叫板升级成挑衅，两位互不相让的船长掀起一场自发的短途竞速赛。

凌向楠透过望远镜看见前方的豆捞号和凤梨号两艘船渐渐靠拢，你追我赶抢占上风位置。

此时的红灯笼号距离他们不足一海里。红灯笼号后面咖喱号也试图加入这场角逐。远远看去，几艘船甲板上的水手们已经忙活开来，他们降下二号球帆，换上了最大号的球帆。

远志见状跃跃欲试："咱们也追上去？"

"长路漫漫其修远兮，何必急于一时。"吕团长却说。

他刚带领蓝组接手甲板，懒得掺和那几艘船的斗气之争，认为咬住前船即可，不必追赶它们。

"年轻人，机会是留给有准备的人，不是鲁莽的人。该是你的，便是你的。不该是你的，再抢也没有用。"

他一边说着话，一边转动舵轮，索性将航道让给后面蠢蠢欲动的咖喱号。

两位斗志昂扬的船长见红灯笼号竟然主动让出了航道，便在对讲机里笑话他没胆量参加比赛。

吕团长却朝对讲机说："你们懂啥？中国有句俗话，叫孙悟空憋尿——猴儿急！说的就是你们这些抓耳挠腮的家伙。"

16 频道里的嘴仗打得热火朝天，前方海面上的竞速赛也是你争我夺。豆捞号和凤梨号齐头并进，咖喱号渐渐逼上前去，后面跟着红灯笼号一路观战。

三艘帆船跑得正带劲的时候，一股歪风突然袭来。

就见豆捞号巨大的球帆立刻在空中打起转来。摇摆的球帆将船身猛拽向凤梨号一侧。两艘船仿佛磁极颠倒的磁铁，越吸越近。

甲板上水手们的相互叫骂声转为惊呼声。众人眼睁睁地看着豆捞号和凤梨号高耸的桅杆交叉，两艘船的球帆和前帆一下子缠绕在一起。

目瞪口呆的凌向楠见证了撞船的整个过程。在夕阳映衬下这样的场面显得格外恢宏，就好像海里有两位来自远古神话的泰坦巨人，手擎长剑，脚踏海底，狭路相逢。两人一言不合拔剑相向，电光火石间，两把长剑架在了一起。此时，高耸的桅杆就是巨人手中的长剑。

凌向楠唏嘘不已。海上的威胁，有时即便你预判到了，也无法避免。任何人都无能为力，只能眼睁睁看着两艘船一点点相互吸引，然后事故便发生了。

咖喱号紧随其后，眼见也要撞上两船，急忙降下球帆，彻底放松主帆缭绳，船速迅速降了下来，被稳扎稳打的红灯笼号反超。

鹬蚌相争，渔翁得利。吕团长驾驶着红灯笼号轻松超过豆捞号和凤梨号。

"小心驶得万年船。"吕团长朝对讲机说道。

两位刚才还在笑话吕团长的船长此时懊恼万分。豆捞号和凤梨号虽然在海浪作用下渐渐脱离，除了压弯几根护栏，没什么大的损伤，但现在船速尽失。而且，最麻烦的是它们的帆。豆捞号的前帆落水，凤梨号的球帆被对方的桅杆撑臂撕开一道口子。

现在，他们不得不停下来打捞前帆，修补球帆，重新安装升帆绳索。两位船长为了逞一时之勇付出了停船数个小时的代价。

兴奋的凌向楠跑下船舱，立刻告诉了父亲在这场临时起意的短途竞速赛中红灯笼号意外胜出的好消息。

凌大鹏已经通过甚高频电台的监听知道了外面发生的一切。此时，他正在导航室整理航海日志。见女儿进舱，于是递给她一本航海日志。

"航海日志包括甲板日志和维修日志两部分。前者记录船上发生的关于安全和航行的所有情况，后者包含船只的方位、航线、速度、天气、海况、能见度以及船载设备的状态和数据信息。"

"比如，今天发生的向楠偷渡和鹬蚌相争两个故事，我都必须如实记录在航海日志里。"父亲说。

"就像我们平常写的日记？"凌向楠问。

"差不多。它是每艘船的日记，也是每个船长的必修课，自古如此。"父亲说。

就算现在的航母舰长也需要和驾驶木制帆船的古代航海家一样，每日更新补充航海日志。不仅如此，在大型船舶上，大副、二副和各部门长都有各自的日志，以确保如实记录船上发生的事情。

"日志的数据信息至关重要。假如导航设备出现故障，船长将依靠航海日志里记录的数据进行人工导航。"

凌向楠听完父亲的介绍，萌发出念头。她觉得自己应该学着父亲的样子，记录下这次出海的经历。

夜幕降临，向东行驶的维克多舰队开启夜航模式。多数船只已经完成两轮换班。退回船舱内的水手进入梦乡，他们需要将自己的生物钟调整至与值班表相同的节奏，以便后半夜能有充沛的精力接班值守甲板。

整个维克多舰队自起航以来，已经过十多个小时的航行，队形狭长，在海面上绵延20余海里。夜色中微弱的三色桅灯随波摇曳，若隐若现，标识出各自的位置。白天嘈杂的甚高频16频道进入休息的状态，偶尔有一两下响动。

寂静的夜晚不代表比赛进入中场休息。船速依然很快，每条船上都有一半的水手在甲板上时刻保持警惕。大海茫茫，危机四伏，周围漆黑一片，容不得掉以轻心。

幸运女神在将红灯笼号送入维克多舰队前十的位置之后便不再眷顾红灯笼号，自顾自地离开了。

风仍然没有明显的变化，红灯笼号的速度却开始下降。凌大鹏感觉手中的舵效越来越迟钝，船底仿佛有一股力量向后拖拽红灯笼号。

"也许被渔网挂住了。"凌大鹏根据经验判断，手里的感觉很像是船底挂住了渔网。

但他觉得挂网的时机非常奇怪。如果是在离岸三四十海里的区域挂住渔网，那是稀疏平常的事。可红灯笼号现在行驶在距岸 260 海里以外的区域，这里水深超过千米，既没有看见拖网渔船捕鱼，也没有发现渔民下网的浮漂。如果船底缠的是渔网，它又是从何而来呢？

船速下降到了不足 3 节。这样的速度很快就会被后边的船追上。凌大鹏决定瞧瞧海里到底发生了什么。

于是他调整船的方向，升起稳向板，让风从侧面顶住船帆，利用风的力量使船尽可能向一侧船舷倾斜。船艉一侧呈刀锋状的舵叶翘出水面，上面并没有挂住什么东西。他又调整方向，将另一侧的舵叶翘起，同样没有发现异常。一定是有东西缠绕住了位于船底最深处的龙骨或者螺旋桨。

海面只有星月的粼粼反光。强光手电照下去在水里形成一个乳白色的光球，一股股水团如云朵阻挡了视线，根本看不清水下。

李响拿着船钩站在翘起的船舷外侧，摸黑尝试把水里的缠绕物给钩起来，但几次均未成功。

凌大鹏知道，如果真的是龙骨缠绕的问题，标准的处置方法是启动发动机倒退行驶。但此时他不打算启动发动机。这并非因为比赛期间禁止使用发动机的规定，只要记录得当，启动发动机脱困是被允许的操作。

他担心水下情况不明时贸然启动发动机倒转螺旋桨有可能使情况变得更糟，所以打算借助风和浪的帮助。

于是，值班的红组有得忙了。水手们降下前帆和支索帆，又松开主帆缭绳。凌大鹏将舵轮打到头让船头顶住风,众人合力推动主帆桁杆转向与舵相反的方向。

这一番操作让红灯笼号反向受力,船顺势向后移动。然而等了许久,船底的东西依旧没有浮出水面。

红组又将缆绳绕在羊角上,制作一个临时的绳索升降系统。李响扣上安全绳,踩着绳梯降至海面,再一次尝试用船钩清理船底。结果一个大浪打来险些将他拍下海。

不过这次的尝试并非一无所获,李响总算看出船底的问题。

"有拖网挂在龙骨上,缠得还挺死。"他抹去脸上的海水,打算换上潜水装备直接下水清理。

拖网是拖网渔船的作业工具,它比常见的流刺网更加结实。如果遇到的是细尼龙绳织成的流刺网,启动发动机直接用螺旋桨自带的切刀就能绞断。但对于粗壮的拖网,一旦网绳卷入龙骨后方的螺旋桨,那么螺旋桨的转动只会使其越勒越紧,直至桨叶和轴封彻底损坏。对付它唯一有效的办法就是潜入水里用刀子将其割开。

凌大鹏庆幸自己没有一时冲动启动发动机,但他也制止了李响摸黑潜水的行动。

此刻的海面乌云密布,风高浪急。作为船长,他不愿意让自己的船员在漆黑一片的环境里冒险。他决定暂时拖着渔网继续前进,直至太阳升起,天光照亮海面。

于是,红组的队员们重新收紧船帆,借助风势起速前行。受渔网的拖累,红灯笼号负重前行。

心急如焚的凌向楠和大雄一艘一艘地数着维克多帆船从旁边超越。到了后半夜交班的时候,修补好帆面的豆捞号和凤梨号竟也追赶上来。红灯笼号落到莫莫扎扎号的后面,成了整支舰队排名垫底的帆船。

大约早上4点,天光初现,海面亮了起来。举步维艰的船员们终于熬到拯救红灯笼号的时刻。

还没有轮到红组换班,但凌大鹏和队员们早早上了甲板。队里的大鲨鱼水性最好,自告奋勇要求下水。他迅速穿上潜水服,戴好水肺装备,系上安全绳,将几个铅块塞入腰带,又灌了几口热茶以抵御秋季凉了一宿的水温,扣下面罩咬住呼吸器,扑通一声翻身入水。李响和远志两人紧紧抓住安全绳的另一端,密切关注水下信号。

此时的船已经彻底降帆,没有风力压迫,但海浪和洋流始终存在,将船身纵向抬起压下,发出啪啪的撞击声。凌向楠提心吊胆地看着大鲨鱼扎入水中没了身影。

好在安全绳随潜水员移动变换出水的位置。大鲨鱼先是由左舷横穿船底到了右舷,又从船头一直摸索到船尾。

"船底有只海龟。"大鲨鱼从水里冒出脑袋。

"先把渔网解开再说。"心急如焚的李响提醒他。都这时候了,这小子还有心思看海龟,李响心想。

大鲨鱼拔出潜水刀又钻了下去。水里的渔网看样子不小,而且裹得甚是牢靠。待他十分钟后浮出水面,渔网的碎片顺流而出,黑色的网绳向后翻滚,随着一股下降的暗流堕入海底。

随着渔网解开,众人才明白大鲨鱼的话什么意思。只见一只体型硕大的海龟浮出水面,翻来覆去伸展鳍一样的四肢。

"瞧,真有海龟!"大雄惊呼。

"它真漂亮。"凌向楠赞叹。

"是玳瑁。"建兴解释。

它的嘴和老鹰相似,头顶和背部有彩色玻璃般的红褐色和淡黄色花纹,在阳光下散发琥珀光泽。

玳瑁是海龟的一种,以有毒的海绵为食,偶尔也会吃水母,比如有毒的僧帽水母。由于外壳坚硬,体内积攒毒素,玳瑁几乎没有什么天敌。但这种与世无争的生物却因为漂亮的外壳，被人类捕杀殆尽，成了濒临灭绝的海洋大熊猫。

大鲨鱼回到甲板，向众人描述了水下的场景。这只玳瑁被困在一堆破烂的拖网中动弹不得，随着流水挂在龙骨和螺旋桨之间。

"幸亏咱们没有启动引擎。"他说。

"是啊，要不然这么漂亮的玳瑁可就遭殃了。"凌向楠说。

"岂止是玳瑁！咱们的螺旋桨叶片肯定凶多吉少。"大鲨鱼边脱去身上的装备边说。

此时，海里的玳瑁已经彻底摆脱束缚恢复自由，它绕着红灯笼号游了几圈，仿佛感谢人们给予的帮助，而后用力张开两扇巨大的前肢，快速下潜，消失在海洋深处。

"它游得好快。"凌向楠吃惊地说。

"别瞧海龟在岸上慢吞吞的，它在海里的速度可不慢。成年海龟游速达到20节，下潜深度甚至超过900米。"建兴说。

"你说这事儿巧不巧，咱们离岸几百海里远竟还能撞上渔网，而且还用这张破网兜住一只磨盘大的海龟。"大鲨鱼啧啧称奇。

凌向楠却不这样认为。她觉得很可能是这只玳瑁早已被渔网困住，冲着红灯笼号游来是为了寻求人类的帮助。

"这有可能。"凌大鹏说，"它在遇到我们之前或许已经背负渔网游了上千海里。"

"可惜大部分人对海龟都很冷酷。他们见到海龟只会把它抓住吃掉。"

"幸亏它遇见的是我们。"凌向楠说。

此时，太阳已经完全升起，高空中铺开层层波纹状的卷积云，如一排排零散的鱼鳞。

摆脱渔网束缚的红灯笼号同样如释重负。红蓝两组队员皆无睡意，他们齐心合力重新升起船帆。红灯笼号飞快朝东北方向追赶而去。

竞赛组委会监控大厅里,人们注意到电子航迹图上代表红灯笼号的那个船形标记渐渐向前方的大部队靠拢。

10 台风

10月9日下午，硕大的液晶屏一角的数字时钟闪闪跳动。

竞赛组委会众人的目光聚焦在屏幕上。他们的身后几张折叠桌拼凑的长条办公桌上的电脑屏幕交相辉映。

大屏幕的主体部分为一副电子海图，上面用37个船形标识和连点的折线直观地展示出所有参赛队伍的位置和轨迹。屏幕一侧为表格区域，卫星通信系统将它们的当前航向、对地速度、累计航程、风向风速等数据一览无余地展示在众人眼前。

监控大厅里虽然没有海上那种无时无刻与风浪搏击的刺激感，但那些不停跳动的数字和动辄骤响的电话铃声所带来的焦灼气氛丝毫不亚于比赛现场。

随着维克多舰队的不断东移，电子海图绘制出的航迹线自海南岛向东延伸，此刻已经由起航阶段交织在一起的粗绳渐渐舒展成松垮的细线。37艘帆船首尾之间拉开70余海里的距离，绵延在粤港澳大湾区以南大约200海里的海面上。

"台风泥猛有动静了。"气象局的计处长边走边说。

她急匆匆地走进监控大厅，将一份材料递给钱秘书长。气象专家刚刚整理了中国中央气象台、日本气象厅和美国联合台风警报中心发布的最新天气预报。预报显示：

台风泥猛（强热带风暴级）已进入南海中东部海面，正午时分抵达距离菲律宾马尼拉西北方向约305公里的南海东部海面。

台风中心位于北纬16°05′、东经118°9′，中心附近最大风力10级（28米/秒），气压985百帕，7级风圈半径130~200公里，10级风圈半径40公里。

10. 台风

预计泥猛将以每小时 22 公里左右的速度向偏西方向移动，夜间转向北偏西方向移动，强度逐渐增强，最强可达台风级（33~38 米/秒），之后向海南岛东部到粤西沿海靠近，强度逐渐减弱。

"该来的终归要来，躲不开的。"钱秘书长眉头紧锁道。

他仿佛已经看见台风泥猛那张充满邪恶的脸上泛起嘲笑的样子，蓄谋已久的它终于开动了。

"气象部门和海事部门刚刚联合发出通告，建议所有海上作业和过往船只回港避风。"计处长说。

现场的一位技术专家将最新预测的台风路径叠加至电子海图。大屏幕上立刻多出环环嵌套的圈和一条虚线。嵌套的环代表不同等级风力的范围。虚线代表台风中心预计的行进路线。

人们注意到，虚线不偏不倚恰好经过南海虚拟标点 SC。

"他们有可能遭遇台风吗？"有人担心地问。

"按照他们现在的航向和航速，船队抵达南海标点的时候正好遭遇台风的 10 级风圈。"技术专家回答。

众人倒吸一口凉气。

"什么时间？"钱秘书长追问。

"大概……不到 12 个小时。"

钱秘书长心头一凉。真的是怕什么来什么，船只绕行的第二个坐标点竟成了台风泥猛诱捕猎物的陷阱。现在，南海 SC 标点就像一个黑洞吸引维克多帆船靠近直至将它们吞噬。

海上，维克多舰队的先头部队早已经察觉天气的剧烈变化。台风中心引发的涌浪可以传达千里之外。船上的气压表度数持续下降，预示风雨将至。

由于不同天气系统交互的过渡区域充满弱风和乱流，打头的榴梿号半天的时间已经连续 20 余次迎风转向，航速却不到 10 节。综合显示屏上的船艏向忽而 45°，忽而又 345°，像个无头苍蝇滴溜乱转。

船长们开始考虑究竟该选择向东追寻更好的风和洋流，还是继续向北逆流而上以节省距离。

红灯笼号仍然处于舰队最末的位置。但它和倒数第二的莫莫扎扎号的差距已经缩小至不足 3 海里。

"它们有可能进入了无风区。"凌大鹏对李响说。

他注意到 AIS 显示前面的船速度在明显减慢。

"这边风景独好，抓紧过来喝杯朗姆酒。"频道里传来哈吉斯号船长查尔斯的声音。

"相信你个鬼！你的船一定是进入无风区了。"莫莫扎扎号的船长汉尼拔说。

组委会定时推送的气象信息，除了有关海况和天气的预报，还有卫星视角的区域气象图。各队的岸队经理、气象专家会和船长进行解读并制定应对策略。

但有时计划赶不上变化。对于瞬息万变的局部地域天气，船上的感受要比气象预报和专家研判更加直观，所以船长们往往会根据云端显现的蛛丝马迹随时调整用帆和航向。

各船的卫星通信系统都收到来自组委会的最新天气预报，同时收到的还有一份组委会关于临时调整比赛线路的紧急通知。

由于天气变化，组委会根据赛事规则决定取消南海虚拟标点的设定。也就是说，原本参赛船只需绕行 SC 标点所在位置的航线要求被取消，各队可以自行规划航线以避开台风，前往下个标点。

通知还提醒各船，受南下冷空气的影响，预计台风后期的强度和路径存在较大变数，要求参赛各船密切关注后续天气预报及台风动向，尽量选择保守安全的航线方案，必要时就近前往避险港躲避风浪。

"泥猛？是《海底总动员》那个小鱼尼莫吗？"凌向楠问。

"泥猛也是鱼，可不如尼莫可爱。"华强说。

"它又叫臭肚鱼，栖息在印度洋和太平洋的沿海礁石中。它嘴小牙利，什么都敢咬，鳍刺有毒，扎到了疼痛难耐。"

"还是离它远一些为好。"凌向楠嫌弃道。

紧急通知让 16 频道炸开了锅。但与组委会监控大厅里人们的焦虑情绪完全相反，海上的船长们却个个兴高采烈、兴奋不已。台风警告对他们来说更像是新年派对的邀帖。他们闻讯摩拳擦掌，开瓶准备狂欢。

"哈哈，10 级风，游戏刚刚开始。我得来瓶威士忌润润嗓子。"查尔斯船长率先说。

"我打算把所有的帆都挂上。"索林根船长大言不惭。

"你确定你的桅杆能扛得住？不如借两面挂在我的桅杆上。"

"希望雨下得猛烈些，可以洗澡洗衣服。"

船长们将牛皮吹上天。

这是一群打了鸡血的人。台风将至的消息令他们异常亢奋，争先恐后地表达期盼之情。就好像不经过一场猛烈的台风的洗礼，他们的威名无以确立，没有风暴的比赛对他们来说索然无味。

凌大鹏知道，这群大言不惭的船长当中，最期盼台风泥猛的是那几位此刻深陷无风区的倒霉蛋。

他们的船已经在原地待了大半天。没有风，再好的舵手也无计可施。他们现在只有期盼台风泥猛尽快到来，将这片静水搅动起来。有风他们才能重新鼓起船帆。

"海里的鱼都快被我钓光了。"山本船长说。

他驾驶的章鱼丸子号桅杆上耷拉着的帆就像一柄收起的折叠伞。

"急什么？我的座头鲸还没有拉上甲板呢。"

接茬的是狮子头号的船长罗宾逊。凌大鹏知道他的船一定也在无风区里放羊。

凌大鹏相信前方 50 海里以外的船长们此刻一定也是上嘴唇挨着天，下嘴唇挨着地。当然，他非常清楚，这些船长嘴上说话如同跑火车，可他们心里的算盘却打得精明，自己千万不能被表面假象蒙蔽。

他现在不仅需要小心揣摩狡猾的泥猛下一步的意图，同时也要仔细琢磨其他船长的心思。只有知己知彼，才能百战不殆。只有设计出最好的航行策略，才有机会借助风势实现弯道超车。

显然，其他船长一定也是这么想的。

AIS 系统显示，第一梯队仍在向 SC 标点方向靠拢。尽管组委会取消了绕行标点的要求，但凌大鹏相信达达尼奥他们不会改变航向，他们会继续按预定计划朝标点方向前进。

凌大鹏了解维克多帆船，只要有风，它就有提速的空间。他更了解驾驭它们的船长，他们都是精明而又圆滑的赌徒。这帮家伙骨子里和《加勒比海盗》里的骷髅船长其实没什么两样。人只有敢于博弈才有机会当上船长，船只要还在海上博弈就永远不算完。几百年来一贯如此。

第一梯队已经越过无风区抢占先机，他们完全可以从台风的正前面穿过，而不必与台风硬杠。只不过，在没有弄清其他对手牌路的情况下，他们绝不会压上全部身家。

所以，现在才是赌局真正开始的时间。当整个比赛航程中第一个像样的气旋开始发力，赌徒们即将迎来首轮加注的时刻。

凌大鹏认定第一梯队既然占了先机就没理由放弃。他们必定选择借助风势闯关。过了标点区域后，他们将会从东沙群岛和香港岛之间的海域北上。

除了第一梯队，后面还有第二梯队和第三梯队。

舰队里现在处境相对尴尬的是夹在中间的第二梯队，大概有十二三艘船,除了陷入无风区中的船,其他多数深陷乱流。即便能够保持航向和航速,他们也将如组委会所料迎头撞上台风泥猛的 10 级风圈。

所以,第二梯队要么设法加速追上第一梯队,要么索性继续往东走。前者有遭遇台风的风险,后者有被人追上的可能。正所谓前有堵截,后有追兵。

至于红灯笼号所在的第三梯队,当然只有向东航行一个选项。凌大鹏知道,这恰恰是红灯笼号超越的机会。

台风属于热带低气压漩涡,低气压中心气流由四周流向低压中心。在北半球,受到地转偏向力的影响,四周流向低压中心的气流右偏,气流漩涡呈逆时针方向旋转。也就是说,处于台风不同方位受到的风向是不同的。

当台风朝西北方向挺进粤南海域时,尾部风向由西风转为西南至南风。只要让红灯笼号恰到好处地贴在台风外围,可以利用风力快速朝东北方向航行。

凌大鹏给队员们讲解了下一步的航行策略。他准备以横风姿态划过风圈。计算下来,航程稍有增加,但可以一路高速,行船效率反而高。

"听起来好像黑洞自转的引力弹弓加速宇航飞船。"大雄说。红灯笼号选择的策略让他想起《星际穿越》里库珀船长利用行星引力加速飞船的情节。

"牛顿第三定理,有那么点意思。"凌大鹏点头道。

"我们的船不会也像电影里那样被吸入黑洞吧?"

"你指的是会不会被吸入风洞吧?当然有可能。"

"风洞?"

"风洞就是台风最中心、气压最低的区域,又叫风眼。"

"如果船被吸入了呢?"

"船要么钻过去进入风洞内部,要么撞上风墙散架,和宇航飞船进入黑洞差不多。"

从卫星云图上看，风洞就是云区中心的大黑点，它的外圈云区就是风墙，或者称为云墙。台风从外围向内风速逐步增加，直至达到最大风力的风墙。风墙再往里就是风洞。风洞直径大约数十公里，里面风力迅速减小，降雨停止。

在风洞里，人们可以看到一种几乎完全静止的气象奇观。四面八方环绕的气流云层剧烈对流，而头顶的天空却是蓝天，如果在夜间，则是晴朗星空。

"好想进去看看。"凌向楠觉得风洞听起来真的和黑洞很像。

但凌大鹏可不希望让红灯笼号进入风洞。进入风洞，他的船需要加倍承受风墙撞击的暴虐摧残。

都说天气是帆船水手们依赖的强大自然力量，但实际上人们无法控制它。帆船水手能做的就是尽可能分析它的动向，掌握利用它的方法，找到最有利的风以及迎接它的角度。在确保帆船航行的同时，还必须避开雷暴、闪电、海啸、漩涡等极度危险的天气现象。

曾经两度环球航海的凌大鹏深谙其道。他决定驾驶红灯笼号贴近台风，利用它蕴含的强大动能，同时确保不被它吞噬。至于如何做到这一点，那是一门刀尖上跳舞的运动艺术，也正是他擅长的。

10月10日子夜过后，除了以榴梿号为首的第一梯队赶在台风之前顺利穿越，其余帆船陆续抵达台风区域。

在与台风泥猛的竞速赛中，整个第二梯队都败下阵来。他们没能追赶上达达尼奥船长的步伐，更没能抢到台风十级风圈的前头。待到第三梯队陆续赶来，他们已经分化成两个方向的队伍。

第二梯队里头一个认怂的便是前日里嘴上跑得最欢的人：狮子头号的船长罗宾逊。他见台风来势汹汹，不顾自己夸下的海口，竟主动放弃第二梯队首发位置，调头直奔东南方向而去。

10. 台风

"再转 45°你就能开回新加坡了。"弗里德曼船长以嘲讽的口吻问候罗宾逊，说完便驾驶帕马森号顶浪一头切入风圈，代替了狮子头号的位置。

"你懂个屁，我是以退为进。"对讲机里罗宾逊船长依旧嘴硬。

明眼人都看得出来，他是言语上的巨人、行动上的矮子。狮子头号因为他的犹豫不决和反复无常浪费了大量时间。他突然转向的决定让甲板上的水手们怨声载道，而他的狮子头号也在航迹图上留下了仓皇逃遁的证据。

狮子头号逃离之后，多数船长选择跟着帕马森号进入风圈。他们以不同的角度迎战台风，加入勇敢者的游戏，放手一搏。

竞赛组委会监控大厅里的人们彻夜未眠，他们屏息凝气、提心吊胆地看着屏幕上的船形标志一个个地与台风纠缠在一起，陆续失去信号。

然而，台风可不是吃素的。

这些维克多帆船在疾风劲雨中像中了邪似的。AIS 系统显示的对地方向忽东忽西，对地速度忽而升到十七八节忽而陡降至零。不知道的人还以为船长醉驾。但实际上，这些船的舵轮已经落到了泥猛的手中。

红灯笼号出场了，它是所有船中最后一个降下球帆换上风暴帆的。与其说它在搏击台风，不如说在追赶台风。

红灯笼号前后的帆船多数早早地换下了球帆，有的还进行了主帆缩帆操作。但由于过早缩帆，倒霉的袋鼠号失去了速度，被扯着球帆呼啸而过的红灯笼号追上，远远甩在后面。

维克多帆船与风圈越靠越近。风力持续加大，海况愈发恶劣，泥猛终于开始发威了。它所到之处一片狼藉。技术故障频频发生。有的船前帆直接被刮跑，有的船缭绳被扯掉。

红灯笼号几乎是榨干了球帆的最后一丝力量。全体队员都在甲板上严阵以待，准备迎接起航以来最大的考验。就在球帆要被台风撕裂之际,船长发出了降帆的指令。

　　红灯笼号上空昏天暗地,雷雨交加。泥猛喊起呼啸的号子召唤来强风,骤雨以完全不受重力控制的方式横扫每一寸甲板。船头的浪头超过十米。每次船头跌落激起的巨大水柱,和暴雨一起倾泻而下。

　　甲板上的人连站都站不住,呼喊已无济于事,张嘴尽是咸涩的味道,防水服里外尽湿。漫天的水雾遮蔽视线,分不清哪根是前帆的缭绳,哪根是主帆的帆索。

　　只有这样的时刻,才能真正展现出水手的勇气与实力。只见远志和李响无所畏惧地冲上前甲板,丝毫不顾周围超过 4000 米的水深,张开双臂与狂风争球帆。在两人的努力下,球帆被一节一节地收拢,身后接力的众人迅速将其卷起拽回中舱。

　　顶替球帆的是早已准备好的风暴帆。它和圆润饱满的球帆相比,就像脱去长袍马褂换上了比基尼。球帆降下之际,风暴帆呼地一下张开,兜住了风。红灯笼号虽来回摇摆,但船速继续飞升。

　　对初出茅庐的水手来说,这样的场面可谓终生难忘。如果更直白些,与其说是体验,倒不如说是折磨。

　　大雄为了迎战台风早早地吃过晕船药,但什么药遇到泥猛依然毫无用处。几番颠簸下来,他便将胃里的一切都吐进海里。他脸色煞白几近虚脱,虽然仍勉力强撑,最终还是败下阵来,被队友搀回舱内,抱着马桶出不了厕所。

　　或许是因为继承了父亲的航海基因,凌向楠没有晕船。这让她得以全程参与了红灯笼号与台风的博弈,也让她深刻理解了大自然蕴藏的无穷无尽的力量,自认为无所不能的人类在它的面前显得何其渺小。

　　快要接近 10 级风圈的时候。船长让骨干队员留在甲板上抗台,其余的人都被要求待在舱内。所谓抗台,绝大多数时间里人只能缩在防水服里任凭风吹浪打。他们除了死死抱住绞盘或任何能够将自己固定在甲板上的东西，其他什么也做不了。

　　船舱里也好不到哪里去，甲板晃，船舱更晃。舱内没有固定的东西全都跑到了地板上，前后左右地滚来滚去。烧水做饭成了不可能完成的任务。睡觉用的吊床成了蹦床，三两下便将人从床上弹到地板上。舱里的人没有一个不被撞得鼻青脸肿。

　　船上现在只有凌大鹏和吕团长两脚生根。两人轮流操作舵轮，用维克多帆船独特的飞剪式船艏切开迎面而来的海浪。每一次刺破前浪，便会激起无数的散碎浪花，它们重重拍打甲板和蜷缩在甲板上的人，激起更加细碎的水雾。

　　漫天飞舞的水雾里偶尔能看见不远处微弱的灯光。它们的亮度只有萤火虫大小，在浪里若隐若现。

　　帆船在低能见度的时候用号灯标识自己的位置。左舷红色，右舷绿色，船艉白色。通过号灯的颜色可以辨识对方的相对方位。这是除 AIS 系统和海事雷达以外，最直观的观测手段。

　　但此刻，水雾中的萤火虫却是忽红忽绿忽白，忽而红绿白同时出现，根本分不清那些船的方向。其实方向已不重要，最重要的是灯光闪烁，只要它们在闪烁就说明它们仍然在与泥猛抗争而没有沉没。

　　当某些萤火虫熄灭之后不再闪烁，凌向楠便开始担忧。当微弱的光亮又倔强地破浪而出，她的心境也随之释然。

　　红灯笼号这一晚的表现相当惊艳。

　　它在船长的操控下宛如一位技艺高超的舞者，以大海为舞池，用天空做幕布，踏着狂浪的步点翩翩起舞，与泥猛若即若离。

　　在所有的维克多帆船中，红灯笼号是与台风十级风圈贴得最近的。它借助时速超过 100 公里的风力，在航迹图上划出一道优美的弧线。

　　20 个小时后，红灯笼号弯道超车，成为东向行驶的维克多舰队中的首舰。

10月11日中午11点，三亚。

彻夜未眠的钱秘书长向新闻宣传组金处长交代了几句后，便领着其他几位负责人赶往会议室开会去了，只留下金处长一人面对满屋子的记者和摄影机。

金处长面前的桌上摆满各家媒体的话筒，身后的蓝底幕布写着"媒体吹风会"几个白色大字。

他原本是这场媒体吹风会的召集人而非发言人，将所有记者招呼到会是他今天的任务。但钱秘书长和其他负责人临时需要参加一个更重要的会。他现在只能自己搭台自己唱，硬着头皮担当组委会的新闻发言人。

经过连续两天的较量，台风泥猛来回扫过海南岛东部海域，拖着巨大的尾巴逐渐向粤西地区靠近。记者们现在迫切希望知道那些与台风共舞的维克多帆船情况怎样。

金处长匆匆看罢手里汇总的最新信息，向记者通报情况。

"遭遇台风的维克多帆船中有7艘船受损严重。其中，咖喱号卷入风洞桅杆断裂，伊洛格斯太妃号舱底进水，胡姆斯号和椰枣号相撞，高丽参号前舱漏水、通信设备失灵，王子号主帆撕裂，萨姆拉号触礁搁浅。

"以上船只需要进港维修和进一步评估。组委会赛事保障船及周边协作机构的救援队已经出发前往协助。其余30艘参赛帆船待台风过后将继续前往下一个标点。"金处长总结。

到了提问环节，记者们纷纷举手。

"比赛才进行四分之一，已经有超过一半亚洲国家的队伍需要进港维修甚至退赛。这是否预示环中国海帆船大赛的冠军有可能在欧美参赛队伍中产生？"

这次比赛，总计有12支亚洲队伍报名参赛。现在，来自亚洲的赛

10. 台风

队折损过半，而来自欧洲、美洲、大洋洲的 20 余支队伍均完好无损地通过了台风考验，就连唯一的一支非洲队伍也平安通过。这一情况令亚洲的观众普遍感到沮丧。

"如你所说，比赛才进行四分之一，现在预判结果为时尚早。"金处长回答。

"请问，继续参加比赛的赛队将会沿台湾海峡北上，还是前往巴士海峡？"

这个问题让金处长一愣。台风泥猛的尾巴仍在台湾岛以南的南海海域扫荡。原本三个梯队的维克多舰队经此一战，已经被其分割成了两个阵营。

按照以往的经验，三亚前往青岛的帆船都会选择经台湾海峡北上。但现在看来，那些被台风阻挡北上去路的帆船似乎还有另一条线路可选，那就是东出巴士海峡。

金处长的大脑快速盘算。由于台风带来的种种变数，组委会目前还没有收到各参赛队伍下一步的航线计划。竞赛规则要求船长们报备航线，但不会限制他们的自由发挥。所以，就算他们当中有人打算掉头返回三亚，或者绕地球一圈再抵达青岛，似乎也没有违反规则。

"每支队伍都可以自主选择航线，各船船长会依据所处的位置和不同海况做出自己的判断。只要不违反竞赛规则，组委不会干预他们的航行路线。"

"可既然是环中国海比赛，难道不应该沿中国海岸线航行吗？如果这些船出了巴士海峡，可就到了台湾岛的外侧，那里不是中国的海岸线，而是西太平洋的菲律宾海。"

"只要不违反规则和不影响安全，组委会没理由阻止船只前往西太平洋。另外我需要指出，台湾岛东岸同样属于中国海岸线的范畴。"金处长不假思索地回答。

"根据你们赛前通报,竞赛组委会似乎没有做将西太平洋作为竞赛航区的准备。如果没有相应的航行保障措施,你们是否应该向所有的参赛队伍警示东出巴士海峡存在的风险?"

面对这些毫无准备的话题,金处长只能硬着头皮答非所问。

"组委会与气象部门随时保持沟通,评估气象变化对比赛的影响,及时向参赛队伍通报天气海况。作为主办方,我们与环球帆船联盟、国际海事组织、各国和各地区行业合作伙伴紧密协作,提供全方位的支援保障。我们相信比赛一定能取得圆满成功。"

就在金处长志忑应付咄咄逼人的记者时,钱秘书长等人也陷入同样的焦躁和不安,在会议室里展开激烈的讨论。

原本,会议的主题是向主管领导汇报比赛第一阶段的进展和应对台风的情况。但汇报会开着开着成了讨论会,讨论的核心内容和媒体吹风会相同:航线选择。

按照赛前公布的竞赛规则,参赛队伍出发后除了零号标点以外,总共需要绕过三个设置在海图上的虚拟标点。

一是香港岛东南方向 200 海里的 SC 标点,即位于北纬 20°线和东经 115°线交叉点附近的南海虚拟标点;二是浙江舟山东南方向 200 海里的 EC 标点,即位于北纬 30°线和东经 125°线交叉点附近的东海虚拟标点;三是山东半岛东南 200 海里的 HC 标点,即位于北纬 35°线和东经 123°线交叉点附近的黄海虚拟标点。

这三个标点的设定将比赛航线指示得简单明了。船长们无须细想,只需按照通常的线路由三亚出发沿着海岸线经台湾海峡北上前往青岛就是了。

理论上讲,帆船过了南海标点后的确存在北上和东进两种选择。北上线路通过台湾海峡前往东海,是由南向北航行的常规线路;东进线路则需要从台湾岛南部和菲律宾北部之间的巴士海峡或者巴林塘海峡航行

10. 台风

至西太平洋，再沿台湾岛外侧绕行回到东海。

但东进线路较北上线路多出三分之一的路程，再加上西太平洋海域变幻莫测的天气。所以，一般情况下人们不会考虑选择非常规的东进线路。

然而，由于台风泥猛搅局，反倒将东进线路在技术上的可行性大幅提升。

组委会的航线专家发现，荷兰飞人号、山姆大叔号、章鱼丸子号、红灯笼号等几艘由后方穿越台风风圈的船已经偏离了台湾海峡的南口，他们的前方就是巴士海峡，真有可能选择绕远。

"他们会改变航向吗？"领导的问题直截了当。

"很有可能。虽然经台湾海峡北上是常规路线，但台风尾部仍在这些船北侧，船长们确有可能选择继续东进。"

"东进线路偏离中国海岸线，需要绕行很长的距离。他们不会选择有违常理的路线。"

"你怎么知道他们不会打破常规？当年的哥伦布为了寻找东方大国，不也是采取了反向绕行的尝试吗？要知道那些船长唯一不可能做的就是原地等待。"

"但是，不只是绕远，前方还有远非常规的北上线路可比的不确定性存在。总之，东进线路不可取。"

钱秘书长认为组委会应该立即发布通知，对赛事规则进行修改，明确要求所有赛船走台湾海峡北上。

"北上线路全程在距岸 200 海里范围内，是组委会保障方案涵盖的范围。东进线路所到之处远远超出了我们的保障范围。"

但中帆协的代表却不认同钱秘书长的看法。他们认为，组委会不应轻易变更竞赛规则，更不宜越俎代庖替参赛队伍做主。

"竞赛规则允许我们进行修改吗？"领导问道。

"允许！竞赛规则是请环球帆船联盟参与制定的。根据规则，组委会有权根据现场情况对比赛线路进行调整，并拥有最终解释权。"

"所以调整线路要求，不算修改规则。"

"长航比赛除了考验帆船操控能力，也比拼各队解读气象海况和设计航线的能力。如果仅仅为了主办方的便利，而放弃航海运动天然的冒险精神和挑战性，那将使比赛的意义大打折扣。"

"从台湾海峡走，我们驾轻就熟，安全保障充分。而西太平洋海域，我们却没有把握。那里距离遥远，一旦天气恶化，很难及时救援。我们觉得必须慎之又慎。"

"国内的船只大多为 CCS[1] 的 II、III 类船，抗风浪性差，只允许在距岸不超过 200 海里的海域内航行。而为了这次比赛，我们花重金调集的维克多帆船可是专为环球赛事制造的巡航竞速帆船。他们完全有能力胜任跨洋和近极地航行的考验，西太平洋地区这点风浪更不在话下。有这样好的条件，我们为什么要禁止他们尝试更广阔的海域呢？"

"船一旦开到西太平洋，可不止涉及船舶本身能否胜任，还会牵扯诸多复杂问题，比如跨境协同、两岸关系、地缘政治。这些都已超出组委会的能力范围。"

"海事部门什么意见？"领导又问。

"海事部门联合海警部门共同执行水上安全和航海保障任务。从保障能力上讲，沿海各省驻扎的海警船和直升机完全可以覆盖 200 海里专属经济区。"

"200 海里以外呢？出了巴士海峡可是远海。"

"虽然近年换装的大型海警舰具备远洋能力，但海警船母港都在大陆一侧，开到西太平洋海域最快也要 24 小时，保障时效性显然不够。至于地缘政治和两岸关系，我们作为专业执行机构，恐怕没什么发

---

[1] CCS，中国船级社（China Classification Society）的英文缩写。

10. 台风

言权。"

"两岸关系？地缘政治？"领导眉头一紧。

钱秘书长说得没错，如果比赛船只绕道台湾岛的外侧，那么组委会原本依靠的大陆沿岸港口和救援保障力量就显得有些鞭长莫及，需要联系台湾岛内的企业和机构提供保障。但由于岛内党争和外部势力干预，许多曾经的合作渠道现在都成了摆设。

这时候，一位有关部门的负责人举手发言："领导，我们有不同看法。两岸关系需要我们创造机会增进合作。"

"你讲。"领导示意他继续。

"海峡两岸同根同文，无论现状如何，未来终将统一，这是民心所向，大势所趋，是外部势力阻挡不了的。这次救助搁浅东沙群岛的帆船的行动，我们就得到了岛内一些专业机构的协助，充分说明岛内有合作基础，现在，既然我们在台湾岛外侧有协作需求，为何不能调动更多岛内力量参与？这分明是促进交流、深化融合、推进统一的良机，为什么要拒绝？"

领导点头赞同，接着问："关于地缘政治，你又怎么看？"

"至于地缘政治方面，东进线路由巴士海峡穿越第一岛链，引起美日韩菲等周边国家的注意，那是肯定的事。东进线路过了台湾岛就是琉球群岛。从台湾岛北侧前往东海需要穿越与那国海峡或者宫古海峡。与那国海峡北侧就是钓鱼岛、赤尾屿等。而宫古海峡北侧的冲绳岛有那霸、嘉手纳、普天间等美国驻日军事基地[1]。虽说参赛的帆船属于民用性质，但万一哪艘船跑进了某个国家的敏感海域，势必触动相关国家神经，甚至可能引发外交事件。"

"听你的意思，似乎还是觉得东进线路不妥？"领导追问。

---

[1] 那霸基地为美国驻扎在太平洋人数最多的海外军事基地；嘉手纳空军基地为美国在远东地区最大空军基地；普天间航海站驻扎了美海军陆战队在日本最大的武装直升机群。

"我只是将潜在的不确定因素列举出来。但这些不确定性并非阻止我们东进的理由。恰恰相反，我们主张为船长们保留东进的选项，由他们自己来决定。西太平洋是公海，我们为什么要故步自封、不能前往呢？何况这次又是国际赛事，有数十个国家和地区的队伍参赛。"

"嗯，太平洋我们以前去得少，是因为以前我们自身能力不足。我们不去，别人就去了，他们甚至把那里圈起来当作自己的。凭什么？既然我们现在有了船有了能力，像这种航行更应该多多鼓励才是。"

"说得是，太平洋不是一两个国家的后院池塘，只许自己进，不许别人走。"

钱秘书长见领导被说动了，急忙道："话虽如此，可从赛事专办角度，毕竟平添风险。搞得好，于国有利；搞不好，也可能难以收场。"

领导却未再理会，他看看时间，扶扶眼镜，进行发言总结。

"时间不早了，大家讨论得也很透彻。我对会议的结论如下：一，北上也好，东进也罢，同意由各队依据赛事规则自行选定；二，积极主动与台湾岛内机构联系，加强双方参与两线的赛事保障合作；三，组委会将相关情况报告外交部和国台办，我们既要主动配合国家战略，也要争取国家支持。"

"钱秘书长，将来两岸实现统一，你的担忧和顾虑就都不成问题了吧？"领导略显轻松地对他说。

10月12日中午，北京，史家中学学生食堂。

"大风起兮云飞扬，威加海内兮归故乡，安得猛士兮守四方。"李明明敲着饭盆模仿语文老师讲解课文的样子，逗得同学们前仰后翻。

电视屏幕正在播放午间新闻：

首届环中国海不间断航行国际帆船邀请赛进入第四天……

10. 台风

"听着、听着、听着!"李明明耳朵尖,他一听立马收了戏精的神通,敦促大家坐好看电视。

新闻继续播报:

船队昨天经受了11级台风泥猛的严峻考验。7艘帆船发生故障返港维修,其余30艘帆船朝东海方向继续前进。船队目前兵分两路,一路由开赛以来一直保持领先的榴梿号带领,即将穿越台湾海峡;另一路由后来居上的红灯笼号带领,即将穿越巴士海峡进入西太平洋。

"红灯笼号?不就是凌向楠坐的那艘吗?"同学们议论纷纷。

随着凌向楠参加环中国海帆船大赛的消息一传十、十传百,她不仅成了学校里的名人,也成了北京市中学生圈子里的名人。帆船这个离北京学生颇为遥远的东西,如今也成了热议的话题。

"哇,凌向楠要穿越巴士海峡?"

"辽宁号以前也穿越过巴士海峡。"

"不对,应该是山东号。"

"巴士海峡在哪里?"

同学们的声音逐渐盖过电视。

"嘘——,听着,听着,你们都仔细听着。"李明明张开双手让大家安静。他头一回如此认真地维护秩序。

新闻播报完毕,画风一转,屏幕上出现一个熟悉的场景:灰白色的教学楼、草绿色的运动场、旗杆上飘扬的五星红旗……

"那是咱们学校!"一名同学猛地站起身指着屏幕高喊。

交头接耳的同学们应声抬头注意电视。

画面里一位年轻的记者拿着话筒采访校园里过往的学生。

"这位同学,你知道咱们学校有一位女同学也参加环中国海帆船赛的事情吗？"他问。

镜头转向被采访者，竟是李明明的脸。

"当然！"屏幕里的李明明眉飞色舞，"凌向楠！她是我的同班同学。我俩关系可好了。国庆期间，我俩一起去海南学习开船。她开帆船，我开游艇……"

"吁——"

食堂里响起一片呵倒彩声、勺子敲击餐盘的铛铛声，还有同学们拍桌子跺脚制造的噪音，喧闹与嘈杂的合奏淹没电视里的声音。

"安静！安静！"整个食堂里只有李明明一人仍在极力地维持秩序，但却是徒劳的。

11 海峡

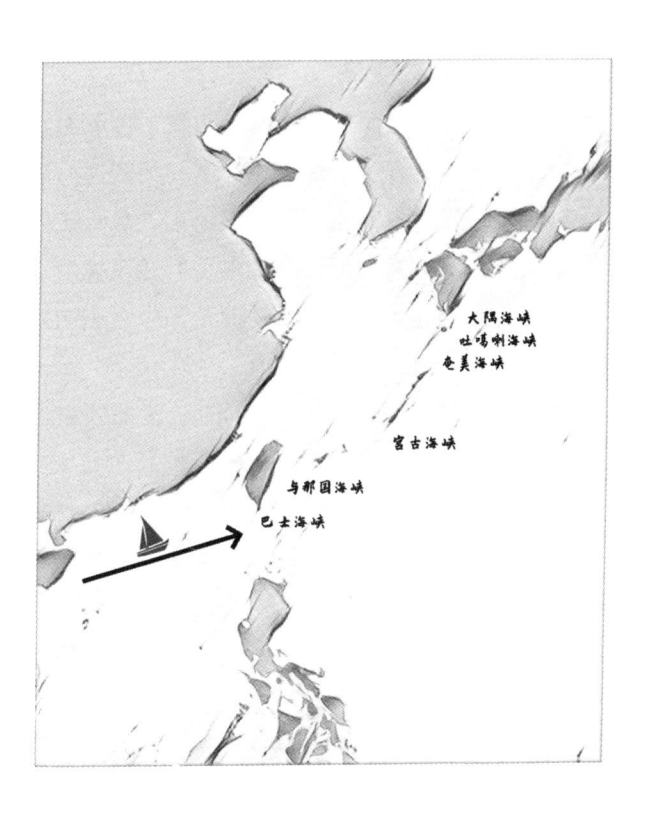

大隅海峡
吐噶喇海峡
奄美海峡

宫古海峡

与那国海峡

巴士海峡

在中国的台湾岛和菲律宾的吕宋岛之间，有一片宽度约 370 公里的海域。巴丹群岛和巴布延群岛将这片海域分隔成三部分，自北向南分别为巴士海峡、巴林塘海峡和巴布延海峡，是中国南海和太平洋的天然分界线。

其中，巴士海峡最宽、最深、最重要。巴士海峡平均宽度 185 公里，水深超过 2000 米，是一条繁忙的国际水道。从新加坡、雅加达、马尼拉等东南亚港口前往东亚、美洲的货轮大多经由巴士海峡通行。

包括红灯笼号在内一共有 11 艘维克多帆船选择通过巴士海峡前往台湾岛东部海域。

凌大鹏之所以选择巴士海峡而非台湾海峡，除了台风泥猛，也因为西太平洋更加开阔。但并非所有船长都愿意尝试开阔的远海水域。

两天前，面对台风临阵脱逃的狮子头号跟随东进舰队接近巴士海峡入口时，罗宾逊船长又一次突发指令，命令水手们迎风换舷，改道七星岩西侧前往渔翁岛、七美屿的方向。于是，狮子头号由东向阵营的末位又成了北上阵营的末位。

红灯笼号一直保持左舷迎风，它以 16 节的航速带领东进舰队进入巴士海峡。红灯笼号设置的下一个转向点位于兰屿岛东北 150 海里的位置，过了转向点改右舷受风。

巴士海峡常年风大浪急，属于西太平洋大浪区，受热带海洋性季风影响现在盛行东北风。

大风大浪对凌大鹏算不了什么，他需要加倍留意的是行驶在同一航道里的那些庞然大物。

夜间通行能见度不佳，远处传来连续嘹亮的汽笛声。除了号灯，维克多帆船主要依靠海事雷达和 AIS 系统的提醒辨识方圆 10 海里内的间休息以恢复体力，要么整理帆索，修复台风留下的损伤。

凌向楠通过红灯笼号的海事卫星电话和妈妈通话。妈妈不再埋怨女儿上了贼船，似乎也原谅了父亲。妈妈告诉女儿，老师和同学们已经知道她参加环中国海帆船大赛，都给她鼓劲加油。这让凌向楠非常激动和自豪。

大雄也说服母亲解除了对任老板的软禁。任老板恢复自由后的第一件事，便是跑去公司安排汇款。

"耽误几日，实在抱歉。"任老板满怀歉疚地对凌大鹏说。

任老板还鼓励大雄："在咱红灯笼号上好好干，我和你妈妈都会到青岛港迎接你。"

拨云见日，峰回路转。凌大鹏心境畅然，感觉现在的一切都步入了正轨，就像这航道里的船，井井有条，朝着预期的方向稳步前进。

英国，普利茅茨的海港一如既往，宁静秀美。

环球帆船联盟总部旁的酒店大堂休息区，客人们三五成群地围坐。优雅的背景音乐、精致的乳白色花瓷、诱人的糕点，无一不在展示英式下午茶的讲究。

孙理事默默注视服务员托来的一个摆了各色蛋糕的三层金丝塔笼，想起北京胡同里遛弯的大爷手中的鸟笼。他抿一口红茶，微微皱眉。牛奶和糖放多了，茉莉花香也太过浓郁。

"英国茶我也不喜欢。还是给我来杯咖啡吧，焦糖玛奇朵。"坐对面的小林理事对服务员说。

"那句话怎么说来着，One man's meat is another man's poison。对，'萝卜青菜，各有所爱'。"小林理事又说。

孙理事翻了个白眼。

他以前从未意识到小林懂中文，而且中文说得比他的英语还好。那

11. 海峡

船舶。

此时拉响汽笛的是航道里鱼贯而行的一艘艘巨型货轮。它们满载石油、天然气、煤炭、铁矿和集装箱，每行驶一段时间就会利用汽笛和电台提醒周围船只注意它们的存在。

"红灯笼号，红灯笼号，我是你左舷对向行驶的货轮。请保持航向，注意避让。"甚高频 16 频道响起呼叫。

"收到，收到。红灯笼号保持航向，红灯会。"凌大鹏回答。

"好的，红灯会。谢谢！"

左红右绿，夜间航行如果双方都看见对面亮的红色号灯，那便是两船左舷交会。

凌大鹏看了眼海事雷达的屏幕，电脑计算出对方的行船状态：

COG：195.6°（船艏向角度）

SOG：14.1KN（对地速度）

CPA：2.56NM（最近会遇距离）

TCPA：06.35MIN（最近会遇时间）

通常情况下，当不启动机动力的帆船遇到了机动力船时，那么机动力船就是让行船，需要按照规则避让帆船。但远洋货轮是个例外，尤其这些动辄三五十万吨的大家伙。它们的主机即便停机，仍然需要上千米的距离才能完全减速。所以，帆船不能指望它们避让，唯一的办法就是敬而远之。

除了货轮，帆船遇到军舰也需要敬而远之。巴士海峡是往返菲律宾海和南海的必经之路，经常有一些国家的海军舰艇光顾，水下还时常有潜艇隐蔽航行。军舰才不会打开自己的 AIS 系统暴露目标，具备隐身能力的潜艇更不可能被一般的海事雷达探测出踪影。

为了确保航行安全，进入巴士海峡的维克多帆船暂时休战。它们自行编队跟随红灯笼号驶向海峡尽头。这段时间，各船水手们要么抓紧时时候环帆联开会，小林理事总挨着他就座。每次自己和孔处长商量对策，小林理事都一副漠不关心的样子。都是来自亚洲的同行，他并没有在意。

直到三年前，小林理事突然不厌其烦地向众人讲解中文"环"字蕴涵的奥义。自那以后，孙理事长了记性，开会再也不和小林理事坐在一起。

"传说红茶是古代中国茶运往欧洲途中在船舱里发酵所致。谁又想到，发霉的味道经过大英帝国皇室的认证，竟成了风靡世界的时尚。"小林理事慢条斯理地说。

这次是他主动找孙理事，说一起喝下午茶。结果点了却一口没喝又换咖啡。孙理事不知他葫芦里卖的什么药。

"小林先生找我有事吗？"孙理事直奔主题。

"也没什么重要的事，想聊聊你们的比赛。听说比赛进展不太顺利，有几艘维克多帆船准备退出。比赛还能继续吗？"

"台风闹的。但他们不至于退赛，比赛照常进行。"

孙理事怀疑他是真不在意还是假装不知道。组委会一早已经公布了船损的评估结果，确认几艘船无须大修，已经允许他们进港更换配件继续参赛。

"维修起码得一两周，加上回港路途，后面的比赛他们怕是来不及吧？"

"他们就近靠港，沿岸每个码头都有组委会保障专员和维修技师待命。估计两三天就能重新参赛。"

"哦？效率够高的。"小林神色吃惊道，又盘算说，"嗯，他们距离中国的海岸线不远，倒也方便。"

"我还听说有11艘帆船打算走巴士海峡？"他又明知故问。

"台风泥猛回调方向，尾风挡住他们北上的航线。"

"其实你们应该暂停比赛,要求他们等台风过境了再北上,而不是走巴士海峡。"

"选择哪条航线是船长的权力,只要不违反规则。况且,取道巴士海峡也是一个不错的选项。"

"过了巴士海峡可就进入太平洋了。那里不适合帆船航行。"

"为什么不适合?"

孙理事忍不住好奇。对方上个月还曾提起日本打算搞环太平洋的帆船赛事,怎么现在西太平洋就不适合帆船航行了?

"我是为你们着想,那里远离中国海岸线,不利于离岸船只的保障。若再遇上一次台风,他们可没地方靠港,只能靠自己。"

对方的话含蓄而直白,让孙理事顿悟。

环中国海大赛组委会曾经致函周边国家,希望对方在帆船途径时予以协助。现在,对方在明确暗示他,日本方面不打算给进入西太平洋的参赛帆船提供协助。

东方泛起鱼肚白,红灯笼号率领的 11 艘维克多帆船渐渐靠近小兰屿岛海域。凌大鹏发现身后的船队逐渐散开队形。他估计通过巴士海峡以后,东进舰队就会分道扬镳,有的船长一定会选择贴近台湾岛东岸北上,因为那是一条显而易见的近路。

但他和吕团长不打算抄近路。因为气象预报说台湾岛东部海域未来 48 小时将有持续北风,这意味着帆船的不可航行区位于这条航路的正前方。为了规避不可航行区,就需要频繁换舷。离岸越近回旋余地越小,所需换舷的次数越多,对船速的影响越大。所以,他俩认为抄近路得不偿失。

不出所料。尾随红灯笼号的维克多帆船驶出巴士海峡后,纷纷脱离队伍开始自由行动。

11. 海峡

首先是莫莫扎扎号，它未等驶出海峡东口，就急匆匆地迎风转向，选择从台湾岛和兰屿岛之间北上。接着是荷兰飞人号、雷司令号……

待红灯笼号行驶到兰屿岛以东100海里的位置时，凌大鹏发现身后所有的帆船都已经完成转向。它们梯次排开朝着各自预设的下一个转向点前进。

红灯笼号现在成了所有帆船里最深入太平洋的一艘。凌大鹏为它选择的策略是尽量减少换舷次数，充分运用侧横风提高航行速度，以速度上的优势弥补距离上的劣势。

龙骨帆船在横风或者近横风状态下可以获得最快速度。假如目标点位于上风方向，追求速度的方式会使离风角度增大，而离风角度越大，偏离目标点角度也越大。如果操作不当，船速的提高并不能弥补由此增加的行驶距离，航行效率反而会降低。所以，这不仅需要舵手精确的计算、稳定的心态，也需要随时动态调整船的姿态。

没有选择速度优先策略的船沿台湾岛东侧海岸线往北航行。为了避开不可航行区，它们的甲板人头攒动，频频换舷，航迹如犬牙参差。

吕团长形象地称它们为"秧歌队"。他掌舵的时候饶有兴致地通过对讲机向船长们传授了如何正确地表演"扭秧歌"：左脚向右迈一步，右脚向左迈一步，循环往复。

"扭秧歌东北大妈在行。你们一帮大老爷们小心闪着腰。"吕团长问候几位船长时心里窃喜——这些船长选择的线路可不只有闪着腰的风险。

台湾岛属多山地形，山脉高耸林立，呈东北—西南走向。中央山脉海拔3000米以上的高峰绵延数百里。东部山势陡立，临近太平洋一侧急转直下，离岸数公里水深即达千米。由于山势阻挡，太平洋方向吹来的风和亚洲大陆冷气团南下的风被导流成更加强劲的北风，期间还有阵风和乱流出现。

这些船长哪里会想到他们的舞步被突如其来的疾风劲浪打乱，秧歌队越走越艰难，队员们怨声载道。

与此同时，宝岛另一侧的北上舰队同样陷入举步维艰的境地。他们的船长从未有过驾船穿越台湾海峡的经验，完全陌生的地势和海况成了他们提速的阻碍。

台湾海峡处于东亚季风区前沿，大气风动力和洋流潮汐动力强劲。海峡全长约400公里，最窄处仅130公里宽，形似喇叭。这样的地势具有明显的"狭管效应"[1]，使灌入海峡的东北风风力倍增。

台湾海峡内的洋流为暖水北流的太平洋黑潮支流。但秋冬季节，强劲的东北风带动海峡表层水在某些区域改向为西南流，进一步增加了帆船北上航行的难度。

如果说海峡内的风和水流还不至于令征服太平洋和大西洋的达达尼奥船长他们感到烦恼，那么，海面以下的障碍绝对可以称得上他们的噩梦。

南澳岛和七美屿之间水下存在大面积的浅滩暗礁。水域平均水深十几米，最浅处只有几米深。他们发现海图上遍布暗礁和沉船的标记。深度仪在行进间一刻不停地发出警告。提心吊胆的船长们不得不缩帆降低船速，避免让自己的船成为长眠水下的一员。

这里独特的航行环境令船长们叹为观止。

一开始，这些外籍船长们觉得甚是新鲜。他们没想到中国沿海水域竟也和中国的集市一样热闹。

"真开眼了，这辈子我头一回见离岸五十海里竟还这么热闹。中国人多船也多。"辛普森船长感叹道。

---

[1] 狭管效应，又称峡谷效应，即当气流由开阔地带流入峡谷地形时，气流加速通过，风速增大。气象部门测试显示，在城市刮起六七级大风时，狭管效应能使高楼之间的瞬间风力达到12级。

他来自被称为"万岛之国"的挪威。那里靠近北极圈,人口稀少。

但当新鲜劲过了以后,他就发现不对劲了。人多船多,麻烦也多。无论白天黑夜,海面上渔船、货船、工程船川流不息,还有阵仗庞大的风车场、钻井平台、渔网阵,等等。

除了AIS系统和海事雷达能够标识出的物体,海里还有各种无迹可寻、凭空出现的东西,像什么无主的渔网、造型奇葩的浮漂、被丢弃的泡沫箱和塑料桶,还有海带、水草、木料、竹竿等。

他和所有首次行驶在中国沿海航线上的船长们一样,这时才明白为什么中国海事局要求船上确保有两名具备全天候驾驶资质的船长——这里的船需要24小时全天候地躲避障碍物。

他一不留神,三文鱼号的螺旋桨绞入一团麻绳,被卡得死死的。随后的整个半天,他和船员们都在和麻绳较劲。当他的船终于从麻绳中解脱出来,仅开出不到20分钟,又陷入一片绵延几十海里的漂网当中。

船长们不得不在降帆、停船、倒车、下水的反复操作中缓慢前行。船底的龙骨和螺旋桨不是深陷缠绕的麻烦,就是在遭遇缠绕问题的路上。

夜间航行的时候,无论走到哪里,密密麻麻的AIS标识始终占满电子海图仪的整个屏幕,分不清哪个是渔船哪个是渔网示标仪。那些既无电子信号又无灯光标识的渔网阵,还有夜间毫不理会16频道避碰呼叫的作业渔船,成了他们噩梦里永远打不完的蟑螂。

在各种漂浮的障碍物中夜航是刻骨铭心的折磨。无论夜航环境是波光粼粼还是乌漆麻黑,只有当障碍物漂到近前才能分辨出大致形状,给帆船留下的反应时间极其有限。

"向右打死,向右打死。"

"小心浮漂!左边!左边有浮漂!"

"右边,右边也有浮漂!"

"换舷！赶快换舷！"

……

来不及收紧的帆索鞭打桅杆发出响亮的啪啪声，躲避不及被绳索抽中的水手疼得龇牙咧嘴。紧急换舷的巨大惯性将那些把自己绑在吊床上休息的人连同吊床一起砸向舱壁。甲板上声嘶力竭，船舱里彻夜难眠。

"注意！红色灯标！绿色灯标！白色灯标！"

"还有粉色的！不，是彩色的？"

"霓虹灯？"

船长们越开越糊涂，公共航道上竟然也布满了渔网。为了提醒过往船只注意渔网的存在，浮漂上的太阳能灯各显其能地闪烁。海上灯光信号所代表的含义是这些经验丰富的船长的必修课，可当见识到了如宝塔一般在海面上七彩旋转的灯标时，他们彻底抓狂了。

每一次成功的躲避都是贴舷而过，每一次不幸的撞击都是理所当然。

"出来混迟早要还的。"达达尼奥船长在16频道里回应。

他的榴梿号以不到三节的速度惊心动魄地爬行。他开始后悔没有选择走巴士海峡。

红灯笼号进入菲律宾海以后一路高歌猛进。船长的策略获得回报，红灯笼号与其他船之间的距离进一步拉大。几艘原本追随莫莫扎扎号的船见状纷纷调转船头，又跟着红灯笼号向外海方向而去。

红灯笼号航速很快，优势明显。凌大鹏打算充分利用不可多得的远海航行机会，向动能帆船航海队的年轻队员传授操控超级大帆船的经验，让他们轮流担任船上最重要的岗位——舵手。

"大海航行靠舵手。舵手是船上最重要的岗位，也是成为船长的必备条件。合格的船长必须是一名优秀的舵手。"他说。

迎风航行状态下，有效速度取决于船的速度、航向及与风的角度。为了兼顾速度和航向，需要舵手对方向有清楚的认知。

但经验浅的舵手容易把持不住，总想着让船头方向贴近目的地方位。凌向楠掌舵时就出现问题。红灯笼号在她手里不知不觉偏向顶风，原本饱满的帆面抖动起来。

"注意不可航行区！"父亲一把抢过舵轮。

红灯笼号重新找回速度和航向之间的平衡点。抖动渐渐消失，帆面恢复饱满，红灯笼号在12节的风速下利用伯努利效应达到18节的瞬时速度。

如果舵手能够保持住航向，值班的水手就会很轻松。他们只需将自己当作一节香肠，一个挨一个地挂在上风船舷的栏杆上，依靠体重压舷，便能消磨掉值班的无聊时光。

当然，一旦遇上阵强风，帆与风的平衡瞬间就会被打破。于是，栏杆上晾晒的香肠就得立刻行动起来，配合舵手进行操帆作业。风大的时候，船舱里躺平的香肠们也得从床上起来帮忙。

风速如果瞬间变大，迎风船会自动转向顶风。这时就需要水手们尽快松开缭绳，卸掉一部分帆面的受力。如果风力过于强劲，还需要进一步缩帆。

维克多的主帆缩帆节点有三级，能逐级降下主帆减小受风面积。当然除了调整主帆面积，甲板上最多的操作还是根据风力变化调换不同尺寸和厚度的前帆和支索帆。

在一定程度上，帆的受风面积与船速成正比。但过大的风压会导致船体倾斜的角度过大，反而会降低航行速度。过度倾斜的船体还会导致一侧的舵面脱离水面而失去舵效，导致船的方向更加难以控制。

总之，风力、海况、船帆、船舵和速度之间存在非常复杂的相互制约关系。只有充分掌握理论，再结合实践，才能将操帆控舵的技能掌握得更加熟练。

至于更进一步的，如何看云识天气，如何规划航线，如何选配帆型，如何安排调度前舱、中舱、缭手、摇把手等岗位人员，则是由水手不断学习进阶为船长的必经之路。

当然，一旦出了海，船长除了技能、经验和直觉，还需要运气。

自从红灯笼号过了小兰屿转向点，风向和风力持续且稳定。看来幸运女神一直眷顾着红灯笼号。于是船长决定继续朝偏东方向航行，直至主力风向转为东北风。

宽广无垠的菲律宾海非常干净。既没有巴士海峡川流不息的繁忙景象，也没有台湾海峡近岸无穷无尽的渔网和漂浮物。身后的帆船远远落在视野之外，海面上只有三两艘远洋渔船在进行捕捞作业。

闲暇的时候，凌向楠注意到一些灰白色的海鸟在渔船上空盘旋。当卷扬机收网时，各自盘旋的它们便如同得了号令一样，一个接一个地加速俯冲，炮弹一般射入水中。多数情况下，它们与水面接触的时间不超过一秒，羽毛尚未沾水，便已经带着猎物脱离水面，回到半空中享受渔船带来的福利。

那些渔船也不介意与海鸟分享海里的渔获。他们也经常需要通过海鸟集结盘旋的踪迹找到鱼群。大家互惠互利而已。

瞧！鲸鱼！凌向楠瞭望的时候发现一群鲸鱼。众人于是聚拢到船头。

鲸鱼群与红灯笼号并行很长一段时间。父亲告诉她，那是座头鲸家族，它们每年都会定期绕着太平洋洄游。

距离凌向楠最近的一条鲸鱼体长超过了红灯笼号。她觉得那一定是鲸鱼爸爸，因为它一直警惕地将自己置于红灯笼号和鲸鱼幼崽之间，似乎在自豪地向人们介绍自己家族成员的同时，也在礼貌地告诫人类切勿靠得太近。

11. 海峡

每隔几分钟，鲸鱼背上的呼吸孔便会喷出水柱。鲸鱼爸爸喷的最高，有四五米。其次是鲸鱼妈妈。他们的孩子大概还未完全掌握这门鲸鱼独有的呼吸技能，只能洒出些水花。

座头鲸家族向观众们展示泳姿，表演各种出水和压水的动作，偶尔发出一两声震撼而苍凉的叫声。

临近表演结束，座头鲸爸爸以一声长长的低沉空灵的"歌声"向观众道别。只见它弓起躯干，扬起前鳍，仿佛慢镜头似的一跃而出，又翻入水中，宽阔的尾鳍拍向水面，激起巨大的水花。

它在人类充满敬畏的目光注视下带领全家消失得无影无踪。红灯笼号上的人久久回味。

"人为什么要远航？"凌向楠突然说。

像这样风速稳定，不需要换舷，周围又没有障碍物的时候，除了看风景，消磨时间最好的办法是胡思乱想。

"鲸鱼是为了生存。人为什么要远航？"她发出灵魂拷问。头脑里瞬间充满哲学思考：自己究竟为了什么上的船？是为了追寻什么，还是为了逃避什么？

"人？也是为了生存。"大鲨鱼却不假思索地回答。

"可人是陆地动物，为什么要到海上寻找生路？"

"对于大多数人而言，陆地就是他们的全部。但对另一些人来说，海洋才是，一旦离开了海，他们反而难以生存。"

"没错，在我老家，祖祖辈辈都向大海讨生活。要不是因为我老爸，估计我也就是个渔民。"大雄说。

"你是渔民？兴许是海盗呢。"凌向楠调侃他道。

"那你可得小心，别招惹我。"大雄笑道。

"咱们会不会遇上真的海盗？"凌向楠又问。

"不可能。环中国海又不是非洲的索马里，从来没听说过有海盗出没。"大鲨鱼说。

"还别说没有,我老家那边前些年真就出过海盗,杀人不眨眼,都是亡命之徒。"大雄却摇头,并将手比画成刀的样子。

"真的假的?"凌向楠将信将疑。

"当然是真的。"大雄神色肃然地解释。

"20世纪90年代,随着东南沿海地区的船运贸易和渔业迅速发展,浙江、福建和广东出现打劫海船的犯罪团伙。其中最出名的团伙一连夺取33条人命,直到2015年才被公安机关彻底铲除。

"这事儿在我老家可是家喻户晓。"他补充道。

"其实,大多数的海盗原本都是渔民出身。有人说,自从船被发明的那一天开始,世界上便有了海盗这个职业。生计所迫也好,见利忘义也罢,人在海上心生歹念于是便成了海盗。"吕团长说。

"你的意思是,海盗还是个兼职?"凌向楠打趣道。

"历史上许多著名的海盗身兼数职,比如明朝时期盘踞东南亚的大海盗汪直,亦盗亦商。而古代西方的航海家其实就是海盗。"吕团长说。

"此话怎讲?"凌向楠好奇地问。

"比如,被奉为航海先驱的维京人[1]是农民业余下海做的海盗。"吕团长解释说。

"公元8世纪到11世纪的维京人原本是北欧高纬度地区生性彪悍的农民。他们身处苦寒地带,为了生计每年定期驾驶帆船南下,沿途掳掠杀伐,侵扰欧洲沿海和不列颠群岛。由于他们航海技术高超但声名狼藉,'维京人'成了海盗的代名词。

"但同时,他们也被许多记载塑造成为卓越的航海先驱。在维京人

---

[1] 维京人(古挪威语:víkingar),在冰岛土语中的意思是"海上冒险的人"。维京人的老家是挪威、丹麦和瑞典,开始只是打劫西欧沿海的修道院,后逐渐对其他欧洲国家进行有组织的入侵。

横行的年代里，他们的足迹遍及欧洲大陆乃至北极，向东到达里海，向西发现冰岛和格陵兰岛，甚至到达北美，缔造了打通欧洲海路的'维京时期'。

"海洋给海盗提供了天然的舞台。而航海技术进步，让海盗的武装劫掠行为越来越猖獗。"

"难道没有人管？欧洲国家的政府和军队不打击海盗吗？"

"那个年代不像现在，许多国家的海军甚至打不过海盗。一些国家于是想出了招募海盗充当他们的海军的馊主意。在西方航海史中，许多国家的政府公然与海盗合作，为他们背书，允许他们合法劫掠。

"1243年，英国国王亨利三世首先颁发私掠许可证，允许私人船只袭击和抢劫敌国船只。他发现与海盗合作是一本万利的生意，干脆堂而皇之地将其合法化。自此以后的几百年时间里私掠制度盛极一时，以至于几乎所有欧洲国家都允许私掠者抢劫别国商船，并与之分享战利品。

"而英国私掠者之中官运最好的弗朗西斯·德雷克[1]甚至被授予海军中将军衔，以舰队副指挥官的身份参加了1588年英国皇家海军击败西班牙无敌舰队的战斗。

"1492年哥伦布发现新大陆之后，风帆战船载着欧洲人来到中南美洲掠夺财宝，拉开数个世纪加勒比海盗横行的时代帷幕。

"不过，时过境迁，盛极一时的海盗职业已经变得越来越没有前途。

"现在，尚有海盗事件发生的主要海域只剩下亚洲的马六甲和非洲的索马里。在多国护航编队的打击下，索马里海盗中的多数人又回去重新当起了渔民。马六甲海盗劫掠的目标主要是新加坡海峡东行货轮以及马来西亚、菲律宾港口锚地的泊船。

---

〔1〕 弗朗西斯·德雷克（1540~1596年）是英国著名的私掠船长和航海家。他在1577年和1580年两次环球航行，1581年获得皇家爵士头衔，1588年成为海军中将，参与击退西班牙无敌舰队，受封为英格兰勋爵。

"这里距马六甲有数千海里，我若是海盗，劳师袭远抢劫一艘帆船的赔本买卖肯定不干。"吕团长说。

10月12日黄昏，瞭望员发现11点钟方向出现一个灰色的点，AIS却显示不出船籍信息。只见它朝红灯笼号驶来，越来越大。

"不会真是海盗吧？"大雄警觉地问。

他的话让代理大副的李响也担心起来，于是将正在舱内研究海图的两位船长都喊上甲板。

"白色的船，不是海盗，也不像军舰。"凌大鹏将望远镜递给吕团长。

"是海警巡逻船。"吕团长看罢说。

几人正纳闷哪里来的巡逻船，甚高频16频道响起呼叫。对方自报了家门。

"我们是日本海上保安厅的巡视船。我船正在这片海域执行公务，请你船尽快驶离。"

没过几分钟，这艘白色的大船已经对向驶到近前，船体前部赫然印着"与那国"三个字。

"我船是红灯笼号，正在参加环中国海不间断航行国际帆船邀请赛。我船将通过前方海域前往中国东海。"船长通过16频道回复。

"中国东海在你们的西面，你船应该向西转向。"对方说。

东海此时位于西侧不假，但红灯笼号尚未抵达预设的转向位置。它走的大Z字路线需要风向变换的配合。

船长于是再次回复："我船还未到达预定转向点，将保持航向继续行驶。重复一遍，我船将保持航向，请你船注意避让。"

红灯笼号在公海航行享有自由通行的权利。按照海上航行的避碰规则，此时的帆船属于直行船，对方为避让船。

但对方显然不打算让开航路。与那国号仗着船高马大，直接加速切入红灯笼号航线方向。红灯笼号急忙躲闪。凌大鹏和吕团长一时搞不懂对方有何用意。

"你们不要继续前进。未经允许不得进入日本的专属经济区[1]。你们在日本专属经济区捕鱼属于违法行为。请立即调头。"对讲机里传来进一步的警告。

这番说辞着实令几人感到匪夷所思。菲律宾海域属于公海，台湾岛东侧临海基线向外延伸200海里的专属经济区属于中国，哪里来的什么日本专属经济区？

就算在专属经济区内，只要未及12海里领海范围，也属于公海航行的范畴。而且根据国际法，只要悬挂船籍国旗帜正常航行，任何国家不得加以干预和阻碍。

吕团长认为对方在蓄意干扰红灯笼号，因为对方竟还能将外形迥异的维克多帆船与捕鱼船混为一谈。

"我们是参赛帆船，不是渔船，也未进入日本专属经济区。我船在公海正常行驶，请你船避让。"船长朝对讲机回答。

然而沟通没任何效果，16频道里你说你的，我说我的。

"这是明摆着在找碴儿。"吕团长开始怒火中烧。

凌大鹏让骨干队员上甲板待命，随时做好应对准备。一心赶路的他不打算纠缠，也不打算调头。但秉持强盗逻辑的与那国号显然也不打算轻易放行。

白色的与那国号继续在海面上绕圈，它轰着油门反复贴近红灯笼号船舷，用掀起的尾浪干扰，试图逼迫红灯笼号转向。红色的红灯笼号甲

---

[1] 专属经济区（Exclusive Economic Zone）又称经济海域，是国际公法中为解决国家或地区之间的因领海争端而提出的一个区域概念。根据1982年联合国海洋法公约，专属经济区从领海基线量起算，不应超过200海里（370.4公里）。

板上气氛凝重,水手们的神情高度紧张。船长在竭力维持航向航速的同时,小心翼翼地躲避对方危险的挑衅行为。

天色渐暗,红白双方继续僵持。

在排水量达到上千吨的海警船面前,吨位不到30吨的维克多帆船就像一片水里的叶子。在对方一次又一次的横冲直撞之后,红灯笼号不仅偏离北上的航向,速度也大不如前。

凌大鹏一边盘算,一边迂回。对方的船有钢制外壳,马力强劲,还有水炮。自己不可能以卵击石与对方硬磕,但就这样一直猫抓耗子似的僵持下去也不是个办法。但无论如何他也不想调头返回。

勉为其难地继续航行一段后,凌大鹏心一横,干脆将舵轮向右打死,招呼队员们调帆朝太平洋方向驶去,心想既然对方非逼着我往西,那我就向东开得更远试试。

这样的结果出乎对方的意料。与那国号似乎犹豫不决起来,它在原地徘徊了一阵子,似追非追地并没有跟上来。它虎视眈眈地瞧着红灯笼号驶向东方的天际线,自己竟向西南方向驶去。

直到对方又变成一个小点,消失在海平面尽头,红灯笼号上的人这才将悬着的心放了下来。

"它为什么要阻拦我们?我们真的越界了?"凌向楠问。

"不知道。公海航行,不存在越界。"凌大鹏说。

"'与那国'是什么意思?"凌向楠又问。她不记得有哪个国家的名字叫与那国。

"与那国岛[1]是琉球群岛[2]中最南端的岛屿,现在被日本控制。

---

〔1〕 与那国岛位于琉球群岛最南部的八重山群岛。岛屿在琉球本岛西南300多公里,距离日本九州鹿儿岛县1000多公里,距离中国台湾省南方澳仅110公里,距离中国钓鱼岛仅150公里。在能见度极佳的情况下,在该岛可见台湾岛东部山脉。

〔2〕 琉球群岛自北向南包括吐噶喇列岛、奄美诸岛、琉球诸岛、先岛诸岛(包括宫古列岛和八重山群岛)和大东诸岛五个岛群。

巡逻船应该来自与那国岛的驻地。"凌大鹏说。

"这里明明是台湾岛东部海域。日本巡逻船怎么能千里迢迢来这里执法？"凌向楠问。

"千里迢迢？与那国岛离这儿可不算远。"他将电子海图放大，指出了与那国岛的位置。

海图上，与那国岛位于琉球群岛最南端，距离日本本土的直线距离有一千多公里，距离台湾岛却只有110公里。

"琉球群岛？真没想到琉球群岛竟有这么大！"凌向楠看着地图自言自语道。

琉球群岛北与日本的大隅诸岛隔海相望，南与中国的台湾岛相望，东邻太平洋，西隔琉球海槽与中国大陆相望，呈弧状分布在台湾岛东北至日本九州岛西南上千公里的海面上。

凌向楠仔细审视海图上的琉球群岛，心中突然萌生一个顿悟的念头。所谓中日两国一衣带水、隔海相望。实际上，大多数国人对两者地理关系的理解仅限"隔海相望"，很少有人真正意识到什么是"一衣带水"。

由于琉球群岛的存在，日本像是用一条衣带将整个中国面向太平洋的水域完全包围。与那国岛就是这条衣带的最南端。

凌向楠忍不住感慨，日本竟然远比自己认为的要大得多。

"可其实，日本吞并琉球群岛不过也才是一百多年前的事情。他们吞并了琉球，将其改名为冲绳，试图抹去琉球在历史上的痕迹。但琉球才是它的本名。这个名字还是明太祖朱元璋起的呢。"吕团长说。

"明太祖朱元璋？那是郑和下西洋的年代。"凌向楠说。

据史料记载，1372年明太祖朱元璋派使臣携诏书出使该地区，在向当地首领颁发的诏书中称其为琉球。

从明朝初年到清朝晚期，中国与琉球王国保持500年的宗藩关系。

期间，历代琉球王均接受中国皇帝的册封。琉球王国崇尚儒学，使用汉字。

大约150年前，日本吞并琉球王国，将最后一位琉球国王押解至东京，改琉球为冲绳，实行同化和殖民政策。

当年的晚清政府对日本吞并琉球不予承认。但随着中日甲午战争以中国惨败告终，清政府被迫割让台湾和辽东半岛，中国在琉球群岛的权益再未得到伸张。

凌向楠却是好奇，这样重要的历史竟然在历史课本中没有详细描述。

"无论是民国政府，还是后来的新中国，我们从未承认过日本对琉球群岛的主权[1]。所以，从历史的角度来讲，这事儿还不算完。"吕团长说。

"可就算他们认为琉球群岛属于日本，从与那国岛到我们这里仍有将近三百海里的距离。"凌向楠在地图上比画。

"所以啊，这帮家伙得了便宜还卖乖，手伸得太长。"吕团长说。

"真是一帮强盗。"凌向楠愤愤不平地说。

女儿和吕团长交谈之际，凌大鹏一直沉默不语。他掌着舵，心里飞快盘算。和与那国号的意外遭遇完全打乱了红灯笼号的航行计划。他现在不得不重新规划线路。他仍然希望向北航行，赶到纬度更高一些的风带再向西。但他却吃不准一旦向北转向，那艘与那国号会不会再度追来，而前方会不会还有其他的日本巡逻船拦截。

不过，女儿和吕团长的对话倒让他突然明白过来，与那国号的意图应该是想驱赶红灯笼号向西前往与那国岛和台湾岛花莲县之间的与那国

---

[1] 第二次世界大战以后美日结盟，日本以1951年美日等国签订的《旧金山和约》为依据，主张琉球群岛已经由占领国美国交还给日本。国际上一些人认为，日本在《旧金山和约》中放弃了台湾及澎湖列岛的权利，但没有放弃琉球群岛，所以由此推理认为琉球群岛自然归属日本。中国政府对该条约一直予以坚决反对。

海峡前往东海,而不是穿越琉球群岛中的海峡。

他觉得有必要将这一突发情况报告给组委会。

值班的接线员接到红灯笼号船长的卫星电话时,钱秘书长和孔处长正在海事局开会协调福建海警部门,为台湾海峡内几艘无法自行脱困的帆船安排救援。

接线员对红灯笼号的遭遇困惑不已,反复核对红灯笼号的航线和位置。

"你确定没有进入日本领海?真的没有?"

"当然没有!台湾岛以东海域哪里来的日本领海?"

"也没有进入专属经济区?"

"我们一直在公海航行,不可能进入领海和专属经济区。"

"也许对方搞错了。这种事情有时会发生。那些偷捕的渔船很善于伪装自己。它们的雷达反射截面和维克多帆船差不多,有时很难分别。"

"我们的船舷都快挤到一起,对方不可能看不出来区别。显然是蓄意拦截。"

"他们为什么要蓄意拦截你们?你们真的没有捕鱼?"

"红灯笼号连根鱼竿都没有,拿什么捕鱼?"

接线员显然察觉出船长的不悦,沉默了一小会儿。

"巡逻船最后走了吗?"

"它纠缠一番,见我们改道向东,没有追来。"

"既然没有扣留,你们继续航行吧。情况我会记录在案,并尽快报告领导。也许这仅仅是一起孤立的意外事件。"

"但愿如此。"凌大鹏挂断电话,值班员仍然将信将疑。

凌大鹏知道接线员除了记录和汇报做不了别的。一切都留待领导回来后定夺。他给对方留下了红灯笼号遭遇与那国号的坐标信息,叮嘱组委会务必尽快弄清原委。

当然,他也很清楚,在得到组委会正式答复前,红灯笼号别无他法,只能靠自己的判断行事。

12
岛链

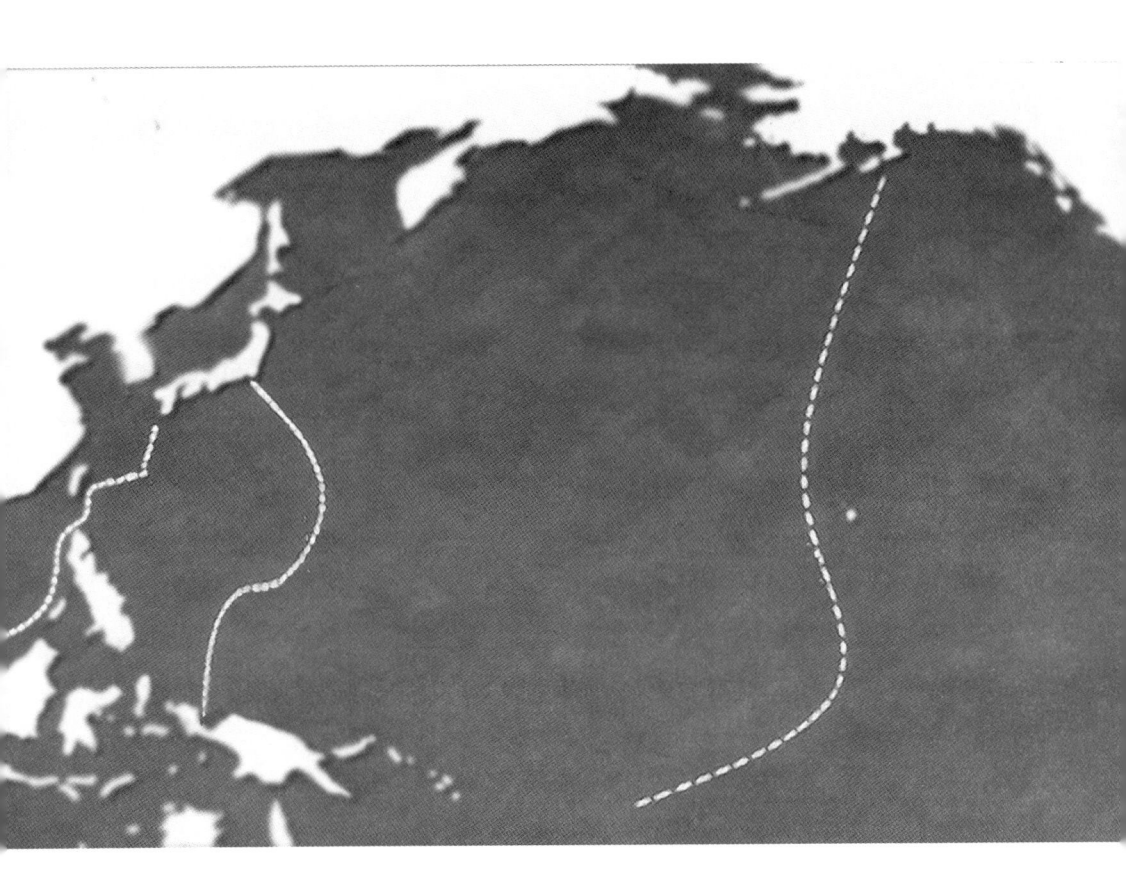

10月12日值夜班的接线员可算是倒了霉了。监控大厅里的几部专线电话此起彼伏，让接线员焦头烂额。

不断有船长打电话报告遭遇日本巡逻船拦截的情况。显然，这不是什么偶然事件。

脾气暴躁的铜锣烧号船长詹士杨试图闯关，结果被刺眼的探照灯和高压水枪压得抬不起头。

面对高大坚固的巡逻船，多数船长无计可施，只能向西前往台湾岛东岸。但转头他们便将怒气撒在接线员身上。他们质问组委会为什么会有这样的情况发生。

接线员自然是答不上来，她唯一能做的就是记录在案等待领导指示。

钱秘书长和孔处长不得不连夜赶回组委会。

两人还未走进监控大厅，就瞧见新闻组负责人金处长被记者和岸队经理们团团围住，于是偷偷闪入酒店的员工通道。

"主办方竟然连比赛的航区能否通行都没弄清楚，简直不可思议。"岸队经理纷纷抗议。

"请大家放心，事情会弄清楚的。"金处长安抚众人，"组委会责无旁贷将确保参赛队伍的安全和比赛顺利进行。"

可众人并不买他的账。

"主办方为什么没掌握日本政府海上打击非法捕鱼和追查走私的行动？"一名记者问。

"日本政府已经提前告知中方相关行动的信息。组委会为什么没有通知参赛船只调整线路？"另一名记者说。

金处长无言以对。因为他早已问遍组委会所有部门，没一人说得清。他硬着头皮表示明天一早会给大家满意的答复。

前台有金处长顶住火力，毫无头绪的钱秘书长和孔处长顺利潜入监控大厅。两人听完汇报，正商量对策。

"或许我们该联系日本海上保安厅问一问？"

"直接联系外方恐怕不妥，是不是通过外事渠道？"

"现在他们早就下班了吧？"

两人一筹莫展之际，远在英国的孙理事却打来电话。

"孔处长，你收到秘书处发的电子邮件没有？"孙理事问。

"电子邮件？没注意。怎么了？"孔处长一愣。他整天在外边忙得连口水都没喝，哪里顾得上电子邮件。

"日本政府计划在菲律宾海域清查非法捕捞，执法行动位于比赛航区。赶紧查收邮件吧。"孙理事说。

孔处长急忙打开电脑，邮箱里果然有一封电子邮件。

邮件是四小时前发送的，来自一个叫克莱尔的女士。孔处长依稀想起她是环球帆船联盟秘书处的资深文员，50来岁，长得白白胖胖，整天一幅人畜无害乐呵呵的样子。邮件收件人为孔处长和孙理事，邮件内容为秘书处致环中国海不间断航行国际帆船邀请赛组委会的一封告知函。

看完告知函，孔处长和钱秘书长幡然醒悟，大吃一惊。

日本方面请秘书处转告环中国海国际帆船赛组委会，日本水产厅和海上保安厅计划于10月12日18时在琉球群岛东部海域组织打击海上违法捕鱼的执法行动。

日本方面还特意提醒，为了避免执法行动给参赛队伍造成不便，建议组委会尽快通过环帆联秘书处向日方报备拟前往相关海域的参赛帆船信息，同时建议组委会让进入菲律宾海的外线帆船经由台湾岛以东、兰屿岛西侧的台湾岛24海里毗连区向北航行。

"我才注意到秘书处下班时发的邮件。这么着急的事,他们竟只发一封邮件通知,搞得大家紧张兮兮。幸好时间来得及,还有几个小时。你们抓紧统计一下,发回给秘书处,顺便抄送我。"孙理事发牢骚说。显然,他还不知道海上发生的最新情况。

"孙理事,已经晚了,海上执法行动已经开始了。"

"什么?他们的行动开始了?"孙理事不敢相信自己的耳朵。

"不只是开始,到目前为止,我们已经有六七艘帆船遭到拦截,被迫改变航向。简直乱套了。"

电话里传来孙理事重重拍桌子的响声。无端遭到拦截肯定会影响参赛船只的航行计划,而身负保障赛事顺利进行重责的组委会竟对此一无所知,肯定难辞其咎。

"究竟是怎么搞的?难道他们把行动提前了?还是我们把时间搞错了?"孙理事懊恼地问道。

"行动没有提前,时间也没有搞错。"钱秘书长仔细看罢邮件,琢磨过味儿来。

众人这才注意到邮件里一个极不起眼的小细节:告知函提到的行动时间没有注明到底用的是哪个时区的时间。

众所周知,地球自西向东自转,东边比西边先看到太阳,东边的时间也比西边早。地处不同经度的时刻差值严格来讲甚至需要精确到秒,这给人们带来很大的不便。

为了克服时间上的混乱,1884 年华盛顿国际经度会议规定,将全球大体按照经度划分为 24 个时区,将英国格林尼治天文台所处的时区设定为零时区,向东为东 1—东 12 区,向西为西 1—西 12 区。时区的划分为生活在不同地区的人们计量时间带来了极大的便利。

不过,国际航海界为了便于计量和校准,更习惯于采用统一的格林尼治平时 GMT[1]，也就是零时区的时间。所以，为了加以区别，航海界的通行做法是，但凡提及时间都会注明采用某地的区时 ZT，还是格林尼治平时 GMT。

几人这时注意到，克莱尔的邮件告知函里竟然遗漏了这个重要的时区标志。这意味着告知函通知的行动时间既可以如孙理事理解的为格林尼治平时——因为它是航海标准时也是联盟总部所在地的时间，也可以理解为东九区区时[2]的时间——因为日本首都东京和执法区域的时区划分在东九区。

按照最早报告遭遇拦截的红灯笼号提供的时间推算，告知函使用的时间应该是东九区区时，而非格林尼治平时。两者之间有 9 个小时的时差。

"岂有此理！环帆联秘书处如此草率地处理这么重要的通知。我明天一早就投诉。"孙理事气愤地说。

"恐怕于事无补。"钱秘书长说。他认为现在去追究一个发邮件的秘书的责任意义不大。

"这事儿没处说理。无论人家电话还是邮件，总之已经提前通知过了。反倒是我们没有及时回复。"他说。

"说一千道一万，还是我们自己的工作没做到位。何况那些文员都是老油条，你拿她们没辙。"孔处长也说。

孙理事渐渐冷静下来，觉得两人言之有理。

别看那些文员文化程度和职位不高，每天的工作也就打打字、整理整理文件。她们捧的可是铁饭碗。她们在秘书处供职的时间都有十几年的光景。尤其是那位克莱尔，自打进了环帆联屁股就再没有从那张椅子

---

[1] GMT 即格林尼治平太阳时间，又称世界时 UT，是指格林尼治所在地的标准时间。
[2] 东九区位于东经 127°30′~142°30′之间，时区时比格林尼治平太阳时间/世界时快 9 小时。

上离开过，若论资历，恐怕比理事会最资深的老约翰爵士都老。理事会成员有任期限制，连任还得选举。她们却不需要，她们背后有工会罩着。

十几年下来，她们早已由小文秘变成了老油条，成了环帆联里头最熟悉这个机构的人。她们深刻领会并且成功执行"铁打的秘书处，流水的理事会"的体制之道，将自己塑造成维系机构运转最不可或缺的人。

若是想说她们将事情办错了，她们一定会找出各种各样的理由将你怼回去。就算你有那个精神头去将理争回来，也不会有任何实质性的结果。人家顶多耸耸肩说"哦，行了吧，我只是个文员，OK？"然后照常到点下班。再然后呢，你会发现去秘书处复印份文件都不会有人搭理你。

可再一琢磨，众人又觉得事情未必只有因为疏忽而遗漏一个小小的时区标记那么简单。

告知函发送的时间与红灯笼号遭遇与那国号的时间相距不到半小时。就算孙理事和孔处长第一时间收看邮件，组委会也来不及在半小时内将信息反馈给秘书处。就算他们反馈了，秘书处已经下班，又如何确保信息能够提交给日本方面，如何确保信息准确无误地转达给海上的执法巡逻船？

"看来他们压根儿没打算让咱们回复邮件？"

然而事已至此，几人打落的牙齿只能往肚里咽，自认倒霉。

"也罢，明天我还是要说一说的，否则不知道秘书处背地里还会搞什么鬼。"孙理事无奈地说。

众人思虑再三决定按邮件要求，整理资料回复秘书处。懊恼归懊恼，就算亡羊补牢吧。

"由于组委会工作疏忽，处理邮件不及时，导致9艘参赛帆船被迫变更航线……"钱秘书长写道。

他在当日组委会工作简报里如实记录事情原委。主动检讨疏漏，总比遮遮掩掩的要好，他想。

但他一边写一边也注意到，海面上有两艘帆船：章鱼丸子号和汉堡大叔号，始终没有报告遭遇拦截。它们朝着此前报备的航线行驶，既没有前往台湾岛东岸的毗连区，也没有如红灯笼号那样向东深入菲律宾海。他不禁纳闷，这两艘船又是如何躲过拦截的呢？

10月13日上午，钱秘书长接到外交部一位周姓参赞的电话。对方向他详细询问了事情的原委。

"总之，由于我们工作不及时、不到位，影响了比赛进程，一些外国记者大肆炒作，我们的工作失误给国家声誉造成不良影响。作为负责人，我需要检讨。"钱秘书长像犯了错的小学生如是说。

"这事儿不仅涉及比赛进程。你恐怕没有搞清楚问题的严重性。"周参赞说话语气平和却字字扎心。

"是我们失职，我知道问题严重。为了确保不再发生误会，我们已经连夜将信息发回环球帆船联盟秘书处，同时请他们商洽日方给予关照。"钱秘书长额头冒汗。

"不是说你的问题，我说的是日本方面的问题。"对方却说。

"日本方面的问题？"

"也不光是日本方面的问题，你们也有问题。你们不应该商请环帆联协助，而是应该提出正式的抗议。这明明是日方搞的鬼，你们却选择妥协？"

周参赞的话将钱秘书长彻底搞糊涂了。他一时间卡壳，不知如何接茬。

经过进一步的解释，钱秘书长终于松了口气。原来，周参赞并不认为事故的责任在组委会，而应该在环帆联秘书处和日方。他明显不同意组委会的处置方式，认为组委会回复邮件是一种妥协。

"正式抗议？有必要吗？"钱秘书长迟疑道。

昨晚他和孙理事已经讨论过处置方式。孙理事执意要向秘书处表达不满，但钱秘书长认为追究此事对组委会未必有利，且不说到底谁是谁非是一笔糊涂账，搞不好还可能让对方反咬一口，指责组委会回复邮件不及时呢。至于日本方面，组委会仍然指望环帆联协助让日本海上保安厅的巡逻船放参赛船只一马。

"恐怕大事化小小事化了比较好。"他小心翼翼地说。

"这样关键的时候，你们怎么能大事化小小事化了呢？"周参赞却激动起来。

他继续道："你们关注的什么邮件、时区等问题通通不是重点，都是表面文章，是对方的把戏而已。你们应当透过表象看本质。问题的核心是日本巡逻船在公海上所谓的执法行为严重违反《联合国海洋法公约》和国际通行的航海规则。"

"可执法行动已成既成事实，参赛帆船最终与对方脱离接触。抗议不会改变既成事实。"

"不是要求你们去改变历史，而是你们应当表明自己的态度和立场。像这种蓄意在公海拦截别国船只的行为，你们身为航海专业人员应该第一个站出来谴责。"

钱秘书长没有吱声，周参赞继续说话。

"你们或许不知道，日本一直试图拓展在西太平洋地区的管辖范围。除了不断在琉球群岛以东海域巡查增加存在感，还通过扩建台湾岛以东的冲之鸟礁[1]扩大圈地范围。这些行为严重损害周边国家的合法权益和公海自由。"

---

[1] 冲之鸟礁位于北纬20°25'、东经136°04'，距离东京约1730公里，距离冲绳约1070公里，距离关岛约1200公里。2008年，日本向联合国大陆架委员会提交外大陆架划界申请，主张冲之鸟礁海域43万平方公里专属经济区和25.5万平方公里外大陆架。2012年，大陆架界限委员会拒绝认可日本的主张。

12. 岛链

"今天上午，我们已经通过外交渠道向日方正式抗议。你想想，当我们对外表达抗议，你们当事人却选择妥协，这算怎么回事？假如你们这些搞帆船航海的人希望将来仍然可以自由无阻地在西太平洋一带航行，就应该及时主动地站出来表达立场，为维护公海自由和你们的正当权益尽一份自己的责任。"

"当然，当然。"钱秘书长如梦初醒。

时间到了下午，红灯笼号终于可以满舵左转。

组委会普发了一份通知给所有的船长，这场闹剧暂时告一段落。通知强调，参赛帆船在公海享有自由航行的权力，任何国家不得对其合法航行加以阻碍。通知还说，中国的外交部门已经通过正式渠道向日方提出抗议，要求对方不得妨碍比赛正常进行。通知要求，参赛船只一旦遭遇意外拦截，应在第一时间向组委会报告，并留下证据。

有了组委会给的定心丸，凌大鹏片刻未有犹豫，立刻转舵西行。经过整整 20 个小时的航行，红灯笼号已经行驶到琉球群岛附属的冲大东岛以东海域，严重偏离他的预设航路。此时，他只有朝宫古海峡方向前进，才能前往东海 EC 标点。

但这一番折腾下来，风向早已变化，红灯笼号此前积攒的优势荡然无存。凌大鹏清楚，错过了风区，他的船恐怕很难赶在章鱼丸子号和汉堡大叔号前面穿越海峡。

"世事难预料。"凌大鹏将笔丢在桌上，急匆匆返回甲板。他满脑子想着如何将时间抢回来。

"为什么选择走宫古海峡而不从这些小岛之间穿行？"凌向楠指着海图上星星点点的群岛问吕团长。

"因为宫古海峡和巴士海峡一样，属于国际水道，各国船只享有自由通行权，无须征得沿岸国同意。而那些小岛之间相距不到 24 海里，被认为是日本内水。如果我们不想惹麻烦的话，就得走国际水道。"吕团长回答。

"那其他船呢？"

"他们沿台湾岛东侧航行，一定会走与那国海峡前往东海。"

"我们的航母编队也走过宫古海峡吧？"

"嗯，宫古海峡是我国海军出入西太平洋的重要战略通道，也是各国海军和国际货轮出入的通道。"

"琉球群岛海域看起来挺宽的呀，怎么尽是日本内水？"

"别看琉球群岛的海域宽阔，具备足够宽度的国际水道却寥寥无几，其中最宽的就是宫古海峡。"

台湾岛和日本鹿儿岛之间直线距离超过 1000 公里。由 470 多座小岛组成的琉球群岛，星罗棋布地分布在这片区域，将连接中国东海和菲律宾海的水域分割开，由北向南只留下大隅海峡、吐噶喇海峡、奄美海峡、宫古海峡和与那国海峡五处主要的水道。

其中，最宽的水道就是宫古海峡。海峡最宽处 145 海里，最窄处 113 海里，平均宽度 129 海里，是台湾海峡的两倍。其次，是宽度约为 60 海里的与那国海峡。剩下的大隅、吐噶喇和奄美海峡三个水道的宽度更窄。

"这些海峡去除两侧各 12 海里的领海后，留给我们和航母、货轮自由通行的国际水道宽度极其有限。"吕团长说。

"可我记得，中国海军编队穿越对马海峡的新闻说海峡两岸的领海宽度只有 3 海里，不是 12 海里。怎么回事？"凌向楠问。

"12 海里领海宽度是《国际海洋法公约》限定的最宽宽度，至于具体多宽由沿海国的国内法规定。日本宣布宗谷海峡、津轻海峡、大隅海峡、对马海峡实行 3 海里领海宽度，所以给海峡中央留出了自由航行的非领海水道。"

12. 岛链

"哦？这么好？"

"你可别以为这是发善心。人家算得可精，既然可以通过国内法将其设为 3 海里，也可以随时改回 12 海里。若是我们天真地以为 3 海里永远存在，那么哪天一旦情况变化而我们毫无准备，必将极为被动。"

"如果他们改回 12 海里，别的国家的船不也过不了了？到时候大家都会有意见。"

"那倒未必。关系好的他就放行，关系不好他就拿你侵犯领海主权来说事儿。说穿了，他们一直不希望我们中国出第一岛链。"

吕团长的话燃起凌向楠更大的兴趣。

学校里同学们经常议论新闻里提到的第一岛链。可究竟什么是第一岛链、为什么叫第一岛链，她和同学们似懂非懂。她打算趁机弄个明白。

"说来话长。"吕团长于是打开话匣子。

"岛链最初只是个地理概念，也叫岛弧链，指大陆边缘连绵呈弧状的岛屿群。

"第二次世界大战以后，1946 年英国首相丘吉尔发表铁幕演说，1947 年美国杜鲁门主义出台，北约和华约两大军事集团相继于 1949 年、1955 年成立。世界进入美苏两极对峙的冷战时期。

"为了封堵以苏联为首的社会主义国家，美国政府开始在太平洋海域的一些岛群部署军事力量，利用西太平洋海域中一些特殊岛群的战略地理位置构筑太平洋锁链[1]。地理概念的岛链由此被赋予政治与军事含义。

"美国的岛链战略最初主要针对苏联。但随着中国不断发展壮大，

---

[1] 1951 年，美国前国务卿杜勒斯明确提出，美国在太平洋地区防务范围应为日本—琉球群岛—台湾岛—菲律宾—澳大利亚这条近海岛屿链。次年，美国与菲律宾、澳大利亚、新西兰、日本和韩国等国签订安全条约。

它逐渐演变成为遏制和围堵中国的地缘战略工具。

"经过几十年经营，美国在西太平洋地区已经构筑了三条岛链。"吕团长一一列举。

"岛链战略既包括陆地部分，也包括海洋部分。在中国沿海大陆架面向太平洋一侧，由西向东依次为第一岛链、第二岛链和第三岛链。

"其中，第一岛链紧贴中国大陆和南海，包括日本群岛、琉球群岛、台湾岛、菲律宾群岛。

"第二岛链囊括整个菲律宾海和东南亚，包括小笠原群岛、马里亚纳群岛、哈马黑拉群岛、马六甲海峡。

"第三岛链环绕太平洋腹地和印度洋，包括阿留申群岛、夏威夷群岛、大洋洲群岛、孟加拉湾南部、阿拉伯海中北部、波斯湾。

"从地图上看，三条岛链就像三道锁链将中国面向太平洋的出口封锁得严严实实。"吕团长伸出三根手指。

"中国既是世界工厂也是消费大国。围堵中国对其他国家有什么好处？"凌向楠又问。

全球化背景下，中国自从加入WTO以后国际贸易总额大幅增加，连续十年稳坐全球第一贸易大国的位置，海运进出口总量占全球海运贸易量的三分之一。凌向楠认为，现在的世界已经互联互通，太平洋岛链的存在没有影响满载商品的货轮往返中国与世界各地。

"而且，冷战时代早在30年前已经结束，和平和发展才是时代主题"凌向楠说。

他们这代人对于历史书上称为"冷战"的时代没有任何直观感受。他们在"北京欢迎你"的奥运会歌声中出生，在中国成为世界第二大经济体的时候开始上学。他们的课本里说，冷战最终以苏联解体告终，世界由此进入和平与发展的时代。

"和平与发展，当然是我们的美好愿望。但现实是冷酷的。国际上

12. 岛链

有人希望中国与世界脱钩。所以，美好愿望需要实力保障。"

"我们的军舰已经能够穿越第一岛链出入太平洋。这算是实力的保障吧？"

"这可远远不够。十年空军，百年海军。人民海军的发展壮大是最近二十年的事。我们只不过是刚刚具备走出第一岛链的能力，还远未达到出入自由、畅通无阻的实力。

"第一岛链以琉球群岛为主。琉球群岛上聚集了美军在日本70%的军力。在占群岛陆地总面积一半以上的冲绳岛上，美军设立嘉手纳、那霸、普天间等数十个军事基地。美军战机只需不到20分钟就可飞抵中国大陆。宫古海峡、巴士海峡等所有的国际水道都在其火力控制范围内。

"美国处心积虑的岛链战略经过几十年的经营已经部署完毕。在中国力量不断增强的同时，美国投入亚太地区的力量也同步加码。美国的如意算盘是，一旦需要就将第一岛链上的国际水道封闭，同时依托第二、第三岛链围堵，中国船只所能航行的区域将被压缩至沿海一带，甚至可能连南中国海都进不去。

"中国虽毗邻太平洋，仍然可能沦为一个'内陆国'。只有当我们能够确保前往太平洋的船只不会受到来自任何方面的威胁和封堵时，才算是我们真正具备了保障实力。太平洋其实不太平。"吕团长语重心长地说。

13 风洞

大航海时代

太平洋这个名字是公元 16 世纪的大航海家麦哲伦[1]和他的探险队起的。

1519 年,麦哲伦率领载有 200 多人的船队从西班牙起航西渡大西洋。他们遭遇狂风巨浪,吃尽苦头,到达南美洲的南端。在经过后来以麦哲伦命名的海峡时,经历了更加暴虐的惊涛骇浪和险礁暗滩,探险队折损过半。

之后,船队一路向西越过关岛来到菲律宾群岛。这段航程海面平静,竟再没遇到一次风浪。饱受先前之苦的船员于是高兴地说:"这真是个太平之洋啊!"麦哲伦遂将其载入航海日志,太平洋由此得名。

没有风浪是因为他们恰好行驶在面积广阔、水体均匀的南太平洋上,又恰好乘着赤道无风带的洋流一路向西抵达菲律宾群岛。

赤道无风带以北的北太平洋情况则完全不同。太平洋上空恒悬着一个高压环流系统——西太平洋副热带高压,周而复始地搅动天气。在北纬 $5°\sim25°$ 的菲律宾海区域洋面上,夏季亚洲大陆为低气压,北太平洋气流向大陆运动;冬季情况完全相反,形成广大的季风气候区。到了中纬度地区,西风带和极地东风带辐合形成副极地低压带,由于两个风带气温、湿度相差悬殊,天气变化甚为猛烈。

和麦哲伦船队相比,维克多舰队经历的旅途要凶险得多。当奋力追赶的红灯笼号已经可以远远看见章鱼丸子号的白色桅杆灯时,不安分的副热带高压又开始在菲律宾海上空躁动。

气象预报称,一个盘踞西太平洋上空的气旋系统短时间内吸收大量

---

[1] 斐迪南·麦哲伦(Ferdinand Magellan,1480—1521),葡萄牙探险家、航海家、殖民者,为西班牙政府效力探险。1519—1522 年,率领船队完成环球航行,麦哲伦在环球途中死于菲律宾部落冲突。船队在他死后继续向西航行,回到欧洲,完成了人类首次环球航行。

能量迅速增强，高空气流渐呈放射状。日本气象厅将其升级为热带风暴级别，并给它起了个形象的名字"刺鲀"。

"刺鲀也是鱼？"凌向楠猜。

"刺鲀就是淡水河豚的近亲。它的卵巢、肝脏、血液等含有剧毒，肉却极其鲜美。"远志说。

刺鲀主要生活在太平洋西部海域。它体型不大，浑身长满坚刺，咬合力惊人。中国古书谓之"鱼虎"。遭遇敌害时，它会大口吞咽海水和空气，迅速将身体胀大，像个圆鼓鼓的刺猬，让对手无从下口。

但在日本，人们对刺鲀情有独钟。他们将经过严格加工去除毒素的刺鲀制作成美味珍馐。尤其在刺鲀饭店随处可见的下关一带，人们将其奉为"海之神"。

"哦，它就是气鼓鱼！"凌向楠想起父亲曾给她买过一个河豚标本，装在玻璃罩子里，有鼻子有眼，像个带刺的灯笼。"样子蛮可爱的。"

"可爱？这家伙在海里可是相当讨人厌。钓鱼人最不喜欢遇到的就是它。有它的地方钓不着其他鱼。就连大鲨鱼也退避三舍。"

"大鲨鱼也怕它？"大雄问。

"倒不是怕。只是一旦将其吞入口中，后果严重。"远志说。

"什么？你说大鲨鱼生吞过刺鲀？"大雄打断道。他想象不出鲨鱼教练如何能将一条带刺的鱼塞入嘴里。

"此鲨鱼非彼鲨鱼。"远志白他一眼，"海里的鲨鱼和鲸鱼捕猎鱼群时，偶尔会误食刺鲀。它鼓起来像个榴莲卡在嗓子眼里。你想，那会是何等酸爽的感觉？"

"确实挺难受。"大雄下意识地缩缩脖子，咽了下口水。

提起刺鲀的酸爽，他回想起几日前遭遇台风泥猛时的晕船感受。胃里翻江倒海，吃进去的东西吐尽后，只剩下胃里的酸性分泌物一阵阵涌上喉咙，不停刺激口腔和鼻腔黏膜。那种酸爽的体验刻骨铭心，终生难忘。

"希望这次的台风别真如刺鲀一样讨厌。"他心有余悸地说。

常言道，怕什么来什么。还真应了这句话。

10月14日凌晨，组委会正式拉响环中国海大赛期间的第二次台风警报。这次的台风来得异常迅猛，完全不似此前的泥猛那般拖泥带水。

台风刺鲀果然像一只刺鲀，以惊人的速度膨胀身体。风云四号卫星发回的高清可见光云图显示，台风中心位置构建出像模像样的风眼结构。

待中央气象台、日本气象厅和美国联合台风警报中心将它的等级提升为强热带风暴时，台风中心已经扫过北马里亚纳群岛以北海域，途径岛屿一片狼藉。

台风警报响起时，榴梿号带领的一干维克多帆船仍在台湾海峡北口挣扎。莫莫扎扎号等8艘正朝着与那国海峡行驶。摆脱了日本巡逻船拦截的3艘维克多组成的外海小分队离台风最近。

此时，汉堡大叔号和章鱼丸子号首尾相望。红灯笼号则在两船之后几海里的位置。它经过一天一夜的追赶，总算抢回了耽误的时间，追上小分队。

三位船长都清楚，谁能率先穿越宫古海峡进入中国东海，谁就将抢占三路大军汇合后的舰队首位。所以，即便台风将至，他们谁也不甘落后。

10月15日下午，强热带风暴继续升级，并且由东向西追赶上来。这只狡猾的刺鲀仿佛读懂了船长们的心思，一路追随朝宫古海峡呼啸而去。

"准备球帆。"凌船长发出指令。海面上风力渐强，他决定抓住机会搏一把。

"球帆？"李响迟疑地应道。

13. 风洞

若是平时遇上顺风或侧顺风，为了尽可能增大受风面积，他巴不得将船上所有的船帆都挂上桅杆。但天气说变就变。海面上急促的涌浪预示刺鲀距离他们比气象预报的更近。风向和风速会随着台风中心相对位置的变化而变化。眼下的一股顺风持续不了太久。

"对，三号球帆。"凌船长语气笃定重复指令。

李响服从命令。他清楚没有人比船长更知道该怎么做了。当然，这样的天气里升球帆可不是一件闹着玩的事，他需要打起十二分的精神。

维克多帆船使用不对称球帆，作用和前帆类似，但面积比前帆大许多。顺风情况下，球帆像一个风筝拖着船往前跑。船上配备了三面不对称球帆。它们的面积和厚度不同，以便应对不同状况的风。

但球帆升起时会挡住前帆甚至主帆，即便最小的球帆也无法在前甲板上展开。而且，复杂天气下升球帆弄不好会将整个甲板搞得一团糟。

只有经验丰富的水手知道如何设置合理的步骤，如何寻找恰到好处的船头角度，如何借助风力而非依靠人力将其展开，将球帆替换前帆的整个过程做到完美衔接。

球帆袋被固定在下风侧的前帆下方。连接球帆的所有绳索都装配在船的外侧。绕过侧支索、前支索和桅杆支柱的外侧至后方操作区，他们将帆的前角绳穿过球帆杆和滑轮，然后固定在帆前角上。两条缭绳则从帆后角引出，绕过所有索具外侧，穿过滑轮回到绞盘待命。

位于船艏最前端一根粗壮如钨钢炮筒般的球帆杆向前推出数米。它可以使球帆的前角尽可能向前延伸。待固定好帆前角，又给下风侧的缭绳预备出足够松弛的空间，甲板上一切准备就绪，只待升帆指令。

船长一声令下，众人拉绳的拉绳，拽帆的拽帆。升帆索迅速将球帆顶角牵引至桅顶，柔软的帆面如丝般顺滑地抛出舷外。随着兜住的空气越来越多，球帆也像气鼓鱼的肚皮一样越吹越鼓，向左舷护栏外的空中膨胀，而后呼啦一下尽数展开。

升帆操作一气呵成，丝毫没有拖泥带水。过程中没有降下前帆，因此船速几乎不受换帆的影响。受风面积加大带来的效果立竿见影。船体顺势向侧前方加剧倾斜，红灯笼号在绽放成热气球状的球帆帆面牵引下前冲的劲道十足。

"降前帆。"待船的姿态稳定后，水手们这才解开升帆索降下前帆。

"宫古海峡，我们来了。"船长对甲板上的水手呐喊。耶！水手们回应以振臂高呼。

视风拂面，风力大增。几乎没有人能够抵御得了速度飙升带来的刺激感。对于水手们来说，速度就是最好的兴奋剂。速度飙升刺激肾上腺激素不断分泌，顷刻点燃了小分队内部的战争。

他们在此之前就已经暗暗较劲。大海宽广，各行其道。表面上他们各走各路，相安无事，但一股顺风袭来，山本船长和怀特船长骨子里的基因也被瞬间唤醒。

自从他的章鱼丸子号绕过预设转向点，山本船长就发现了身后虎视眈眈的红灯笼号。他见红灯笼号升起球帆，虽有些诧异，但立刻明白红灯笼号的意图。

"准备三号球帆！"于是他通过对讲机向舱内吼叫。

这片海域山本船长自然再熟悉不过。他原本计划在穿越琉球群岛时依仗熟悉地形的优势，抄近道超过汉堡大叔号。但红灯笼号提前发起的冲击打乱了山本的步骤。他干脆赌一把大的，升球帆回应挑战。

由于章鱼丸子号原本没有台风天启用球帆的打算，球帆此刻仍躺在前舱里。所以当船长发出指令后，船上忙乱了好一阵。众人一边心惊胆战地看着后方红灯笼号的球帆越来越大，一边手忙脚乱地抬出自家的球帆。

待章鱼丸子号的球帆升起时，红灯笼号已然与之并驾齐驱。

天色一点点暗下来。海天之间的日光越压越窄，海浪峰谷之间的落差越来越大，风力持续走强，气压继续降低，台风刺鲀距离维克多小分队越来越近。

汉堡大叔号也升起了球帆。它仍然保持领先地位，在风浪中若隐若现。章鱼丸子号和红灯笼号紧随其后，仍不分伯仲。两船就像是排演过似的步调一致，保持几乎相同的倾角，船艏同时穿越一袭波谷，甲板同时没入水中，又同时翘起一侧船舷跃出水面。

"卧榻之旁岂容他人酣睡！"山本船长自言自语道。在僵持数个小时之后，他做了一个相当冒险的决定——改用一号球帆。

三面不对称球帆中，一号球帆最轻最薄，可以承受的最大风力为14节。三号球帆最重最厚，可以承受的最大风力达30节。二号球帆的重量、厚度和可以承受的最大风力均居两者之间。

风况相同的情况下，使用不同型号的球帆将获得不同的速度。此时升起一号球帆有助于获得更高船速。但同时，在极不稳定的台风天气下操作一号球帆比二号和三号球帆更困难，球帆撕裂的风险更大。

山本船长决定冒这个风险。一旦使用一号球帆的策略成功，他不但可以摆脱后方追兵，还可以超越前面的汉堡大叔号。

这个决定显然出乎所有人预料。章鱼丸子号甲板上再度乱作一团。要知道，强风间更换球帆可是一件极为复杂且危险的操作。水手们不仅需要在摇摆的甲板上完成换帆，尽可能缩短换帆时间，还需要在降下较小的球帆前先升起扬基帆和内前帆以减小换帆过程中受风面积缩减对船速的影响。

于是，风浪中的甲板仿佛新开张的绸缎铺子，满是索具和帆布。从红灯笼号望去，章鱼丸子号的水手们就像绸缎铺的伙计，淹没在堆成小山的各种帆布间。三号球帆还没彻底收拾妥当，一号球帆就被升了上去。于是降下的球帆堆弃在甲板上随风浪翻滚。

"要不咱们也换？"李响有些坐不住。他瞧见对方热火朝天的甲板景象提醒自己的船长。

"不。咱们够用。"凌大鹏却说。他认为现在换帆得不偿失。风向已经开始凌乱，换上更大的球帆未必能提升效率，反而增加操控难度。

不出他所料，章鱼丸子号换帆果然出现失误。慌乱中一个挂扣卡在前支索的半截位置，球帆上不去下不来，在风中像无头苍蝇般打转。山本船长破口大骂。前甲板水手爬上支索松动卡扣，降帆重头操作。

"松缭绳！"凌船长大吼一声。他当然不会放过对手失误的机会，要求缭手们松开球帆缭绳加大迎风面。

他将球帆当成一面大前帆使用，驾驶红灯笼号以接近90°的横风姿态紧贴海面从章鱼丸子号旁边顺利超越过去。

"耶！"甲板上响起胜利的欢呼。凌向楠和大雄也跟着起哄。

其实，风浪中两艘船上的水手根本听不见对方的声音。但他们不以为意，嗷嗷嚎叫相互示威，一个个像被海盗附体，用狰狞的面目和令人毛骨悚然的气势试图压过对方。

不知道是在比赛的人一见双方的架势会以为，他们真有可能一拥而上跳过船帮拼个你死我活。如果他们的船两侧装有舷炮的话，他们肯定会点燃火捻将对方轰成稀巴烂。

可惜维克多帆船不是大航海时代的风帆战舰。他们只能凭借速度，在规则允许的范围内比拼，而不是依靠火炮或者打嘴仗取胜。

随着章鱼丸子号水手们调整索具，将收拢的球帆再次升起，摇摆的船身逐渐稳定下来，他们的一号球帆渐入佳境。

在劲风加持下，山本船长驾驶的帆船犹如打开加力的战斗机掠海飞行。不到一个小时，章鱼丸子号再次反超红灯笼号。

"凌桑，我山本又回来了。"山本船长洋洋得意地通过对讲机呼叫。

"山本君，注意安全。"凌大鹏淡然地回复他。他并不赞同山本船长这样冒险的操作。

13. 风洞

此时,小分队后方目极之处的天际线乌云黑压压看不到边。太平洋方向风起云涌,诡谲的波涛密布整个海面,滚滚而来。天空中的雷电仿佛在云层后面悄无声息地忽闪,裂变出河豚般的坚棘刺破苍穹。

"你的一号球帆还没拆封吧?"对讲机里传来笑声。

"我不打算用它。"凌船长回答。这时的他已经打算降下球帆,改用结实而尺寸更小的风暴帆来应对即将到来的台风。

"看来只能我自己去追怀特船长了。"对方说。

"台风比气象预报来得更快。"凌大鹏提醒他。

"哦,凌桑,我的章鱼丸子号比它更快。"山本船长显然听不进劝,朝汉堡大叔号追去。

计处长手里拿着一份最新的气象信息气喘吁吁地找到钱秘书长。

"台风刺鲀又升级了?"钱秘书长见面即问。

中央气象台和日本气象厅先后将强热带风暴刺鲀正式升级为台风。与盘踞蓄势而后发的泥猛相比,刺鲀吃得多、长得快,脾气暴躁且捉摸不定。它从一个气旋发展到威胁比赛安全的台风系统仅仅用了两天。

此时,受惠于海面环境,刺鲀正大口吞咽周围的空气,吸收海水中的能量,营造越来越大的云卷风眼。

"不光是台风。"计处长回答,这回她又带来一个新的麻烦制造者。

原来,气象专家们发现除了活跃在西太平洋上空的台风刺鲀,远在蒙古高原和西伯利亚一带盘踞的高压,此时也蓄势南下,准备发起冬季攻势。在地面天气图上它已经在东亚地区画出一道冷锋。高压中心气压超过 1055 百帕,大量冷空气堆积在近地表面。

"受其影响,华北东北多地出现显著降温,内蒙古、吉林、辽宁、河北部分站点 24 小时降温幅度超过 10 度。"计处长说,"我们认为,台风西进和冷高锋面南移将同时对比赛区域造成严重影响。"

一边是蒙古高原西伯利亚强大冷高压形成，冷空气正在中东部地区南下；一边是台风刺鲀迅速膨胀，正逐渐逼近东海。强烈的低压系统与冷高压对峙意味着二者之间气压差的增大。而气压差和气压梯度力密切相关，也就是说，相同距离气压差越大，气压梯度力就越大，相应的风也就越大。

"中央气象台认为刺鲀已经达到12级台风强度，预计在琉球群岛附近达到巅峰，最强可发展到14级强台风级别。"

"那不正是汉堡大叔号等三艘船的位置？"钱秘书长问。

"是的。章鱼丸子、汉堡大叔和红灯笼号将最先遭遇台风。不仅如此，台风还将继续向西穿越宫古海峡，大约10个小时内抵达台湾海峡北部海域。台湾、浙江、福建、广东等地海域的北风风力可达12级。"计处长回答。

"也就是说，未来的十几小时内所有的参赛船只都可能遭遇台风？"

"台风中心附近海面风力甚至可能超过14级。台湾海峡的狭管效应还会进一步放大风力。这次非同小可，有可能是一场强台风甚至超强台风。"

"超强台风，我们该怎么做？"

"应该立刻命令所有船只就近靠港避险！"

钱秘书听罢皱起眉头，嘴唇紧闭，太阳穴旁的青筋隆起。

就在红灯笼号的水手们收起球帆打扫甲板时，汉堡大叔号也被章鱼丸子号超越。16频道里传来山本船长和怀特船长互道问候的声音。

"犯规！山本船长，这样行驶很危险。"怀特船长抗议道。

"抱歉，溅你们一身水。"山本船长打起哈哈。

章鱼丸子号的船帆在他头上呼呼作响。他的船为了抢风，乘着浪头直接横切入汉堡大叔号前方。

13. 风洞

如果是在沿岸场地的竞速赛，这样危险的犯规会被现场的裁判判罚绕圈。可山高皇帝远，指望现场判罚根本不可能，被侵犯的船即便事后申诉也会面临举证困难。

山本船长曾说，这是一场勇敢者的游戏，没胆量就别来瞎掺和。

好景也不长。章鱼丸子号的领先优势未待山本船长喝完一杯清茶的工夫，便被海面上突袭的一股歪风打断。

只听到对讲机频道里猛地响起"All on board!"的急促呼叫。

凌大鹏和怀特都一怔，随即反应过来：章鱼丸子号出状况了，山本船长忙中出错在公共频道上发起对船内的呼叫。

远远望去，浪尖上的章鱼丸子号的桅杆摇摇欲坠，半空中那张巨大的一号球帆只剩一半仍然充着气在风中剧烈而胡乱地摆动。球帆的另一半缠绕在前支索上，已经搅成一串糖葫芦的形状。

"偷鸡不成蚀把米。"吕团长有些幸灾乐祸。

章鱼丸子号船速急速下降。怀特船长当仁不让，他驾驶汉堡大叔号直接追上章鱼丸子号，抢回第一的位置。

又过了不一会儿，红灯笼号也紧随其后超越章鱼丸子号。

"系好鞋带，小心你的脚！"怀特船长掠过章鱼丸子号时在频道里回敬山本。

山本船长焦头烂额，顾不得回怼。此刻，想要在狂风急浪中解开拧成麻花的球帆绝非易事。

红灯笼号超越章鱼丸子号的时候，凌向楠看见对方船员匍匐爬向前甲板，几人叠起罗汉。

一名水手率先爬上船艏支索试图解开麻花，浪头袭来差点跌落海中。紧接着又一名水手冲上去。后面的水手一个挨着一个往前簇拥，场面仿佛那张著名的二战期间美军登陆硫磺岛的照片。只不过一个在岛上，一个在船上；一个硝烟弥漫，一个浪花四溅。

章鱼丸子号的水手们使尽浑身解数终于解开前支索上拧巴的球帆。他们也顾不得升起支索帆，直接将球帆卸下桅杆。

这一通操作过后，章鱼丸子号已经远远落在了汉堡大叔号和红灯笼号的后面。

"中央气象台再次将刺鲀升级为强台风，联合台风警报中心将其升级为三级台风。当日15时，中央气象台进一步将其升级为超强台风。"

所有维克多帆船接收到台风警报的同时，也接到组委会发送的建议船只进港避险的通知。

钱秘书长和孔处长坐在由折叠桌拼接而成的长条桌前，显得疲倦而茫然。

桌上杂乱无章地放着比赛资料、气象传真、用铅笔反复修改的新闻稿。桌子尽头的电视屏幕正在播报新闻：

"……中心位置位于西北太平洋洋面，距离日本冲绳县那霸市南偏东方向约425公里，中心附近最大风力14级。预计，刺鲀将以每小时25～30公里的速度向北偏西方向移动，强度继续加强，最强可达16～17级……"

"超强台风！"钱秘书长怔怔地重复。

大屏幕的轨迹图上，三个小船模样的图标依然摇曳在琉球群岛东侧海面上。

"台风刺鲀已经追上了他们。"孔处长焦虑地说。

"台风警告！台风警告！请所有参赛船只驶入最近的避险港躲避台风！请所有参赛船只驶入最近的避险港躲避台风！船只进港后请与当地联络员取得联系，并等待后续通知。"

13. 风洞

这是红灯笼号和另外两艘船被卷入台风之前收到的最后信息。随后，它们的卫星通信系统便停止了工作。

气象预报停留在一组数据上："台湾岛以东洋面、台湾海峡、台湾沿海、福建、浙江、广东东部及其沿海、东海等有 7～10 级大风，部分海域和地区风力有 11～12 级，台风刺鲀中心经过的附近海域和地区风力可达 13～17 级，阵风 17 级以上。"

正如孔处长所说，三艘外海小分队的维克多帆船还未进入宫古海峡就被台风追上了。它们被吹得七零八落，像被刺鲀施了吸星大法，一头扎入台风风圈。

台风起势的头几个小时里刮的是东北风，风速 25 到 30 节，然后转为持续的北风，强度直线上升。菲律宾海的海面像一锅渐沸的开水，逐渐开始翻滚咆哮。

凌向楠从未见识过这样的场面。不仅是她，除了凌大鹏和吕团长，红灯笼号上谁也没有亲身体验过。

记得有一幅著名的日本浮世绘《神奈川冲浪里》[1]，大概描绘的就是这般景象。

惊涛巨浪掀卷着渔船，船工们为了生存而努力抗争。海浪高起的曲线被极为夸张地描绘成一道弯转的巨大弧形，铺满整个画卷，弧形围绕中央，远处的富士山由此显得格外渺小。

凌向楠原以为那幅画是为了制造视觉冲击刻意构图所致。现在看来何其真切。三艘维克多帆船亦如《神奈川冲浪里》的三艘渔船，在涛叠的海浪中若隐若现地挣扎。

天空中最后一丝光亮消失后，前方的汉堡大叔号和后方的章鱼丸子

---

[1]《神奈川冲浪里》是日本浮世绘画家葛饰北斋的著名木版画，于 1832 年出版，是《富岳三十六景》系列作品之一。

号都看不见踪影，只剩下红灯笼号独自在黑暗中和风浪搏斗。

"过去48小时里，天幕变换色彩，在水晶般的碧蓝、阳光和狂躁的黑暗之间来回跳跃。终于，该来的还是来了。"凌向楠在她的航海日志里写道。

红灯笼号乘风破浪。劲风在后面追逐，浪高五六米。风暴的席卷带来大面积的阴云。

漆黑中的空气充斥飞溅的带着咸味的水花。波浪跟狂风争鸣，在愤怒的飞沫中呼叫。伴随一连串天摇地动、震耳欲聋的滚雷，第一道有声的闪电终于在头顶横空劈开，暴雨紧随其后，横扫千军的台风开始彰显它的威力。

那一刻，红灯笼号像一匹受到惊吓脱缰的野马，凌向楠也知道了什么叫灵魂出窍的感觉。待她缓过神来时才意识到自己已经随父亲在甲板上坚守了一天一夜。惊魂未定的她决定回舱休息。

凌向楠紧抓栏杆跌跌撞撞走下甲板，裹着湿乎乎的外套和救生衣爬进吊床。

风吹着刺耳的口哨见缝插针地钻进船舱。船体结构部件在巨大的张力下吱扭作响。甲板上的缭绳噼啪抽打船壳。海浪仿佛从各个方向敲击舱壁。

她有心让自己休息，可怎么也睡不着。在封闭空间里听到的来自外面的声音显得格外僵硬、沉闷和迟钝。因为看不见，人便会忍不住脑补外边发生了什么，而越想就越睡不着。

除了外边传来的声音令人提心吊胆，舱里的各种物品也在相互撞击，叮咣响个不停。凌向楠觉得自己和挂在网兜里来回悠荡的牛肉罐头没什么两样。

"即便是将自己绑在床上，你仍然会担心随时可能被抛向空中，甚至和吊床一起重重摔在地上。"凌向楠后来写道。

13. 风洞

"主帆卸力！降前帆！"甲板上传来高呼声。

这片海域水深数百米至数千米不等，海床将台风赋予大海的力量悉数甚至加倍返还。一股来自海底的神秘力量也加入这场游戏，将红灯笼号推向浪尖，又砸至谷底。

当船越过波峰的那一刻时间仿佛是凝固的。甲板前方的水墙在眼前升起的感觉就像滑板玩家冲上了跳台的最高点，等待重心划过质点完成势能向动能转移那一刻般漫长。

红灯笼号的倾斜角度已经达到恐惧的程度。风向突然改变，瞬间风速超过 50 节。船由顺风航行顷刻间变为逆风航行。

50 节的风是什么概念？相当于汽车开到八九十迈速度时将头探出窗外。浪高超过 10 米，船头高高冲上浪头，再向下砸进水底。

"缩帆！缩帆！"船长发出指令。

强风中缩帆不是好干的活。人连站都站不稳，还得顶风爬行至前甲板去和强风抢夺帆面。他们必须借助绞盘控制住缭绳。升帆索既不能放得太快也不能太慢。落下的帆布随时需要用身体压住，否则便会被拖入海中。

姜还是老的辣。关键时刻才能看出有经验的老船长的素质。吕团长顶着浪向前移动，加入队员中。在他的指挥下，队员们终于松掉了主帆升降索和缭绳，给主帆卸力。

但风实在太大，主帆降不下来，死死压在桅杆撑臂上。桁杆的末端一头扎进水里。船的重心一下子向左偏移，左舷直贴水面。

即使主帆已经卸了力，仍然跑出十七八节的速度。甲板上根本站不住人。队员们蜷缩在帆船上任由海浪拍打，他们死死抱住绞盘或者栏杆生怕落水。只有凌大鹏两脚生根站在驾驶台后面，牢牢握住舵轮，控制船身的倾斜角度，保持船头的切浪方向。

速度仪上的数字仍在上升！20 节，25 节，31 节……

倘若是场竞速赛，船长一定会说，太好了，漂亮！

可现在，这匹脱缰的维克多野马在狂风巨浪驱使下正以创纪录的速度偏离它本应该去的方向，离转向点越来越远。

然而，就在此时，狂风和暴雨却停止了。海面依旧汹涌，但头顶云消雨散。风暴仿佛在一瞬间被人按下暂停键。甲板上一丝风都没有。

红灯笼号几乎快要切入水面的桅杆旋即恢复成耸立的姿态，几近撕裂的主帆顿时安静下来。这显然不是缩帆的结果。

真是神奇的一幕。就像玩到尽兴的天神毫无征兆地收起无边法力，海面上只留下孤零零的红灯笼号和目瞪口呆的水手。

"台风过去了？"凌向楠从船舱里爬上来疑惑不解地问。她被晃得七荤八素难以入睡，突然发现整个世界安静下来。

"不，是风洞，我们进了风洞。"凌大鹏擦去满脸海水很是无奈地说。

"风洞？！"凌向楠想起前几日还说希望进风洞瞧瞧，不禁有些窃喜。

"如你所愿，我们现在就在刺鲀的肚子里面。"吕团长苦笑道。

此刻，红灯笼号正位于台风的中心位置，同时也是整个系统气压最低的地方。

假如能从太空俯视，这里就是那个在北半球上空逆时针旋转的巨大白色锯盘正中的黑色孔洞。航海人习惯称之为风洞，但它有个更专业的名词叫"风眼"。

台风风眼外围的空气旋转严重，在离心力的作用下，外面的空气不易进入到台风的中心区内。因此风眼区域就像由云墙包围而成的一根管子。在它的里面，空气几乎不旋转，风很微弱，几乎没有云，与管子外边的区域形成强烈的反差。

人们抬头见证了终生难忘的巍巍壮观的奇景。

13. 风洞

此时此刻，红灯笼号乘客们头顶的天空完全放晴，无数只海鸟在空中盘旋，遥远深邃的太空在圆形区域里清晰可见，夜空中星辉灿烂、银河闪烁。

但四周的天空却什么也看不清，依旧乌云密布，海浪滔天。密不透风的云体环绕在台风眼的周围耸如墙壁，气流以极快的速度螺旋形旋转上升。海面上所有的一切都被一股无形的力量推上高空，又仿佛化作闪电与暴雨自上而下直击海底。

红灯笼号的乘客们感觉像坐在一座巨大高耸的环形影院中央，身临其境地观看好莱坞灾难大片。台风刺鲀肆虐的景象像是投射在360°环绕银幕上的动态影像。

倘若不是航海服帽檐潺潺滴水滴在脸上提醒他们，他们可能真以为时空的一部分在此静止住了。

"我们不会被封闭在时空隧道里了吧？"大雄忍不住问。

洞中方一日，世上几千年。根据爱因斯坦相对论，时间是相对的，在不同的空间，时间流速不一样。如果搭载光速飞船，时间流逝会变慢。如果进入超大质量的黑洞，引力会扭曲时空。黑洞质量越大，待在黑洞里的人时间过得越慢。

假如能从黑洞内看外边的万物变迁，恐怕就是眼前这般景象。他想。

"当然不会。"船长回答。

台风眼的直径可能几十公里，也可能上百公里，但你不可能永远待在里面。对于天空中盘旋的海鸟而言，台风眼的移动可以带着它们飞行数千公里。海面上的船却不可能挣脱重力束缚。

对红灯笼号而言，风洞持续时间并不长，两个小时后，时空凝固的平静被狂暴再次取代。台风的片刻停歇造成的错觉，让所有人感到重装上阵的天神气势更加暴烈绝伦。

凌向楠的航海日志里这样写道:"狂风吼叫……雷声轰响……

"一堆堆乌云,像青色的火焰,在无底的大海上燃烧。大海抓住闪电的剑光,把它们熄灭在自己的深渊里。这些闪电的影子,活像一条条火蛇,在大海里蜿蜒游动,一晃就消失了。

"我曾经以为高尔基在《海燕之歌》中的描述出自作者的臆想。亲身经历后你不禁会感叹这描写有多生动,多真切!"

台风刺鲀犹如一只上古巨兽,倾尽洪荒之力,咆哮着毁灭天地万物!

14
琉球

"找到他们了吗？"钱秘书长焦急地问。他的手机刚刚开机。

飞机仍在青岛胶东机场的跑道上滑行，滑过空港塔台和排列整齐的地勤车队，缓缓驶向候机楼。

"还没有，估计他们在琉球群岛以东某个海域。技术组正在设法与他们重建卫星链路。"电话那头回答。

自从接到组委会紧急的台风警报和避险通知，由台湾海峡北上的维克多舰队进入两岸各处港口避风，台湾岛东侧的维克多帆船也陆续驶入花莲港。只有那支外海小分队和台风刺鲀在琉球群岛以东海域展开了惊心动魄的大战。

外海小分队在与台风大战期间，他们与组委会的联系先后中断。通信技术专家分析认为，三位船长主动关闭了卫星通信系统，以避免在风暴天气中遭到雷击。

当汉堡大叔号和章鱼丸子号再次与组委会取得联系时，它们已经在宫古海峡以北的岛屿紧急靠岸。两船在台风圈里首尾相撞，船体透水，损失惨重，不过所幸没有人员伤亡。

红灯笼号的卫星信号一开始断断续续，但没有坚持多久便消失了。最终的信号显示它依旧在琉球群岛以东的外海航行。由于一直无法恢复数据和语音通信功能，组委会不清楚它为什么遭遇台风后跑回到了菲律宾海的中央，也搞不清它现在身处何方。

钱秘书长带队一下飞机便赶往位于青岛奥帆基地的环中国海不间断航行国际帆船邀请赛终点站。按照计划，组委会分批移师青岛为比赛的后半程提供保障并准备迎接参赛帆船冲线。

奥帆中心的多功能厅里，先期抵达的工作人员将打包运抵的物资器

14. 琉球

材重新安置，技术人员对监控设备进行开机调试。

一台刚刚打开的电视正播报新闻。

北京时间 10 月 17 日凌晨 3 点，中央气象台将台风刺鲀升级为 17 级超强台风。

钱秘书长于是停下步子观看。

当地时间 13 时，超强台风刺鲀的中心踏上琉球群岛的宫古岛。从卫星云图上看，台风刺鲀风眼浑圆深邃，云系紧密扎实，展现出了非常强大的威力。

当地时间 13 时，应该就是北京时间 12 点。自己刚赶上空域关闭前的最后一班飞机从三亚起飞，钱秘书长回想。

飞机起飞后北上，透过右侧舷窗他感觉到自己竟能够看见云层尽头狡诈诡异的台风刺鲀的坚棘刺破云端。

当台风风眼笼罩日本宫古岛时，相关的监测也证明了台风刺鲀确有超强台风强度。部分测站测到了 58-61 米/秒的强烈阵风，打破测站记录，而宫古岛上的下地站十分钟平均持续风更是达到了 47.7 米/秒。

刚刚通过宫古海峡的刺鲀，对当地是一次史诗级的超级台风。刺鲀穿越海峡后，朝西南方向奔向台湾海峡，预计将沿中国大陆架前往东南沿海……

"秘书长！"新闻组负责人金处长瞧见钱秘书长，三步并作两步走来，打断了他的思绪。

他比钱秘书长早一日抵达青岛,手里拿着新闻通稿和记者们提交的问题清单,正发愁如何应对即将举行的记者吹风会。他见到钱秘书长如见到了救星。

南三亚,北青岛。青岛虽然没有三亚得天独厚的气候条件,但有着"中国帆船之都"的美誉。2008年北京奥运会帆船比赛就是在这里举行的。为了奥运会帆船比赛和打造"帆船之都",青岛市政府把北海船厂整体搬迁,腾出厂区码头将其打造成独具海上运动特色的国际帆船中心。

所以,对终点设在青岛国际帆船中心的首届环中国海不间断航行帆船赛,省市政府自然给予极高的重视和支持,要求营造出热烈、隆重、成功的气氛,彰显帆船之都的气质和向世界敞开大门的胸襟。

可是,组委会赛前预计的航行所需时间已过,大多数参赛队伍却都只走了大约三分之一的航程,进度严重滞后。现在一路走走停停的维克多帆船又被台风刺鲀赶进了避风港,也不知何时能够重新上路,再加上还有一艘维克多帆船漂泊外海杳无音讯,各种捕风捉影的小道消息在新闻界传播,负责终点站接待筹备工作的青岛方面自然是坐立不安。

金处长此时正在发愁如何才能营造出当地领导希望的热烈、隆重、成功的气氛。

"营造气氛?"钱秘书长眉头一皱。

身为组委会负责人的他自打接受这项工作,三年来没一天不发愁。但发愁的原因却和金处长不一样。每天一睁眼,他就得面对层出不穷的麻烦。要么内部工作掉了链子,要么外部协调出了问题。麻烦但凡提交到他这里,基本已经迫在眉睫、事关成败。

"气氛紧张,还营造个啥?"他没好气地说。

他有方方面面的问题需要考虑,实在懒得去理那些表面文章,也一时想不出能够帮金处长解围的办法。他的目光停留在新闻发布区域的

"记者吹风会"几个字上。他眼睛一亮,叫住悻悻离开的金处长。

"要不,你们将'吹风会'改为'发布会'吧。先是台风泥猛,后是超级台风刺鲀。兴许改了之后便没有那么多台风了,气氛或许会好些。"他说。

西太平洋上空,叱咤风云的台风刺鲀一手拽着雷公一手拽着电母,浩浩荡荡。它在与红灯笼号持续搏击了 30 多个小时之后,打算蓄力向其打出最后一击。

为了应对最猛烈的袭击,红灯笼号早早地降下前帆和支索帆,主帆也缩至最低程度。

吕团长按照规程启动发动机对抗风浪。他一边转动舵轮保持船头始终以侧切的姿态用船艏抵御滔天巨浪,一边瞅准时机推动油门杆朝与台风中心相反的方向一点点推进。

红灯笼号无法在速度上战胜风暴,它唯有确保正确的迎击角度,才能在一波接一波将近 20 米高的巨浪面前幸存下来。

这好比拳击手要想抗住击打,必须始终确保双拳阻隔在对方拳头和己方面门之间。

维克多帆船的飞剪式船艏坚固且锐利,可以切开正前方来袭的波浪,化解巨浪的力量,作用和拳击手紧护面门的双拳一样。而船结构脆弱的侧面就好像拳击手的太阳穴,遭遇一记重拳就能被直接 KO 出局。

吕团长非常清楚,绝对不能将红灯笼号的侧面暴露给对手,给对手以 KO 自己的机会。他紧握舵轮,调整方向,始终保持以斜切的角度对准每一个巨浪。

维克多帆船虽然有着机械助力,但长时间大幅转动舵轮也是件极其耗费体能、考验意志的事。

红灯笼号载着众人在海浪间高低起伏,帆索时而紧绷时而松弛,急促地拍打甲板，主桅杆剧烈摇摆，发出阵阵令人恐惧的吱扭声。每一声吱扭都让人提心吊胆，仿佛它随时都可能被大浪折断。

又一阵揪心的响动过后，紧接着啪的一声，响彻天际的崩裂声刺破呼呼风声。一道闪电从天而降，击中桅杆顶部，火花四溅。

众人来不及细想，前方漫天水雾中一道银鞭突然甩向空中。它擦过前甲板上的远志和李响击碎了正面来袭冉冉升起的浪墙。几乎同时，红灯笼号巨大的主帆不由自主地坠落，带动主帆帆索嗖嗖地钻入桅杆底部的导孔。

凌大鹏此时坐镇中舱。他眼疾手快抓住绳索，试图凭双手之力与台风和地球引力的合力抗衡，阻止主帆下坠。

维克多帆船的主帆重达数百公斤。它在风的鼓噪下，仅仅停顿了两秒便继续加速下坠。凌大鹏看着黑色的帆索不听使唤地从自己手中挣脱，仅仅数秒，帆索末梢便钻入了导孔，手套的掌心被摩擦力烙出一道烧穿的焦痕。

红灯笼号以正面姿态接住了台风刺鲀猛烈的最后一击。但除了主帆坠落，一根支索钢缆也因为承受不住巨大的张力断裂了。

维克多帆船有四根支索钢缆，由桅杆顶端分别向四个方向延伸，通过花篮螺丝和甲板相连。它们借助张力的平衡保持一百多英尺高的桅杆的稳定。所幸，主帆大部分已经缩帆，没有触发剩余三根支索断裂。

主帆的升帆索只有一根。它一头连接主帆顶角，另一头穿过桅杆顶部的滑轮和桅杆导孔，紧固在夹绳器上。台风瞬间爆发的力量不仅绷断了前支索，也造成固定升帆索的夹绳器失灵。

失去拉力的主帆一边坠落一边甩向舷外。失去主帆的红灯笼号猛地摆动，不由自主地向一边倾斜过去。

又一道巨浪拍过甲板，水花四散，船上响起呼喊："MOB！MOB！有人落水！"

14. 琉球

凌向楠看得清楚，是大雄！主帆坠落导致帆船发生紧急过帆，主帆桁杆不受控地由一侧扫向另一侧船舷。大雄眼见桁杆扑面而来，顿时慌了神，失去重心摔出船舷。

吕团长反手按下驾驶台旁的 MOB 按钮。这个按钮连接 GPS 系统，它会记录下此刻的坐标，为搜寻指示方位。然而，汹涌的波涛中指望依靠坐标搜救落水人员如同刻舟求剑毫无意义。

吕团长立即稳住船身，启动引擎，向大雄落水方向转动船舵。救援是场与时间的赛跑，必须即刻展开。

凌向楠和众人一道条件反射地扑向船舷。她探出半个身子，一边挥舞手臂摸索，一边在头灯微弱的灯光下寻找大雄的踪迹。

终于，在两个浪头的间隙，她看到大雄救生衣浸水后触发的橘色遇险灯的灯光就在不远处闪烁。一道安全绳紧绷着和船帮来回摩擦。绳索的另一端拽着的大雄在水中挣扎。

船继续在高速行进中剧烈摇摆。被船拖拽的大雄如一枚打水漂的石子，不停地和海面发生摩擦，弹起又落下，落下又弹起，身体完全不受自己控制。他一会儿脸朝下重重地拍向水面，一会儿倒栽葱似的翻滚起来。

海浪从不同角度推搡着，将他没入水中，又托出水面。很快大雄的身体便在来自各方的力的共同作用下，由一枚有节奏地在水面上弹跳的石子变成一枚陀螺，绕着越绷越紧的安全绳旋转起来。

凌向楠探出大半个身体，终于顺着绳子抓到大雄的手臂。她死死揪住大雄，虽然无力将其拉回，但止住了他陀螺般的旋转。

大雄连灌数口海水之后，脑袋露出水面。这时，凌大鹏赶来，用巨大的手掌一把擒住大雄救生衣后领，将大雄拖回甲板。

除了额头上又添几道瘀青，大雄并无大碍。他瘫坐在甲板上，吐出几口咸水，大口呼吸空气，一时间却说不出话来。他救生衣上两道安全绳上的一端锁扣在旋转时已经脱扣。

凌大鹏见大雄没事，转身加入一直在与风浪搏斗的水手们当中，去拯救唯一可以拯救他们的帆船。

凌向楠手脚并用地爬到惊魂未定的大雄跟前，安慰他说："大难不死，必有后福！"

终于，肆虐的超级台风刺鲀厌倦了一连数日的游戏，在耍完最后一招之后渐行渐远，只留下红灯笼号依然坚强地摇曳在余威不减的海面上。

水手们经过不懈努力成功回收了脱落的支索，捞起脱缰的主帆，拉紧主帆桁杆下的斜拉器将其固定。帆船摇摆的幅度减弱了。

但人们随后也发现，刺鲀的最后一招竟是带电的。这个家伙在击中飞向空中的支索钢缆的同时，将数十万伏高压的雷电直接沿桅杆导入舱内，顷刻间烧毁了维克多船上的电子设备。

"真是万幸！真是万幸！"孔处长激动得语无伦次。

他终于接到凌大鹏打来的卫星电话。两人通上电话的那一刻，他悬了三天两夜的心终于放下。

"你可知道，红灯笼号的航迹和台风中心完全重合。这是场史诗级的超级台风，你们竟能两度穿越风墙平安脱险真是万幸。"

"汉堡大叔号和章鱼丸子号呢？我的雷达后来看不到他们。"

"怀特船长和山本船长倒是没撞上风墙，但他们俩的船撞在一起，遇到不小的麻烦。他们在奄美列岛最南端抢滩，船体受损，需要拖到与论岛的内港维修。保守估计他们三天后才能出港。"孔处长说。

"与论岛？"凌大鹏的大脑快速搜索，锁定了那个珊瑚礁构筑的小岛。

14. 琉球

原来他俩也没能进入宫古海峡？他暗暗吃了一惊。看来不只是自己在台风刺鲀面前败下阵来，整支外海小分队全军覆没了。再高端的人类科技，在大自然的面前还是不堪一击啊。

而且，刺鲀的风力竟然如此强悍，竟能将汉堡大叔号和章鱼丸子号刮过冲绳列岛，刮到奄美列岛所在的纬度。

"先别管他们了，快说说你的红灯笼号现在状况怎么样？"

"我们现在奄美列岛以东大约五百海里的洋面上漂航，卫星通信系统烧坏了，AIS 和电子海图仪也都不能用，发电机故障，支索断裂，主帆和舵也都需要维修。总之问题一大堆。"

"我们可以协调海警部门提供协助。"

但孔处长的话一出口，他自己便立刻意识到这话说得太满了。因为就算海面上风平浪静，从大陆出发的船只最快也需要四天才能抵达红灯笼号的位置，何况在中国东南沿海一带的台风警报解除之前，没有一艘船能够前往外海。

"我的意思是，我们可以联络濑户内町的合作机构，或者海上的途径货轮设法给你们提供协助。"孔处长补充道。

凌大鹏谢过对方的好意，他更清楚红灯笼号处在前不着村后不着店的尴尬境地。海上没有货轮，救援无从谈起。至于奄美列岛的合作机构，他们和组委会一样，对红灯笼号而言属于远水解不了近渴。

"暂时不需要，我们还是想办法自己应付，用船上的工具修修看。"他说。

他已经检查过，红灯笼号需要更换新的支索钢缆，重新穿好升帆索，再将舵的传动设备拆开复原脱落的链条，船便可以重新扬帆起航。这些维修项目自己应该可以完成。

"确信你们自己能搞定？"孔处长不放心。

"唯一的问题是，修复之前我们会漂离原定的航线。"

"那就抓紧维修吧，台风刺鲀过后菲律宾海域将会经历一段天气相对平稳的时期。但你们没有的通导系统又怎么办？"

"不是还有卫星电话吗？有什么情况咱们电话联系，你们只需将天气情况通过卫星电话通知我们即可。至于导航嘛，我们还有 GPS 和雷达。没有电子海图，用纸质的也可以。"

"就按你的计划行事吧。鉴于通信状况，红灯笼号每天和组委会开一次电话会，报备位置及航线，技术专家随时配合解答你们在维修工作中的问题。"

"好的，青岛港见！"

"祝你们好运！"

台风刺鲀虽然严重带偏了红灯笼号的航向，也严重迟滞了其他维克多帆船的进度。它通过宫古海峡以后，又朝西南方向突袭，穿越台湾海峡，横扫大陆东南沿海，数日之后抵达雷州半岛。

就这样，赛程过半的环中国海帆船大赛选手被突然闯入的第 38 位选手生生拉回到了同一起跑线。

当各地避风港内的维克多帆船的船员们正目睹台风刺鲀的表演时，菲律宾海的北部海面恢复了平静。

"只要我们修好船，红灯笼号还有胜出的机会。"凌船长告诉大家。

"起码，我们在纬度上遥遥领先。"吕团长补充道。

海浪依旧起伏，怒涛却已不再。被风暴洗刷过的天空万里无云，显得格外的蓝。

当得知组委会不可能在刺鲀通过台湾海峡之前重启比赛，一度情绪低落的红灯笼号队员们，再次燃起了斗志和希望。

一袭火红色船身的红灯笼号舷外斜挂出彩虹。甲板上空气清新，滑过船员们的嘴角留下的不再是海水的咸涩，而是氧分子的勃然鲜味。

14. 琉球

天气好，人的心情自然跟着好起来。

大雄看到彩虹，摸摸额头新添的一道伤疤，自言自语道："看来我老爸说得没错，就像歌里唱的，不经历风雨，怎能见彩虹。"

凌向楠则由衷地感叹大自然的神奇，能在反差如此巨大的面目之间转换自如。风暴过后仅仅十几个小时，雷嗔电怒的神奈画风便转为风和日丽的太平景象。

"这应该就是麦哲伦给太平洋起名的原因。"她说。

她觉得有一万个理由可以确信，上天之所以安排了这难得的好天气，一定是有意让饱受摧残的水手得以抚慰，让经历磨砺的海上种马得以疗伤，正如太平洋之于麦哲伦的回馈。

台风过后的天气格外爽朗，海况平稳，风力只有三四节。

船长组织大家重新安装支索钢缆，并计划将主帆的升帆索重新穿过桅顶的滑轮。

众人转动绞盘，将凌向楠一点点吊至高达 110 尺的桅杆顶部。这是她首次爬桅杆。

桅杆作业是传承百年的船艺，如同水手必须掌握绳结技能一样。和打绳结相比而言，桅杆作业曾经极其危险。

在风帆战舰横行大洋的时代，几乎每艘船都曾发生过人员从桅杆上坠落的事故。

那时候的帆船至少有三根桅杆，桅杆上挂满横帆。为了收放这些横帆以及瞭望警戒，每根桅杆上都站满了人，以应付变化多端的海况和瞬息万变的战事。

鼎盛时期的英国风帆护卫舰船员有数百人之多，有时在桅杆上布置的水手人数甚至超过了甲板上水手的数量。这些负责桅杆岗位的水手堪称全船最勇敢、最有经验的人。他们需要轮班值守，确保 24 小时不间断的瞭望和操帆工作。

不过，船上总会有那么几个倒霉蛋，在月黑风高的夜里或者风云突变的时候不慎跌落。运气好的掉进海里被人救起。运气不好的要么直接喂了鲨鱼，要么砸在甲板上一命呜呼。

后来三角纵帆代替横帆，桅杆上便不再需要水手随时待命准备收帆。等到雷达普及代替了人工瞭望，桅杆上需要的人手更少了。

现代帆船已经完全取消桅杆岗位的设置。除了偶尔为之的高空维修作业或者应急情况下需要人工瞭望，水手难得有机会升至桅杆顶部的全船之巅。

虽然说现代帆船的安全保障远非古代帆船简陋的绳梯可比，但桅顶仍是摇晃摆幅最大的位置。稍有风势或者抓握不稳，两脚悬空的水手便会在空中荡秋千，时不时地与桅杆"亲密接触"。

所以，和古时候一样，能有资格上到桅杆顶部工作被视作一种荣耀。

当船长发起征招令，招募上桅顶将升帆索穿过滑轮的志愿者时，大鲨鱼第一个自告奋勇地举起手。

"大鲨鱼的块头大，拽不动，还是我上比较合适。"精瘦精瘦的建兴站出来表示异议。

"我体重轻，我上。"平常腼腆的超越不甘示弱地举手。

"不是用绞盘嘛，几百公斤的船帆都能拽上去，一百多斤的人算什么？"大鲨鱼委屈地说。

"别抢别抢，谁说按体重来啦？应该按年龄排。我年龄最大，应该身先士卒。"李响说。

"你凑什么热闹。"远志不服地说，"论年龄，应该是咱吕团长。"

"哎，别把我扯进去啊。这事儿千万别找我。"吕团长从机舱里探出头，摆摆满是油污的手一口回绝。

"这么高的地方，怎么会有人想上去？他们难道不恐高吗？"大雄抬头望了望遥不可及的桅顶，喉头动了动，不解地问吕团长。

"上面风景好。"吕团长露出神秘的笑。他示意大雄将工具箱里的棘轮扳手递给他。

原来，上桅杆的工作也是一份福利。上去的人可以极目楚天舒，居高临下饱览独到的景致。那是一种完全不同于从甲板眺望海面的视觉体验。视角完全不同，刺激感也不一样。

试想一下，挂在30多米高的杆子上，周身一无抓握点二无脚踩处，桅杆以肉眼可见的幅度摇摆，安危完全寄托在一根小指粗细的吊绳上。甲板上几厘米的微微晃动传递到桅顶变成了一两米的大幅摇摆，身体还会不由自主地旋转。

摇摇欲坠的极度刺激叠加上帝视角的视觉体检，绝对不是一般的人能够享用的。只有胆大的水手为了这份福利主动请缨。

"玩儿的就是心跳。"吕团长说。

"那你为啥不上去瞧瞧？"大雄递上扳手憨憨地问。

"我？我都记不清上过几次喽。机会让给年轻人嘛。"

舱内吕团长的话音未落，甲板上李响却数落远志说："你又不是不知道咱们吕团长恐高。别拿老干部开涮。"

"哦，原来是你恐高呀。"大雄恍然大悟，心想原来天不怕地不怕的吕团长竟也有软肋。

吕团长没想到自己被揭穿老底，用扳手挠挠头，尴尬地解释道："哦，那次是喝多了才晕的。"

"我来！"甲板上响起凌向楠清脆的声音。

最终，身为船长的女儿，凌向楠"走后门"获得了上桅杆的机会。

凌向楠手脚并用爬上了30多米高的桅杆，犹如一条咸鱼干挂在桅顶上来回荡漾。

她按照父亲的指导将主帆帆索重新装入滑轮，又从导轨槽中顺下来。底下的人从桅杆底部的导孔中抽出升帆索，穿过夹绳器，打上平节，防止再度出现绳子脱扣的状况。

凌向楠没有想到上桅杆的工作竟这样简单。为了充分享用这难得的福利，她开始磨洋工，故意放慢工作进度。

"好了没有？再不下来，我们就打算晒鱼干了。"船长用对讲机催问。

她的磨蹭哪能逃过父亲的眼睛。要知道他也曾同样有过在桅杆上磨洋工的青葱岁月。

"再等一会儿。"

"下来吧，起风了。"

"马上。"

凌向楠回到甲板时，吕团长和大雄那边也修复完毕。

远志将升帆索另一端穿过主帆顶角的导环，打了一个单套结，又使劲拽了拽。单套结也被称为"人结"，是水手最为常用的绳结。它简单结实，可以拖挂起重达几百公斤的主帆。

一切准备就绪，红灯笼号重新升起主帆、前帆和支索帆。

"迎风换舷！"船长发出指令，同时调转船头。

红组的缭手是李响和大雄，两人顺势释放一侧缭绳，待船帆偏转至左舷后迅速收紧同侧缭绳。他们摇动绞盘将帆面角度调整到位，卡紧夹绳器，顺手整理多余的索具。凌向楠和其他水手一起聚拢到高起的右侧船舷，再次开启晾晒香肠的压舷模式。

夕阳中，犹如一抹红霞的红灯笼号在深蓝色的大海上重新起航，向西挺进。

"台风即将过境，比赛将于明日重启，继续举行。"金处长难抑兴奋地宣布。

14. 琉球

他身后的会议厅背景板已经改成"新闻发布会"。

连续数日的超级台风让众多帆船趴窝，百无聊赖的记者们只能搜肠刮肚地寻找新闻素材。他们和组委会不同，唯恐事情不大。没有事情发生的时候，他们只能依靠各种小道消息和杜撰的八卦新闻填补版面。随着台风警报解除，趴窝的维克多帆船终于可以出港继续比赛了，记者们也很高兴。

"参赛队伍利用这段时间对赛船进行修缮维护。组委会调集多方力量予以技术保障。目前，所有靠港的赛船都已完成修复。我们很高兴，37艘维克多帆船将悉数参与环中国海不间断航行国际帆船邀请赛后半程的角逐。"金处长慷慨激昂地说。

"当然，这也预示着比赛下半场更加激烈。我们预计未来两日内会有首艘赛船绕过EC标点，由东海进入黄海，向HC标点进发。预计五日内会有首艘赛船绕过HC标点，朝比赛的终点发起冲刺。"

记者提问："发言人，台风警报之前我们曾预测首先穿越东海坐标的队伍会从汉堡大叔号、章鱼丸子号和红灯笼号3艘沿外海航线行驶的帆船中产生。现在他们还有争夺冠军的机会吗？"

"从目前位置看，汉堡大叔号等3艘帆船与其他参赛队伍争夺领先位置的概率差不多。外海航行虽然带给他们高速航程，但台风的出现也使他们方向偏转，其中的两艘船还出了事故。现在很难说哪支队伍或者选择哪条航线的队伍更有机会争夺冠军。"

他最后说："总之，让我们拭目以待吧。帆船航海比赛瞬息万变，或许这正是它的魅力所在。"

英国，普利茅茨，孙理事又被小林理事请去喝茶了。

"你们有两艘船未经允许进入奄美列岛水域。我们从人道主义角度出发，允许它们前往与论岛维修。"小林理事边喝咖啡边说。

孙理事心里赌气。对方在向他示好吗？前次的巡逻艇拦截事件搞得自己极为被动。他事后去找秘书处理论，秘书处哼哼哈哈地采取了冷处理。他又去找小林理事，可后来也不了了之。由于邮件并非小林直接发给他的，三角官司扯不清，他没辙，只能作罢。

"谁知道，这得问船长。"孙理事没甚好气地回答。

"其实你们事先和我说一声就好了，或许我能提供更多协助。"小林理事却殷勤地说。

"台风来得凶猛，我们也是事后得知两船相撞抢滩。感谢奄美地区给予他们的救助。"

"对日本来说，由太平洋刮来的台风稀疏平常，不足为谢。你们是不是还有一艘船开到菲律宾海去了，对，叫红灯笼号，名字挺吉祥，呵呵。它打算怎么返回中国海呢？"

小林理事若无其事地说话。孙理事却心头一震，立刻猜出对方今天找他的用意。

自从汉堡大叔号和章鱼丸子号进入与论岛后，日本国内有几个议员提出抗议，认为两艘参赛帆船未经允许进入日本领海，一定是受了主办方怂恿，是蓄意的非法入境行为。

他们大肆炒作，还对奄美地区的县政府、为受损帆船提供靠港便利和维修服务的当地合作伙伴施压，甚至要求中国政府作出解释并道歉。

组委会新闻组为此专门准备过一份应答口径："这些帆船属民用性质，用于航海比赛。受台风天气影响，且帆船的自身控制能力有限，严重偏离预定航线，进入日本领海。组委会一直以专业方式与日本有关方面保持沟通。我们同时感谢日本的赛事合作伙伴对参赛船只遇险后提供的救援和便利。"

但口径却没提及红灯笼号的事，孙理事于是想了想说："比赛终点设在青岛，红灯笼号自然以此为目标。"

14. 琉球

"组委会就没有给他们什么建议吗？他们参加环中国海比赛，却朝着太平洋航行，不会要开去美国吧？"小林随口问道。

孙理事知道这是对方在套他的话。

一些日本的右翼议员曾公开对环中国海帆船赛的举办表示不满。他们认为比赛应该沿中国大陆架行驶，组委会和中国政府未就比赛航线与日本政府充分协商，允许参赛帆船进入菲律宾海并穿行日本所属的琉球群岛，都是不尊重日本主权和领土完整的国家行为。

金处长在早先的新闻发布会上曾遇到记者更加直截了当的提问："他们的航线选择和非法入境行为是否获得组委会和中国政府的允许？组委会和中国政府能否确保不再发生此类事件？"

金处长作为组委会的发言人，当然不可能代表中国政府作出承诺或者表态。

"各参赛队伍的航线计划由各位船长根据他们的位置设计。只要符合竞赛规则的要求，组委会不会加以干预。至于所谓进入日本领海的问题，根据国际惯例和国际法，这些帆船享有'无害通过权[1]'，不涉及所谓非法入境的问题。"金处长当时这样回答。

记者又援引《联合国海洋法公约》说："'无害'指不损害沿海国的秩序和安全，而'通过'是指穿过领海但不进入内水，或为了驶入或者驶出内水而通过领海的航行。帆船的无害通过必须是继续不停和迅速前进，且不包括停船和下锚、不包括停靠泊船处和港口设施。"

金处长针锋相对地回应："公约同样规定，通过航行所附带发生的停泊和下锚，或者在因遇到不可抗力或遇难所必要的或者为援助遇险或者遭难的人员、船舶或飞机的目的停泊或下锚则是允许的。"

---

[1] 无害通过权，是指所有国家，不论为沿海国或内陆国，其船舶在不损害沿海国和平、良好秩序或安全的前提下，均享有自由通过他国领海的权利。这是一项根据长期国际实践形成的习惯法规则。《领海与毗连区公约》和《联合国海洋法公约》均承认无害通过权这项惯例并把它确定为一种制度。

孙理事一边喝茶，一边回忆组委会新闻简报的内容。他明白看似轻描淡写的小林理事醉翁之意不在酒。

"他们的通信系统和舵都出了问题，遭遇台风随机行事。组委会干预不了。"他决定既不承认也不否认，顾左右而言他。

"孙理事别介意，我也是替你着想。其实我的压力也很大。你们的两艘船进入奄美列岛，在鹿儿岛县所属内水港口停泊。我们国内一些人意见很大，认为不属于无害通行的范畴。我花了不少力气才将此舆论压下去。现在还有一艘红灯笼号不知会从哪里穿越我们的琉球群岛。如果你能向我透个底，我也好提前做准备。不至于舆论再起，你我都显得被动。"小林理事诚恳地说。

孙理事知道，这样的问题说大可大，说小可小。他国船只进入自己的领海是会涉及主权问题。但帆船航海本身是国与国交流的重要纽带，并且由于靠天航行的特殊属性，海上遇险选择就近停靠早已成为国际惯例。沿海国为船只提供便利被视作体现互助精神的通行做法。就好比发现有人遇险呼救，应该先伸手援救，而不是先查验护照一样。

小林理事和那些议员不会不知道航海界的国际传统，只是故意小题大做。

小林理事又说："你们不也如此吗？按照你们海事部门的明确要求，任何外籍船只，包括帆船，未经允许不得进入领海。就算允许入境，还需要缴纳高额的保证金。你们有同样的限制性规定，为什么要求我们网开一面？己所不欲，勿施于人。"

孙理事沉默不语，小林理事这话说到点子上了。孙理事也对我国在对外海洋交流活动方面的制度滞后深有感触。

对于自驾帆船出入境的监管，在国内尚属空白。监管部门只能参考客货轮出入境或者船舶进出口的政策执行，其结果当然是政策不适用甚至自相矛盾。比如，外籍船入境除了要求提前申报，还需缴纳相当于进口关税的保证金；而国内的船若是申请出境，按照监管要求半年内必须返回。于是，外面的船进不来，里面的船出不去，国家海洋战略的推进在滞后的政策面前裹足不前。

"总之，这事关日本的领土主权完整，不是小题大做。"小林理事的话将他游离的思绪拉了回来。

"你有什么建议？"孙理事问。

"可以走国际航道嘛。你们的船总之不要再进入奄美列岛一带的日本内水。如此一来，你我都好交代，都轻松。不是吗？"

小林理事将双手交叉，靠在椅背上，等待答复。

孙理事思量再三没有答应。他不可能做出这样的承诺。一方面红灯笼号选择哪条航线既要看船长的选择也要看天气，另一方面他不明白为什么对方一直对帆船穿越奄美列岛的行为耿耿于怀。

"我知道孙理事很难替主办方表态。这容易理解。不过，我也把话说在前面。太平洋风大浪高，不宜行船。如果你们的船再有状况，我们恐难提供协助。一切后果自负。"

孙理事带着对方的告诫回到房间。他将对方谈话的情况整理成文字发回国内，又带着自己的疑惑上网查阅资料。

为什么对方如此反感我们的船登陆奄美列岛？

通过查询，他发现奄美列岛位于琉球群岛北部，虽然其珊瑚礁群向南延伸露出水面的部分与论岛和琉球群岛最大的本岛冲绳岛相隔仅仅十余海里，该列岛竟然并非冲绳所辖，而是由距离遥远的鹿儿岛县管辖。

随着查阅资料数量的增多，孙理事渐渐明白，为什么国际通行的无害通过行为到了奄美列岛竟会变得如此敏感。

作为古琉球国的北境，奄美列岛是最晚臣服于琉球本岛上崛起的琉球王国的地区，却是最早被日本吞并的琉球地区。奄美列岛中最大的岛屿奄美大岛面积达到712平方公里，在琉球群岛中仅次于琉球本岛。

由于靠近日本，奄美在日本和唐宋的历史交流文献中均有涉及，在中日海洋贸易历史上占据一席之地。

公元 14 世纪，琉球本岛出现南山、中山、北山三国，史称"三山时代"。三山势力集中在琉球本岛及邻近小岛，当时并未发展到北方的奄美列岛和南方的宫古列岛、八重山群岛。

后来中山势力一统三山，建立琉球王国，并遣使请封于大明。1372 年，明太祖朱元璋派遣杨载出使琉球确立中原王朝与琉球诸王的宗藩关系，其王获大明皇帝赐尚姓。包括汉字、汉制在内的中华文明在琉球王国的大力推广下，经琉球本岛、与论岛覆盖至奄美诸岛。

1571 年，尚清王彻底征服奄美列岛北部地方势力，确定了北起喜界岛、奄美大岛，南至宫古列岛、八重山群岛的完整疆界，史称琉球"三省并三十六岛"。

1609 年，日本江户幕府萨摩藩大举入侵琉球，琉球国兵败，奄美五岛[1]划入萨摩藩岛津氏的直辖领地。但奄美仍被当作琉球所属的"三十六岛"绘制在琉球国的地图中。

为彻底断绝奄美列岛与琉球的关系，萨摩藩于 1624 年禁止奄美酋长接受琉球国的官职，翌年又禁止当地人穿戴琉球装。1663 年萨摩藩进而下令，将奄美各地与琉球有着千丝万缕关系的家谱、系图、旧记等书籍集中焚毁。

由此，日本政府终于在文明传承和意识形态上完全割断了大明王朝的宗主国势力对奄美五岛的影响。

实际上，正是出于同样考虑，明治维新时期的日本政府在 1879 年吞并琉球后，刻意将奄美列岛划归鹿儿岛县而非新立的冲绳县管辖。

说白了，假如将琉球群岛比作在日本列岛上外接的一条胳膊，那么奄美列岛就是这条胳膊的上臂。显然，它距离日本的心脏比胳膊的其他

---

[1] 奄美五岛，即喜界岛、德之岛、奄美大岛、冲永良部岛和与论岛。

部分更近，更加容易触动一些人的敏感神经。

然而，这片地区对于绝大多数现代中国人而言似乎比月球还遥远，有关它的历史也鲜有提及。

孙理事感慨，倘若没有小林理事一味地纠缠，他大概和许多中国人一样，早已经忘记了我们的历史中还有琉球的历史。

15 黑潮

"黑潮真是黑色的吗？"

凌向楠俯身看向船下的海，若有所思地问。

对大多数人而言，海浪的跌宕起伏就是大海喜怒哀乐的表情。他们通过海浪揣摩大海的情绪，却不甚清楚它内心深处的想法。只有深刻理解大海的人才会明白大海情绪波动的缘由不在其表面，而在水下，知道去了解海床有多深、洋流走向哪里、潮起潮落的原因究竟是什么。

此刻，船艏劈开的深蓝色的海水像裁缝剪刀划开的藏青色绸缎，沿两侧翻起白色泡沫向后散去。

"黑潮的水并不黑。它甚至比一般的海水更清澈、透明。"父亲解释道。

"黑潮位于太平洋西侧菲律宾以北至日本千岛群岛的海域。它像一条海洋中的大河，从低纬度的西太平洋流向高纬度的西太平洋，行程 4000 多公里，穿越中国东海和日本南部海域。

"由于黑潮洋流的水质澄清，杂质极少，水体能见度有 30~40 米深。当太阳的散射光照射到海面时，水分子散射了大部分的蓝色光波，而其他光波，比如红色、黄色等的长波，被水分子吸收。所以，黑潮的海水蓝得发黑。

"从高空俯瞰，黑潮的颜色格外醒目，就像一条在深蓝色大海中奔涌的黑色大河。"父亲说。

"同样是水，大海里竟也有'河流'存在。"女儿感慨道。

父亲听后笑了。在和她同样年纪的时候，他自己曾经也有过同样的疑惑。

那时他还不懂如何驾驶帆船，甚至未曾见识过大海。他和同学们一样，只能通过黑板上白色粉笔勾勒的大洋环流示意图，还有地理老师极具北太平洋轮廓气质的发际线,去极力幻想海水如何能够像河水那样奔流。

30年后的太平洋上,由他来为女儿解答同样的疑惑显然要比让女儿在教室里理解容易得多。

"浩瀚的海洋永远充满动力,一刻未有停歇。就算表面上看起来风平浪静,海面之下的海水仍在不停流动。只不过我们察觉不到而已。"他对女儿说。

"洋流的涌动除了有地球自转和月球引力作用,海面风力和海水温度、盐度等因素也参与其中。在它们共同作用下,海水从一片海域流向另一片海域,最终又流回原海域,形成首尾相接、周而复始的独立环流体系或流旋。这样的洋流长年累月地沿着比较固定的路线流动,形成大洋环流。

"同一片大洋里还能同时存在朝不同方向运动的多个环流。在不同区域、不同水深,洋流还存在不同的流向和流速。

"比如北半球,太平洋受亚欧大陆和北美大陆的挤压,在高纬度地区存在一个经由阿留申群岛逆时针流动的小循环。

"而北太平洋的中低纬度海域则存在一个沿顺时针方向流动的大循环。在北纬15°附近,一股来自北赤道海域的高温高盐海水沿顺时针方向流动。受东北信风的推动,洋流由东向西从美国加利福尼亚横跨太平洋流向菲律宾群岛,而后北上形成黑潮。黑潮将来自热带的温暖海水带往寒冷的北极海域,将冰冷的极地海水加热到适合生命生存的温度。

"黑潮是全球第二大暖流。它动力强劲,流速为每小时3~10公里,平均流量每秒约2200万立方米,流量相当于全世界河流总流量的20倍。

"黑潮的干流从中国台湾东部海域流入东海,继续北上通过吐噶喇列岛和吐噶喇海峡,沿日本列岛向东北流去。到了北纬35°,强大的西风带与地转偏向力形成合力，黑潮与千岛群岛南下的亲潮汇合形成北太平洋暖流。

"北太平洋暖流在白令海峡以南区域继续向东流淌，抵达北美大陆西岸附近，然后转为南向来到赤道附近，形成北赤道洋流向东流淌，从而完成整个洋流循环的构建。

"海洋里的洄游性鱼类，像鲸鱼，就会借助黑潮提供的海底高速公路前往它们的目的地。"他继续说。

从几日来父亲和吕团长关于选择哪条航线的讨论中，凌向楠知道红灯笼号偏离原有航线以后就再未追赶上黑潮流势最强劲的干流，但仍然行驶在黑潮的西北向流中。

"假如我们随黑潮洋流一路漂航，会不会环游太平洋？"女儿突发奇想。

"嗯，完全可以。"父亲点头说，"红灯笼号虽然没有赶上黑潮干流，但搭乘西太平洋边沿的北向流，仍然可以漂到日本列岛东侧与东北向的黑潮汇合，然后遇到北太平洋暖流。"

"对对对。"女儿抢着说，"北太平洋暖流会载着红灯笼号抵达美国西岸，然后向南行驶，被北赤道洋流推回到菲律宾海。我们就完成了环绕太平洋的航行。"

她用手指在空中沿顺时针画了一个圈。

"确切地说，是环绕北太平洋。"父亲纠正道，"由于地球自转的作用，赤道以南的洋流沿逆时针方向流动，构成南太平洋环流系统。"

"哦，没错。"她顿悟道，"受地球自转的影响，赤道两侧的洋流系统和大气环流系统一样，以零度纬线为界呈南北对称相反的运动方向。"

"大航海时代的麦哲伦应该是遇到了南太平洋环流，才得以抵达菲律宾群岛。"凌向楠又在空中反方向画了个圈。

"大航海时代是一个伟大的时代。由此开始，人类才真正掌握并利用大洋环流的规律。"父亲说。

"看起来，航海和搭便车差不多。"她若有所思。

"差不多……"父亲还欲解释，后面传来吕团长的呼喊。操控台后方操舵的吕团长举起卫星电话示意。

他抬手查看航海手表，想起红灯笼号与组委会的每日晨会时间到了，于是拍了拍女儿的肩膀，返回舱舣。

自从卫星通信系统彻底失灵后，船上那部卫星电话就成了红灯笼号与组委会保持沟通的唯一渠道。

"就差红灯笼号了。"钱秘书长如获重释。

他将两手交叉伸至脑后，后背靠向椅背，伸了一个懒腰。一旁的孔处长也打着哈欠伸了懒腰。

桌子上的电话会议系统终端如一只趴在礁盘上的灰色的八爪鱼。时钟数字显示 8 点 21 分。

组委会与红灯笼号船长的每日工作例会刚刚结束。气象专家、航线专家、机修专家和动能帆船航海队的岸队经理陆续走出会议室。

组委会刚刚向红灯笼号通报了普发各队的天气预报、竞赛通告，解答了红灯笼号关于船上设备的技术问题，也了解到红灯笼号的最新坐标数据和下一步的航线计划。

"现在就差红灯笼号了。它是唯一一艘现在仍在外海的船，一旦它穿过奄美海峡，距离比赛圆满结束就不远了。"

错过宫古海峡的红灯笼号在西太平洋的北向流推动下，一路沿着奄美列岛向北漂航，直至修好帆和舵。

根据气象专家提供的最新气象资料，红灯笼号将研究决定何时转向走奄美海峡进入东海。这取决于届时的风势。

"奄美海峡也是国际水道。总之，只要不走内水，经过国际水道穿越琉球群岛不会引起什么争议。"孔处长打完哈欠起身。

一宿没睡的两人走出会议室回到监控大厅。大厅里工作人员正在换班。航线专家将红灯笼号最新的坐标录入系统。大屏幕航迹图上孤零零的一个图标向西北方向跳跃了一格。

"估计最快一天的时间,这几艘船就能绕过东海标点。"金处长回头对两人说。他的熊猫眼格外显著。

大屏幕上代表维克多帆船各自位置的图标朝东海虚拟标点方向汇拢。绕过标点以后,它们将进入黄海海域。

"最后一段赛程航区毗邻我们的200海里专属经济区,不会再有引发外交危机的风险。"

"希望红灯笼号顺利进入东海,不再有意外发生。"钱秘书长支起下巴。

"希望如此。"

三人仿佛达成某种共识似的互看了一眼。钱秘书长、孔处长、金处长都熬了一个通宵。现在,他们比红灯笼号上的船员更加热切地希望红灯笼号能开得再快些。

大海航行靠舵手,但航海总是充满意外,也不完全靠舵手。

对于经验丰富的舵手来说,多数意外都属于意料之中的。比如,你知道风向总在变化,然后台风便来了,你所要做的便是竭尽所能做出正确的预判,采取恰当的应对措施。

而有些意外,明明属于意料之中,发生和演变起来却出乎意料。比如突如其来搅动时局的意外。谁都知道国际形势风云变幻。但就像人们很难察觉大洋里的"河流"流向何方一样,并不是所有人都能洞悉局势走向。

刚刚经历了不眠之夜的他们,深切领悟到了洞悉暗流涌动的局势走向远比驾船出海复杂的道理。

开赛以来，他们就已经隐隐感觉对环中国海大赛造成影响的因素远不止天气、海况以及参赛队伍的水平。似乎总有一股潜行的暗流在不断搅动西太平洋海域。只不过，这股暗流搅动的并非海水，而是时局。

两天前，组委会正式召开赛事于 10 月 20 日重启的新闻发布会，他们更加确定，环中国海不间断航行国际帆船邀请赛的下半程不会如预想的那样一帆风顺。

滞留与论岛的两艘维克多帆船如果选择国际水道，他们需要绕行很长的距离。所以，两位船长都计划起航后横穿奄美列岛的内水水道前往东海。

这可能导致日方舆论风波，钱秘书长专门召集法律专家配合新闻组从国际法角度深入研究，准备了应答口径和新闻稿。

不过很快他们就发现预判的方向错了。两艘船从与论岛起航，穿过奄美列岛和冲绳列岛之间水域进入东海，一直航行至浙江以东 300 海里的转向点，几十页应答口径和新闻稿也没派上用场。

反倒是台湾岛的花莲港吸引了不少人的注意。一场 8 艘维克多帆船"自发组织"的出港行动经过标题党的加工推成网络头条："台湾岛风声鹤唳，花莲港厉兵秣马！"

网上的报道倘若不细看内容，捕风捉影的标题能把人吓死。

这些帆船以莫莫扎扎号为首，在外海与红灯笼号、汉堡大叔号和章鱼丸子号分道扬镳，前往台湾岛东北海域。他们接到台风警报后驶入台湾岛一侧的花莲港避风。

小小的花莲港因为他们的到来一下子热闹起来。港内 8 船齐聚的热闹场面与台湾海峡两岸各处避风港零零散散接收两三艘维克多帆船的场面形成鲜明对比。

花莲港的确充满了火药味，因为 8 艘维克多帆船在此回到了同一条起跑线，他们进港前的排位先后归零。于是，有的船长懊恼，比如莫莫扎扎号的汉尼拔；而有的船长窃喜，比如铜锣烧号的詹士杨。

一连数日，船长们除了对着自己的船员干瞪眼，就只能冲着对讲机和其他船长打嘴仗。

台风过去的时候，花莲港的空气已经接近燃爆的临界点了。8位船长相互较劲，谁也不打算让谁。于是挤挤攘攘的港区内，他们为其他避风的船和岸上几十位当地渔民上演了一次小规模的勒芒开赛式。

只不过，没有起航规则的约束，也没有开赛船长的监督，更没有预先设置好的开阔水域，这场直接从泊位出发、火药味十足的山寨版的勒芒开赛式状况迭出，场面几近失控。

组委会和驻地协调员的电话被气急败坏的船长打爆。所有的船长都投诉其他船长抢行犯规，也同时被其他船长投诉。

"环中国海不间断航行国际帆船邀请赛下半程惊现花莲式起航！"网上将这场令组委会始料未及的起航冠以"花莲开赛式"的名头。

正当金处长如获重释地准备向记者们通报8艘维克多帆船已经平安离开花莲港时，这些船又遇到了新的问题。

船长们向组委会报告，与那国海峡方向冲出一位场外选手，加入了他们的角逐。

与那国海峡是与那国岛和石垣岛之间的国际水道，宽度约60海里。与其说它是一条水道，不如说是两岛之间的一道闸口。动力强劲的黑潮干流沿台湾岛东侧北上，通过台湾岛与石垣岛之间水深900米的通道进入冲绳海槽，形成东海黑潮。

由花莲港起航的维克多帆船借助这股黑潮以密集的队形从台湾岛宜兰县和与那国岛之间的水域北上。他们驶过与那国岛不久就发现后方出现一艘白色的船如幽灵越驶越近。

直至船长们认出它竟是那艘几日前在菲律宾海上遭遇过的日本海上保安厅巡逻船，气氛陡然紧张起来。

于是组委会众人的神经再次被揪起。

"就是那艘与那国号。"铜锣烧号的詹士杨船长怒气冲冲地向组委会报告。

海面上的巡逻船已经马力全开。

"铜锣烧号,请报告你船航向、航速以及对方的位置和航速。"孔处长拿过接线员手中的电话问道。

"我船航向25°,航速14节。与那国号在175°方向,距离我船4海里,航速20节。"詹士杨船长回答。

"它似乎直冲我们而来。"船长补充说。

孔处长在地图上找出铜锣烧号的坐标,又画出与那国号的相对位置。沿着两船的航向延伸,一个熟悉的岛屿名称赫然入目。

"钓鱼岛!"他和钱秘书长同时脱口而出。两人立刻明白了与那国号为什么会在这个时间突然出现。

显然,它不是从与那国海峡驶入的途径船只,而是从它的驻地与那国岛出发的,目标就是钓鱼岛。

钓鱼岛并非一座孤零零的岛屿。除了面积最大的,长约3.6公里、宽约1.9公里,面积约3.91平方公里的钓鱼岛主岛,周边还有黄尾屿、赤尾屿、北小岛、南小岛、北屿、南屿等70座大大小小的无人岛礁。这些岛屿和礁盘共同构成钓鱼岛群岛,或者说钓鱼岛及其附属岛屿。

在地图上,钓鱼岛及其附属岛屿位于与那国海峡的北侧,在北纬 $25°40'\sim26°00'$、东经 $123°20'\sim124°40'$ 之间,距离与那国岛170公里。

由铜锣烧号打头的8艘维克多帆船修正航向后,正朝着钓鱼岛主岛和赤尾屿之间的海域行驶。海域宽度大约40海里。根据风向和洋流测算,这里恰好是他们赶往东海标点的最佳线路,或者说是帆船航行能够获得最高有效速度的航线。

与那国岛驻地赶来的巡逻船不喜欢这些维克多帆船长们选择的最佳

航线。

"一定是因为航线径直穿越钓鱼岛海域，而不是走钓鱼岛西侧的常规路线。"孔处长敲海图肯定地说。

"帆船只是由那里经过，并不会停留，他们为何如此敏感？"钱秘书长又皱起眉头。

"那里是中日历史争议领土。"金处长脱口而出，但马上意识到在场没有人不知道钓鱼岛的主权争议问题。

不过，如果将历史放得稍远些，那里并不存在争议，也没有那么敏感。

钓鱼岛是中国先民从事海上渔业的传统海域。在中国古代文献中，它又称钓鱼屿、钓鱼台、钓鱼山。宋元明清四朝官廷均将钓鱼岛及其附属岛屿列于中国海疆图册及海防管辖范围之内。

但晚清时期，政府羸弱，列强势力侵入，国土屡遭蚕食，钓鱼岛及其附属岛屿成了无暇顾及之地。

二战后，美军1972年撤离琉球时，将这片原本属于中国的岛屿的"行政管辖权"连同琉球群岛一并"交给"日本。钓鱼岛主权争议由此埋下伏笔。

从地理上看，钓鱼岛及其附属岛屿处于中国大陆与琉球群岛之间的琉球海槽。在大陆架划分上，中国和日本属于相向而不共架的大陆架，由琉球海槽分隔，但钓鱼岛位于琉球海槽的西侧上沿。

钓鱼岛及其附属岛屿是划分中国领海基线的重要基点，如果被日本占据，那么根据《国际海洋法公约》，日本就会进一步主张中日按中间线原则划分大陆架。

那样的话，中国在东部海域狭小的海洋管辖区将被消减一大片。而美日同盟对中国的战略封堵线将从第一岛链进一步推近，直接抵临中国大陆。

所以，钓鱼岛的主权问题不仅仅是几个平方公里的陆地面积那么简单。对于百年来饱受领土侵占之苦的中国而言，放弃钓鱼岛及其附属岛屿是不可能的。

日本方面则认为，从二战结束至20世纪70年代初，中国既没有索要钓鱼岛的主权和管辖权，也没有对其进行实际性的管控。直到70年代初相关海域发现油气资源，中国才开始提出主权要求。

他们并不认同钓鱼岛及其附属岛屿自古属于中国的历史观点，而是主张钓鱼岛及其附属岛屿与琉球群岛一样属于日本，并且在二战后经由日美协定，随琉球群岛一并交还给日本管辖[1]。

中日双方建交时虽然都同意搁置争议。但自那时起，钓鱼岛问题就成了双边关系的温度计，时不时会发出温度超高的警报。

"这下可麻烦了。帆船继续北上一定会进入争议海域。"钱秘书长越想越觉得头疼。

"钓鱼岛本就是中国的领土。就算存在争议，帆船的通行也属于无害通行。"金处长不以为意。

"话虽这么说，但日本方面未必这么认为。他们可能会认为我们组织帆船蓄意穿越争议地区，有可能挑起外交上的争端。"

"与那国号已经追上来了。它有备而来，我们不能掉以轻心。"孔处长说。

监控大厅里的电话铃声此起彼伏。其他船长也打来电话，询问组委会是否知道日本巡逻船抵近的情况。一些船长直接问，我们该怎么办？

与那国号巡逻船依仗引擎动力渐渐赶上帆船。它从队形密集的维克

---

[1] 1971年，日美签署《关于琉球诸岛及大东诸岛的日美协定》，将琉球群岛和钓鱼岛的行政管辖权"归还"日本。当年，中国外交部发表声明，认为"这是对中国领土主权明目张胆的侵犯，中国人民绝对不能容忍。美日两国在'归还冲绳协定'中把我国钓鱼岛等岛屿列入'归还区域'，完全是非法的，这丝毫不能改变中华人民共和国对钓鱼岛等岛屿的领土主权"。

多帆船中间穿插，由船队右舷切至左舷，而后向南行驶一段来到队末，又调头追赶上来继续穿插。

"或许我们应该让这些帆船避开争议海域？"钱秘书长考虑以组委会的名义发一个紧急避险通知。

"你是说让他们从西侧绕过钓鱼岛海域吗？"孔处长嘀咕。

他走回地图前，简单测量一番，摇头道："转向恐怕得增加上百海里的航程。"

钓鱼岛及其附属岛屿的陆地面积只有6.4平方公里，但岛屿所属的海域面积却有17万平方公里。如果不想惹事，就得绕过整片海域。但这谈何容易？绕行涉及的不仅是多出上百海里航程的问题。

船长们对航线的选择是综合了风、洋流、潮汐等一系列影响航行的因素之后考虑的结果。改变航线，除了船的受风方向发生变化，对水方向也会发生变化。

在水流中行驶，顺流加速，逆流减速。如果船头方向与水流方向不一致，船还会被水推动偏离方向，船只必须不断调整航向来抵消流向和流速的影响。

这个季节的黑潮势头正盛，它的主干经由台湾岛东侧，通过与那国岛和宫古岛一带的海域北上，穿过钓鱼岛海域进入东海，正是这些维克多帆船顺势北上的天赐动力。

放弃顺流航行的最佳航线，不只意味着帆船需要增加转向点，无法沿直线航行。风向和水流方向的相对变化，船实际航行的里程还会进一步增加，船速也会下降。

"那些船长恐怕不会答应。这可是分秒必争的比赛啊。"孔处长说。

船长出身的他对此刻船长的想法非常清楚。他们肯定不愿意去走一条舍近求远的路。

"可是，越晚转向有可能越被动。不仅是我们被动，他们更被动。

现在，还未进入争议岛屿 12 海里领海圈。一旦驶入，对方很可能采取驱离行动。"

"与那国号虽然在骚扰航行，但一直没有发出要求维克多帆船避让和驶离的警告。它似乎仅仅是在示威。"金处长揣摩说。

在钓鱼岛海域，以前也曾出现类似的情况。渔船靠近，遭遇日本巡逻船伴随警戒，并行一段时间后，双方各自脱离。

"也许只是虚惊一场。"

"可万一呢？假如双方发生碰撞，吃亏的肯定是维克多帆船。你难道忘了上周他们和与那国号在外海的遭遇？与那国号不会轻易放他们过去的。"

钱秘书长的担心不无道理。维克多帆船虽然坚固，但和大小差距 10 倍有余的铁壳巡逻船发生碰撞，就好比鸡蛋磕在石头上。

"任何情况下，我们都必须将参赛队伍的安全放在首位。"孔处长点头道。对于这一点，众人都表示同意。

根据规则，如果出于安全考虑，组委会有权要求船长临时修改航线甚至下锚停船，而船长也必须遵守组委会的指令。对此，组委会拥有绝对的裁定权。

"所以，我们不让船只进入争议海域，不仅出于航行安全的考虑，在外交上也避免了被人指责主动挑起争端的风险。金处长，你主管舆情，应该知道那些记者为了新闻流量唯恐天下不乱的本性。"

"可是，反过来说，组委会主动要求帆船避开争议海域，会不会被媒体解读为我们认同了钓鱼岛海域由日方控制的说法呢？"

的确是两难。同样的操作却可以产生效果完全相反的解读。钱秘书长心里掂量金处长的提醒。

"我们也可以不提争议海域的事，就说相关区域存在险礁暗流，从航行安全的角度考虑要求他们绕行。"他说。

海里有险礁暗流这点倒符合钓鱼岛海域地形的实际情况。钓鱼岛主岛东侧有大面积的水下浅滩，各岛屿周围存在一系列潮沟和礁坪地形。

"这些维克多帆船将在夜间驶经相关水域。夜航避险的理由也算说得过去。"

"总有种此地无银三百两的感觉。"

钱秘书长用手托着下巴，思考什么样的理由可以避免这些帆船进入险境。

"以避险的名义，就不能强制要求，顶多提醒和建议避让。"

"为什么？"

"险滩暗礁在航区各段都有存在。20多艘帆船经过台湾浅滩、澎湖岩礁区时，我们都没有发布避险的强制要求。唯独将钓鱼岛区域宣布为险区禁止入内，恐怕说不通。"

"如果仅提醒建议，肯定不起作用。水下障碍对职业巡航比赛船长算不上威胁。只要第一艘船选择近路，后面的船一定会跟上。"

"但强制要求，有的船长一定会提出抗议，认为我们随意修改规则，增加航行里程，甚至向环球帆船联盟提出申诉。"

倘若在赛前将相关区域预先设置为航行禁区就不会有这样的麻烦。所有的船长都会在设计航线时将航行禁区的因素考虑在内。事到临头修改航线要求，肯定有失公允。

"不如打电话咨询一下孙理事的意见吧。说不定他能给我们一些建议。毕竟，确保航行安全是环帆联一直强调的事情。"

电话那头的孙理事还未入睡。他听完孔处长介绍的情况思索片刻，从另一个角度提出自己的看法。

"希望确保参赛队伍安全的初衷没有错。但你们想过吗？如果东道主国家的队伍处于劣势时，主办方对规则进行调整并由此影响其他队伍的成绩，会有什么影响？"

"一定会有人认为主办方在为己方队伍提供不正当竞争的便利。"钱秘书长想起还在菲律宾海上漂航的红灯笼号。

"没错。另外,假如认为主办方难以保证公平竞争成为普遍看法,将影响我们未来申办更大规模、更高级别的比赛。别忘了,众口铄金,积毁销骨。环帆联理事会的意见可是非常主观的。"

众人面面相觑。他们还没有像孙理事那样考虑得更长远。

孙理事认为,环球帆船联盟作为体育类的国际组织,不会乐意卷入国家间的领土纠纷。联盟设立的初衷之一是保障帆船航海运动参与者的安全,但它绝对不会因此主动承揽责任,一定会将确保安全的责任转移给主办方。

纵观百年历史,环帆联其实是一个胜利者制定游戏规则并维系规则运行的俱乐部。它只为胜利者背书。所谓的公平与安全,基于权威,权威又基于实力。本质上,这类传统的国际组织遵循从实力出发的传统逻辑。

"一切规则的源头都来自丛林法则。海上与陆地一样。至于主办方采用何种方式为比赛提供安全保障,并不是环帆联关心的。"

孙理事的话没有给众人带来解决方案,反而给他们抉择增加了更多的压力。众人一筹莫展。

"你们不妨向外交部打电话报告情况。他们一直在关注比赛进程。"孙理事最后说。

若非孙理事提醒,钱秘书长差点忘记手机里还有外交部那位周参赞的电话号码。自从前一次和对方打过交道,他总觉得自己吃不准对方的态度,心里发怵。但外事无小事,这个节骨眼上还是打个电话为好。他心一横,拨通电话,打开免提。

"你们的船是不是在台湾岛北部海域?"对方问。

钱秘书长没想到参赞直截了当地戳中他的要害,忐忑的心更加紧张。

"呃,是的,情况突然,我们有些吃不准。所以想报告一下。"他战战兢兢地说。

"帆船还有多久抵达钓鱼岛海域?"

"最快的船也就不到一个小时,如果不改变航向的话。"

"穿越钓鱼岛海域是这些船的最佳线路?"

"如果不加干扰,这些船的船长们都会选择穿越钓鱼岛海域。"

"在穿越途中有没有可能发生故障?比如,搁浅或者抛锚?"

"这个嘛……"钱秘书长被问得心慌。

帆船比赛当然可能发生故障,想起连日来维克多帆船发生的大大小小的故障,他犹豫了。

孔处长见状接茬道:"这些船在花莲港刚刚经过检修,船况良好。穿越钓鱼岛海域几乎不可能搁浅。"

"哦,那他们会不会主动减速停留?"

"不会不会,除非遭遇暗礁或者外部撞击,他们都是来参加比赛的,只会想方设法加速前进,不会主动减速停船。"

"好的。知道了,谢谢。"电话那头的周参赞像是得到了令他满意的答复,准备挂断电话。

"周参赞,"钱秘书长急忙道,"我们正在考虑让帆船避开钓鱼岛争议海域。"

"避开?为什么要避开?"

"那里不是争议海域吗?我们希望避免引起外交纠纷,这也是出于安全起见。"

"钓鱼岛是中国领土。为什么要避开?"

对方又把钱秘书长给问住了。他仿佛看到电话另一端的参赞将两手摊开,不怕事情闹大的样子。

"可是,钓鱼岛海域是中日争议地区。我们担心这些帆船一旦驶入附近海域，有可能与日方巡逻船发生碰撞，引起不必要的反应和炒作，造成不良的外交影响。"

"钓鱼岛及其附属岛屿自古以来就是中国的领土。参加比赛的帆船都是中方邀请的客人，自然有权通行。作为主办方，如果我们要求他们避让相关海域，反倒会造成不良的外交影响。"

钱秘书长现在感觉电话两头说话的角色似乎调了个个儿。

"现在已经有日本巡逻船在追赶。我担心它们会像前几日那样阻挠通行。"

"钱秘书长，我再重申一遍，钓鱼岛及其附属岛屿是我们的领土，我们都有责任和义务去维护我们的权益，当然肯定也有这个能力。感谢你及时通报相关情况。"

周参赞的电话就这样挂了。监控大厅的其他电话继续响个不停，都是看见与那国号朝他们驶来的船长们打来的。

钱秘书长硬着头皮告知他们，组委会没有变更航线的要求，比赛正常进行，强调各船遵循竞赛规则和海事规则，沿自行设定的航线继续比赛。

海面上的风浪不大。但船长们丝毫不敢怠慢，他们既要与竞争对手比拼，还要提防再次闯入赛局的与那国号。

8艘维克多的桅顶视频监视器传回的实时画面投射到监控大厅的屏幕上。

暮色渐深，但屏幕上能看出钓鱼岛突起的山峰从天际线上升起，轮廓越来越大。而另一个方向，与那国号灰白色的身影也越来越大。

"我们是日本海上保安厅的巡视船。我船正在执行公务，请你船尽快驶离尖阁群岛。"16频道里刺耳的声音响起。

铜锣烧号船长詹士杨发现左舷后侧的几艘维克多帆船开始有转向的动作。但他不打算放弃。

"重复一遍，我船正在执行公务，请你船尽快驶离尖阁群岛。"16频道里继续传来生硬的中文警告。

詹士杨船长突然吃惊地发现，雷达屏幕显示前方钓鱼岛南角西侧竟也有船只高速驶来。

是更多的海警船！望远镜里正前方突然从钓鱼岛隆起的山崖背后陆续开出四条海警船。

"什么？还有海警船？"钱秘书长的心都快跳出嗓子眼。

"一共4艘，而且体型更大。"詹士杨船长说，"2501、2502……它们是……"

一点钟方向，四艘大船呈一字队形高速对向而来。

当人们看清船舷号的时候，白色船身中央涂装的"中国海警"四个大字也映入眼帘。甚高频16频道里传来英日中三种语言的呼叫。

"我们是中国海警船，钓鱼岛及其附属岛屿是中国固有领土。与那国号请从速离开，不得干扰我船正常巡航。"

不到10分钟的时间，四艘白色蓝条的海警船已经来到维克多近前。

为首的2501号保持航速从旁绕过，划出一道圆形的尾迹，如同一头巨大的鲸鱼摆尾，径直冲向身型只有其一半大小的与那国号。其余三艘依然保持队形，它们减速在赤尾屿的方向排开。

组委会监控大厅的人们与海上的人们一同坚守。

终于，夜幕中减速僵持的与那国号开始调头。

不一会儿，它便朝着与那国岛的方向提速开去。摇曳的桅杆灯在夜色中越来越弱，直至消失。

8艘维克多帆船鱼贯通过钓鱼岛和赤尾屿之间的海面。海面上一连串的号灯组成的灯光映衬在钓鱼岛及其附属岛屿突起的轮廓上，仿佛圣诞树上的点点星光。

禁区 16

"10 月 24 日，东风转东北风，风速由 22 节陡降至 12 节，然后停在个位数，逐渐归零。"

凌向楠趴在海图桌上写自己的航海日志。自从父亲给她讲解航海日志的功能和记录方法后，航海日志已经成为她的日常作业本。

船上标准配置的航海日志有两种。一种叫甲板日志，另一种叫维护日志，分别用来记载关于航行操作和器材存货的情况。

但凌向楠只有一本。父亲只给了她一本甲板日志。

"真小气。"她接过日志时撅起嘴说。

"你可别小看它。就这一本甲板日志，能够将其记录清楚已经不是件容易的事情。内容宁可多写，也不要少写。对水手来说，与其在各种容易遗失的小纸条上做记录，不如养成把东西记在甲板日志上的习惯。"父亲说。

这本甲板日志包含叙事页和表格页，可以按照时间顺序记录所有操作信息，包括导航数据、天气情况、船员状况、电台通信、紧急情况，以及饮水、食物和燃料的消耗。甲板日志的每一页都印刷了页码。

"记住，不能撕页。万一遇到紧急情况，甲板日志的记载是能够当作法律文件使用的。"父亲特地叮嘱过她。

表格部分需要填写的内容会由值班人员每隔一小时记录一次。所以凌向楠先将航向、距离、风向、风力、波浪的方向和高度、大气压、海水温度、云的状况等数据按照时间顺序誊抄到自己的甲板日志上，然后便开始专心回忆并撰写叙事部分的内容。

"命运竟与我们开了个大玩笑。"她继续写道。

"兜兜转转，我们不仅错过了风向最有利的转向时间，而且还得朝着与目标相反的方向航行。为了远离西侧绵延 300 海里的一连串禁航区，红灯笼号两天来频繁换舷。然而，每一次换舷都只徒增消耗。航行效率非常不理想。过去的 24 小时，红灯笼号行驶的有效距离竟不足 80 海里。"

她抬头看看舱壁上的气压表和风向风速表。读数像是被冰封似的冻结了整整一个上午。风速表则干脆在 0.0 的位置上躺平。

"今天拂晓时分，最后一丝风离我们而去。自此开始，我们的红灯笼号陷入无风区，仅凭洋流推动的力量朝东北缓慢移动。"

凌向楠正写着，舷窗射入导航室的光线忽地暗了一下。她心里一动，下意识以为有风刮起了船帆。

但她立即明白风只是幻象。舷窗外光影的恍惚是甲板上的人在移动时阻挡了光。

这时，甲板上有人试图扬帆找风。但原本轻盈的帆像坨铅坠似的一动不动。大雄上去拉扯帆索，试图用人力让其飘扬起来，结果证明完全是徒劳。

"大家心急如焚却又无可奈何。与狂躁肆虐的风暴天相比，现在死气沉沉的无风区更加令人焦躁不安。"她认真地在日志里记录下红灯笼号船员的心理状态。

凌向楠忍不住叹了一口气。她想起前天夜里，自己躺在吊床上，偷偷瞧见导航室昏暗的灯光下吕团长和爸爸压低声音争吵的情形。她停下笔，犹豫该不该将当时的情形记录下来。

前天夜里，父亲非常严肃地对吕团长表达了不满，吕团长则据理力争。在她印象里，两人还从未发生过这样激烈的争执。

当时，两人似乎对红灯笼号该何去何从产生了分歧。虽然她至今没搞懂究竟谁对谁错，也不清楚是否是因为争执的结果导致红灯笼号陷入了无风区。不管怎样，争执已经发生，而红灯笼号也没有从头再来的可能。她寻思是不是该将船上客观发生的争执也记录在案。

她继续写道："想必，有的船现在已经绕过东海 EC 坐标，朝着环中国海比赛的终点青岛港发起冲刺。而我们，却因为没有风，只能继续漂荡在菲律宾海，越漂越远。"

这该死的禁区，凌向楠也暗暗地骂了一句。

"若不是因为这该死的禁区，红灯笼号就不需要改变航线，也不会彻底失去了和陆地的通信，两位船长更不会发生争吵，而我们自然不会如现在这般进退维谷。这该死的禁区！"

她越写越生气，写完最后一句，啪地合上本子，起身钻出憋闷的船舱。

舱外晴空碧日，万里无云。除了垂头丧气的水手和垂头丧气的帆，晌午的甲板上仍然感受不到一丝风的迹象。

时间拨回到 48 小时以前，海面是有风的，并且刮起的还是东风。

根据组委会和岸队气象专家提供的分析，一个新生成的副热带高压系统，暂时压制了秋季渐起的北风势头。在吐噶喇列岛以东海面，东风将持续一至两天，风速预计可达 18 节。

当时，红灯笼号行驶在奄美诸岛的喜界岛东南方向约 320 海里的地方。从位置上看，它是最先接触到这个东风带的维克多帆船。

凌大鹏和吕团长商量认为，红灯笼号应该先以侧横风的角度航行，利用伯努利效应跑出 1.5 倍风速的逆风航速。待风速超过 15 节时，恰好抵达奄美海峡。从那里红灯笼号开始转向，由横风姿态转为侧顺风姿态。

"150 度啊，兄弟，正好处于维克多帆船的最佳受风角度区间。我们完全可以跑出超过两倍的风速！"吕团长测量风向角，喜上眉梢。

那时再升起球帆，就能一路向西。从转向点至东海坐标，红灯笼号将充分享受东风带来的便利，维持相当长时间的高航速。

16. 禁区

"有了东风的助力,我们可以夺回比赛的优势。"吕团长兴奋地打了一个响指。

"嗯,没错,进入东海之后,红灯笼号还能得到来自穿越吐噶喇列岛的黑潮北向流的助力。"凌大鹏一边说一边用铅笔和平行尺在海图上画下航线。

黑潮北向流穿越的吐噶喇列岛属于琉球群岛的北段,由口之岛、中之岛、卧蛇岛、恶石岛等10个小岛和附属岛屿组成。在地图上很难看清吐噶喇列岛的具体位置,因为这些岛屿的大部分都非常小。吐噶喇列岛的陆地总面积仅87.5平方公里,其中最大的中之岛有34平方公里。

这些远古时代火山喷发形成的岛屿和珊瑚礁岛屿虽然狭小,控制的海域面积却相当辽阔。它们在北纬28°～30°之间,呈一条近似直线沿东北—西南方向排列,覆盖的海域绵延100余海里。

由于列岛内部的岛与岛之间的距离均不足24海里,所以吐噶喇列岛和奄美诸岛一样,岛屿之间的水域被日本官方认定为内水道。

列岛北端的口之岛和大隅群岛南端的屋久岛之间有一道宽度约56公里(约30海里)的水道,称之为吐噶喇海峡。吐噶喇海峡和奄美诸岛北端的奄美海峡类似,水道中线有大约10公里的宽度属于国际水道,符合公海自由通行惯例的要求。

吐噶喇列岛和吐噶喇海峡都在黑潮洋流的势力范围。黑潮的干流从台湾岛东侧、琉球群岛西侧流过,穿行在吐噶喇列岛之间。由于吐噶喇海峡较窄,其中一部分洋流经过吐噶喇海峡到达日本本岛东南岸。无法涌入海峡的黑潮则沿着海床走势继续北上,由东海进入黄海,形成黄海暖流,再向北前往渤海和日本海。

红灯笼号现在所走的外海航线其实在航程距离上并没有什么优势可言,但绝大部分时间的航行处于干净海域,只要风向稳定就能保持稳定航速,不像其他近海北上的维克多帆船,时常遭受渔网和漂浮的海上垃圾的阻碍，还有过往船只穿插的干扰。

所以，两人一致认为这股东风的及时出现将给红灯笼号创造弯道超车的天时地利。

船长立即召集全体队员，将这个振奋人心的消息与众人分享，并详细部署了航线计划。队员们听完同样喜出望外、信心倍增。

"只要不出意外，我们操作得当，红灯笼号将在东海标点赶上第一梯队。"凌大鹏总结道。

"东风吹，战鼓擂，现在的世界上谁怕谁。"吕团长给年轻的队员们唱起半个世纪前的歌曲。

谁也没想到，意外竟意外地发生了。

10月22日入夜，红灯笼号行至转向点，东风强劲，凌船长准备换舷改顺风姿态。那台手持海事卫星电话带来了竞赛组委会的最新要求。

负责设备维护的超越刚给卫星电话充完电，回到甲板上的驾驶台。开机、搜索卫星，屏幕显示"已经就绪可进行服务"。然后，一阵海事卫星电话独有的急促铃声响起，毫无防备的超越一个激灵，电话跌落在甲板上。

凌大鹏拾起电话，心里有种不祥的预感。他叫停了甲板上正在进行的换舷作业，接通电话。

"你们的海事电话关机了吗？怎么一直联系不上？"孔处长劈头盖脸地在电话里质问。

"联系不上？哦，在充电嘛。"凌大鹏不以为意地回答。

在海上遇到通信不畅其实是非常常见的事。天气、海况都有可能影响信号传输，在高湿高盐的环境下电子设备出现故障的概率也比陆地上高许多倍。何况，现在红灯笼号的对地通信工具是一台手持设备。

这台电话自从成了船上的唯一通信工具后，除了提供语音通话，还承担船上收发电子邮件和气象传真的工作任务。所以,超越总得将其一会儿拿进,一会儿拿出,除了经常需要进舱充电,还得接驳数据线将电子邮件和气象数据下载到电脑。

凌大鹏觉得老孔有些大惊小怪。卫星电话只有当天线指向正确且高空无云层遮挡的时候才能通联卫星。但即便仅凭一台手持的海事卫星电话,他也从未耽误过与组委会的定期例会。

"罢了。"孔处长未再纠缠,他语气急迫地说,"请报告你船现在的位置、航向。"

"我船刚刚到达既定转向点,准备转向至280度。"

"执行转向了吗?"孔处长打断他,未待回答又以命令的口吻说,"红灯笼号现在不能向西航行,应该维持东北航向并立即制定新的航线计划。"

"重新制定航线计划?"凌大鹏被孔处长搞得有点发蒙。

航线计划在前日电话会议上已经报备,并当即获得了组委会的同意。如果对红灯笼号选择的航线有异议,当时就应该指出来,而不是等到现在才说。

"你们的航线将穿越军事禁区。很危险。"孔处长解释道。

"军事禁区?怎么可能?"凌大鹏反问,语调提高八度。

这实在令人困惑。要说军事禁区,方圆三百海里内他能想到的只有奄美大岛上的日本航空自卫队基地,还有吐噶喇列岛上那几座对空警戒雷达站。

有军事基地存在的地方一般会将周边区域划为禁航区,不允许除本国军用舰机以外的船舶和飞机靠近,且对他国舰机的抵近行为尤其警觉。对于这类敏感区域,除非遇到恶劣天气或者因为安全故障需要紧急靠泊,船长们才懒得贴上去给自己招惹麻烦。

凌大鹏知道红灯笼号报备的航线和军事禁区根本扯不上边。就算红灯笼号未能按计划穿越奄美海峡，而是走了吐噶喇列岛，也只是从几座无人岛间的水域快速穿过。航线上哪里来的军事禁区？他摸不着头脑。

"你一定没看昨天组委会发布的邮件公告。"孔处长口气缓和些说，"在你们选定的航线上将要举行军事演习。设定的演习区域为琉球群岛以东一片弧形的狭长海域。"

经过孔处长的解释，凌大鹏终于了解事情的原委。但显然，孔处长所说的那封邮件公告并没有发送到卫星电话的邮箱。

一天前，美国政府通过国际海事组织发布了国际海事公告。宣布美军印度洋—太平洋战区司令部计划于10月23日至28日组织驻扎在关岛、硫磺岛、冲绳本岛等地的第七舰队舰机编队前往西太平洋公海举行大规模实弹军事演习。

公告同时宣布由数个不规则四边形圈界而成的公海区域为临时军事禁区，要求附近各国过往船舶和飞机在演习期间不得入内，否则后果自负。

"国际海事组织的公告内容和军事禁区的折点坐标也在电子邮件里，你们再确认一下有没有收到。红灯笼号需要根据坐标位置重新制定并报备航线计划，确保避开演习涉及的禁航区域。"孔处长说。

凌大鹏听罢脑袋嗡嗡作响。他深吸一口气，捋了捋思路。

"演习什么时间开始？"

"六七个小时以后。"

"怎么会如此仓促？"

"他们宣布得非常突然。这种事情以前也发生过。话说回来，台风过后西太平洋海域几乎没有船舶航行，的确是举行实弹演习的好时机。只能说红灯笼号不太走运。"

"所有参赛帆船里只有红灯笼号受到演习的干扰，这不公平。组委会应该向国际海事组织交涉，让他们改时间或者换地方举行演习。"

话虽如此，他也知道想让美国海军因为一艘小小的帆船而改变演习计划几乎比登天还难。

竞赛组委会在获悉公告内容的第一时间就联系了国际海事组织，并通过外交渠道向美国政府通报了相关海域内有一艘参加比赛的帆船正在航行，希望美军方考虑调整演习时间。

但得到的答复是，美军方设定的演习区域并没有涉及环中国海区域，是在远离中国领海的琉球群岛以东公海海域举行，不会影响到环中国海的航行行为。

对方强调，即将举行演习的区域为公海。根据公海自由航行原则及国际惯例，各国均享有行使公海自由权的权利，其中包括了在公海举行军事演习的权利。

对方还表示，在选取演习地点和时段时，美军方已经充分考虑并顾及了国际社会使用公海的便利性，特意选择在强台风过境之后的时间，且特意避开了宫古海峡、大隅海峡等繁忙的国际航道。

"美国海军不会为了一艘帆船改变演习计划。相反，根据国际海洋法公约，只要经国际海事组织公布为实弹演习区域，也就是国际法意义上的禁航区，各国船机均有义务予以避让。"孔处长说。

"总之，比赛过程中出现了不可抗力。建议你们还是别浪费时间，尽快调整航线吧。"

孔处长的意思是，与其将宝贵的时间耗费在可以预判结果的沟通上，不如尽快研究，做出有针对性的调整。毕竟，由于红灯笼号海事卫星电话的关机，导致他们白白浪费了不少时间。

"为了防止你们的邮件接收有问题，我再给你们口头通报一遍禁航区的折点坐标位置。你们注意做好记录。"孔处长接着说。

凌大鹏于是示意女儿拿来航海日志协助记录。孔处长接下来口述的内容非常重要，大意不得。

美军为演习设定的临时军事禁区将由这些折点坐标的连线构成。折点的坐标就是它们的经纬度读数。人们在记录位置坐标时，一般会精确到分，也就是一度的六十分之一，甚至秒，也就是一分的十分之一。

对于纬度读数，一度的实际距离大约11公里，一分之差则相当于1.852公里也就是1海里的误差。至于经度读数，在赤道上与纬度弧长相当，而到了南北两极则趋向于零。所以，经纬度读数一旦记录有误，在实地将失之毫厘，差之千里。

凌向楠和父亲一个记录一个复述，将孔处长口述的所有折点坐标的经纬度记录到航海日志上。

"切记，演习期间不要试图穿越军事禁区，以免引起危险和不必要的外交纠纷。"孔处长挂断电话前再三叮嘱，"另外，务必保证你的船上海事卫星电话通信畅通。除了它，组委会再没有和你们取得联系的渠道了。一定确保联络畅通，随打随接。否则一旦有什么问题，我们可是鞭长莫及啊。"

凌船长虽然应允，心里却发问，就算通信畅通，有什么问题，你们这些岸上的人不照样鞭长莫及吗？

他挂断电话，进舱叫醒正在休息的吕团长。

"什么玩意儿？"吕团长听完腾地从铺上跳下来。

凌大鹏打开海图，按照凌向楠记录的坐标经纬度逐一标出所有折点的位置。他用铅笔抵住平行尺三下两下便画出一个四边形。不一会儿，菲律宾海北部海域赫然呈现出一连串不规则四边形。

这些四边形大体沿西南向东北方向分布，在琉球群岛东侧200海里以外首尾相连，形状酷似一种菲律宾地区常用的丛林砍刀。

海图上的"砍刀"刀柄部分与奄美诸岛处于相当纬度，刀背的纬度与吐噶喇列岛大致平行，刀锋向东，似一道断续连接的弧线一直延伸至吐噶喇海峡东口以东大约340海里的一个折点坐标。两块组成刀身的四边形恰好覆盖在红灯笼号的航路点连线之上。

"他们怎么能说在琉球群岛以东航行就不算是环中国海航行?"吕团长愤愤地说道。

凌大鹏看罢海图倒吸一口凉气。他感到庆幸,若不是及时接到孔处长的电话警告,红灯笼号就会按照原来的航线一直航行,深入美军演习区域的腹地。如果真是那样,毫不知情的他们将会置身于极度危险的境地。

吕团长神情严肃,他翻出航海日志上记录的天气预报和航行数据,快速地进行手工计算。他并不需要电子设备的帮助。相反,源于年轻时的训练,他在纸质海图上进行手工作图和航迹推算更加得心应手。

他熟练地用分规——一种类似圆规的工具,在海图上测定距离,又用铅笔和量角器定位导航。吕团长好像再度回到了当年在战舰上紧张工作的状态,不一会儿便画出一条新的航线。

但这条航线却让凌大鹏大吃一惊,而后他便陷入沉思。凌向楠也凑上前去观摩。

吕团长画的新航线并未避开红灯笼号航向前方的那些不规则四边形。它相较原来的航向更加向西偏转,是一条以拦腰横切方式通过军事禁区的反其道而行之的航线。

吕团长解释:"美军的演习区域总体呈西南—东北向,这里是东西两界宽度最窄的位置。而我们现在在这里,距离不远。"

"你的意思是,我们先航行至禁区的另一侧,然后在琉球群岛和禁航区西界之间北上?"凌大鹏说。

"嗯,先穿插过去再说。到时候我们可以北上,也可以向西穿过琉球群岛,看那时的风向再定。当务之急是趁着风势,转向正西偏南方向,穿过这片即将生效的禁航区。"吕团长说。他用手指在图上代表红灯笼号坐标位置的航迹点上敲了两下。

"恐怕留给我们的时间不够。"凌大鹏迟疑道。

他和孔处长通话的时候，脑海里曾瞬间冒出过这个念头。他的念头虽不及吕团长经过海图作业得出的结论准确，但对于像他这样经年长航的船长来说，海图的形状和导航所需的数据早已录入大脑皮层，凭借直觉就能估算出大致结果，与精确计算的结论不会有太大的偏差。

远在千里之外的组委会航路专家们当然也了解这一点。他们同样意识到红灯笼号应对禁航区的最佳方案正如吕团长所想，利用风势赶在演习开始之前横向穿越至军事禁区的西侧，然后北上择机通过吐噶喇列岛。

但遗憾的是，由于电话迟迟未能接通，关于国际海事组织禁航公告的邮件又石沉大海，红灯笼号一直按照原来的航线航行，已经错过了转向的时机。

一旦时机错过，向西转向横穿禁区方案的危险系数就会越来越大。因为随时间流逝和风势变化，他们可能还未脱离危险区域，演习就开始了。

现在最稳妥的方案是先向东驶出即将生效的禁航区，然后沿着禁区东侧边界向北航行，绕过最北那块不规则四边形的东北顶点后再折转向西，经过吐噶喇海峡穿越琉球群岛进入中国东海。

当然，与风险极高的向西穿插相比，这条北上规避的航线不仅劳师远遁，而且显得极其平庸。孔处长很清楚这一点，所以他再三叮嘱凌大鹏一定要以安全为重，务必确保稳妥。

凌大鹏被迫接受了冗长平庸却十分安全的北上航线。但吕团长此时竟直接将那条触动他心弦的穿插航线给画在了海图上。

"这个嘛……时间？"吕团长说话一顿。他抬头看了眼沉思的老伙伴，惊讶对方竟会迟疑。

吕团长继续道："要想在演习开始前驶出禁区，时间肯定不够。但

16. 禁区

只要我们尽力向西，用不了几个小时就可以到达禁区的西界。"

"这样太危险了。"凌大鹏思量再三，摇头表示。

"不仅时间窗口是个问题。天气状况也存在很大的不确定性。这个向西穿插的方案在风速和风向维持不变的理想状态也未必能完成。一旦风势有变，我们很有可能滞留演习区域。这太危险了。"

"可想要绕过演习区域，我们起码多走 300 海里，根本没有机会追赶第一梯队。"吕团长说。

"组委会也不会同意你的方案。演习期间在禁航区行驶的潜在后果你应该了解。我们还是以安全为重，不要冒险。"凌大鹏已经调整心态，打定主意。

他确定自己的看法和岸上的专家一致。红灯笼号已经错过了最佳的穿插时机，现在应该选择更为稳妥的方案，尽快脱离即将举行演习的海域，在军事禁区的东侧界外北上绕行。

吕团长心有不甘但不再争辩。因为他不可能拍着胸脯保证现在的风势能够持续到顺利将红灯笼号送出军事禁区的西界。

于是，红灯笼号为了尽快驶离菲律宾海北部海域突然出现的禁区，被迫改弦易辙，朝东逆风驶去。

这样一来，他们的航程较原计划大大增加，而原本能助他们一臂之力的东风成了航行的累赘。

国际海事组织公告的演习时间到了。红灯笼号经过连续不断地换舷，逆风行驶，总算赶在时间窗口关闭前到达安全区域。

GPS 系统显示的坐标位于禁航区东界以外大约 10 海里的位置。为了避开向东航行时的不可航行区，红蓝两组水手被换舷操作搞得人仰马翻。

休息的时候，凌向楠想起该给母亲打个电话报平安，于是向父亲要来电话。她捣鼓了许久却惊讶地发现卫星电话竟搜索不到卫星信号。

"或许调整下天线,就有信号了。"凌大鹏对女儿说。

他拿过电话,朝着赤道方向调整天线角度,关闭电源重启设备。但他发现无论怎么摆弄都无济于事,卫星电话像丢了魂似的没有一点信号。

"难道说欠费停机了?"凌向楠问道。

"那倒不会。"

像海事卫星电话这种海上应急通信设备,组委会是不可能轻易让它欠费停机的。凌大鹏仔细查看电话,心里一惊,发现那封他和吕团长商议后重新报备的航线计划仍静静地躺在发件箱里一直未曾发送。这样算起来,自从孔处长的那通电话之后,海事卫星电话就未再有过任何动静。

"奇怪。"他嘀咕道。

正在这时,船舱里探出一个脑袋大声喊道:"船长,导航雷达和甚高频电台都失灵了!"

凌大鹏低头查看。果然,驾驶台的雷达屏幕也飘满了荧绿色的雪花;甚高频电台16频道也传出刺耳嘈杂的噪音,失去了值守监听的功能,调至其他频段亦是如此。

他急忙返回舱内。几名队员正聚集在导航室的设备前,海事雷达屏幕同样布满雪花。

吕团长被众人吵醒,起床过来瞧个究竟。他瞅了一眼屏幕,平静地说:"是电磁干扰造成的。"

"电磁干扰?"凌向楠好奇地问。

"嗯。这是军事行动即将开始的征兆。如果没有猜错的话,我们附近几十海里的位置应该有美军的军舰集结。他们一定是打开了电磁压制系统,通过屏蔽周围海域的电磁信号、干扰搜索雷达,来隐蔽舰队的踪迹，确保舰队的安全。"

"对，一定是电磁干扰。"大雄脱口而出，一番恍然大悟的样子，"上次期末考试，就是因为老师在教室里放了台电磁干扰设备，结果我就考糊了。"

"什么设备？把你给烤煳了？"凌向楠好奇地问。

"不是我烤煳了，是我考试给考糊了。"大雄悻悻地说。

见众人困惑的眼神，大雄不好意思地嘿嘿笑道："我们老师在楼道里放了一台电磁干扰仪。考试的时候打开它，整栋教学楼里的手机和通信设备都受到干扰失灵了。我的考试也就考砸了。"

"哦，原来你用手机作弊啊。"凌向楠也恍然大悟。

大雄愈发窘迫。倒是吕团长解了围。

他说："你们学校使用的手机信号屏蔽设备功率小，充其量也就干扰几百米范围内的电子设备。而装载大功率电子战设备的飞机和军舰，可以完全阻断方圆几百甚至上千公里的通信联络，让整片区域内的所有雷达和导弹都陷入瘫痪。"

"就像我们现在这样？"

"就像我们现在这样。"

"那我们的卫星电话搜索不到信号，是不是也是因为这个原因？"凌向楠担心地问。看样子她和妈妈通电话的约定要泡汤了。

"很有可能。"吕团长点点头。

"也许我们开得远些，干扰减弱就能连上卫星信号了。"凌大鹏安慰女儿道。

他让众人散去。值班的各回岗位，下岗的各自休息。和女儿的担心相比，他更加担心红灯笼号和组委会失去联系。

虽然红灯笼号在孔处长的提醒下已经及时摆脱禁航区的危险，但未来几天他们很可能无法与组委会取得联系。电磁干扰压制的范围并不受海图上标注的那几个不规则四边形的限制。失去联系的同时也意味着组委会和孔处长很可能不知道红灯笼号现在的坐标位置、红灯笼号将会去向何处。

大雄神秘兮兮地冒出一句说："你说有没有一种可能，美军搞这次演习的目的，就是为了阻止我们夺取比赛的冠军？"

"拉倒吧你。"他的后脑勺不知被哪个人拍了一巴掌。

凌向楠也扑哧一声笑出声来。大雄的话就连她也觉得荒唐。

"你说呢？美国人兴师动众搞这么大阵仗，难道就为了拦截一艘船？我想，除非是他们的脑子进水了。"凌大鹏说。

说完，他便心事重重地返回甲板去。他需要静下心来思考，在完全失去雷达助航和通信联络的情况下，如何依靠手工操作弥补本应由电子设备承担的职能。

大雄见没人响应他的假设，有些失落。吕团长爬上床铺继续睡觉之前，半真半假地对他说："说不定还真有这种可能。"

23日傍晚，红灯笼号甚高频16频道的噪音突然消失，取而代之的是以中英日三种语言轮番播报的驱离警告。雷达屏幕雪花依旧。

无线电播报的驱离警告过后电台又恢复了刺耳的噪音。没过多久，电台里的噪音被海面上雷霆般的轰鸣声盖过。

下舱休息的船员睡不着，于是纷纷爬上甲板，和值班船员一道看看这难得一见的海上奇观。

天空晴朗无云，太阳正在将余晖一点点按入大海深处，像一枚广式月饼的咸蛋黄渐渐淹没进细腻的豆沙馅料。天空被霞光映射洁净如盘，却极不协调地招来一群芝麻粒大小的飞虫。

它们排列整齐由天际线飞来，嗡嗡声渐进成轰鸣。顷刻间，10多架灰色的飞机到了近前，从桅杆上方呼啸飞过。雷霆万钧的阵势压得人喘不过气。

没多久又一批飞过，然后来了第三批。

第三批不再是成群结队的固定翼飞机，而是两架蓝灰色的直升机。它们看似掉了队却又不紧不慢，突突突地扇动巨大的旋翼，飞到红灯笼号上空盘旋。

气流扰乱了帆形，海面掀起的涟漪将船摇摆起来，于是甲板上一阵手忙脚乱地操帆弄舵。

"瞧，军舰！"

正当水手们头皮发麻、不知所措的时候，一支庞大的舰艇编队竟出现在海面上。由数艘体型庞大的灰色舰艇组成大型海军编队，它们越来越大、越来越清晰，直挺挺朝着西方隆隆驶去。

直升机继续压低身姿。它们盘旋在红灯笼号周围，虎视眈眈，仿佛在告诫说切勿轻举妄动。它们靠得如此之近，以至于红灯笼号上的船员们可以在黄昏中清楚地辨认螺旋桨下方的 US NAVY 和编号，看清楚两侧短机翼下一排齐刷刷乌黑锃亮的导弹弹头。

直升机隔在红灯笼号和舰队的中间。高速通过的美国海军舰队离红灯笼号船头最近的距离竟只有三四海里。红灯笼号的船员们看得兴奋却大气不敢喘。

对这些排水量接近万吨的军舰而言，红灯笼号不过是一艘小得不能再小的帆船，随时有可能被军舰掀起的巨浪掀翻，不可能对军舰造成丝毫威胁。

即便如此，这些军舰通过红灯笼号船艉的时候，人们依旧看见船上的近防炮炮口压低，时刻瞄准红灯笼号的方向，保持着高度警戒。

就在它们鱼贯通过的时候，红灯笼号上的船员们发现更远的海面上竟还有一个身形更加巍峨的巨无霸，正在以同样的速度和其他军舰一同航行，体积更加庞大，气场更加强大，占据整个舰艇编队的中心。

"是航空母舰！"大雄惊呼。

航空母舰的出现给船上的人带来非常强烈的压迫感。

"福特号航母。它不是在大西洋吗？怎么也开到太平洋来了。"吕团长自言自语道。深灰色舰体上白色的数字 78 在望远镜里看得一清二楚。

"距离再近些就好了。"凌向楠说。

红灯笼号不可能靠得更近了。航母编队右翼的两艘驱逐舰几乎贴着帆船而过。海面被搅动起来，浪花随之翻滚，一波接着一波地传导过来，将红灯笼号的船头抬起又放下，继而又将船艉抬起又放下，船帆则在忽高忽低中左右摇摆。

航母编队驶过的整个过程中，两架直升机自始至终监视着红灯笼号的动静。直到编队几乎消失在夕阳的余晖中，它们才调转机头，腾空而起，一前一后追赶上去。

随着轰鸣声渐渐远去，红灯笼号上的船员们悬着的心终于放了下来。

放眼整个西太平洋区域，他们很可能是距离美国海军第七舰队最近的观众了。他们刚刚亲眼看到了世界上最彪悍的核动力航母率领整支编队，以战备巡航的姿态通过，前往目标海域准备进行实弹军事演习。

"要是距离再近点就好了。"凌向楠仍然不满足地嘟囔。

"距离再近点？再近点可就吃枪子儿喽。"吕团长打趣道。

夕阳完全落下，夜幕笼罩海面。

红灯笼号甲板上继续轮值夜班。有的队员下岗准备休息，有的队员接班上岗，开始为寂静的夜航做准备。右舷远方的海面上却热闹起来。于是众人议论，一定又有军舰从那里通过。

凌向楠发现，远处从海平面上的黑暗中突然升起一道道明亮的火焰。

橘红色的火焰在波光粼粼的海面划出倒影。只见它们窜至空中，停留了一两秒，在烟雾中喷出持续燃烧的火光，由垂直状态转了个直角改成水平飞行，朝着西方嗖嗖嗖地飞去。

夜幕中，一串串爆裂声在火光过后将近 10 秒才抵达红灯笼号的位置。

船上的人根本无法入眠。有人激动，有人胆寒，有人无语，有人感叹。

一波又一波的弹药被倾泻到天空中。星空下的夜幕被飞来飞去的导弹的尾焰照亮。在目不可及的远方，云层里仿佛有闪电作祟，曳光弹连续的闪烁和爆裂从海面激荡至空中。海浪颠簸，仿佛海底的巨兽被惊醒。

人们有些分不清这是在演习，还是在打仗，这是真实的，还是虚幻的想象。

这一波演习大约持续了四五个小时，海面才渐渐安静下来。映红的舞台随着最后一道火光消散，渐渐垂下幕布。远处的舰队在夜色掩护下消失得无影无踪。

人们猜想，或许是因为那些钢铁巨物同样感到困倦需要休息，或许是帆船已经距离它们很远很远。

红灯笼号恢复夜航状态。

吕团长掌着舵，他看着船速表和风向风速表，锁紧了眉头。驾驶台的雷达屏幕依旧闪烁着满屏的雪花。

24 日凌晨 2 时，海面上的东北风竟然又转回了东风。

夜班的队员刚刚换完舷。吕团长见风向有变，于是又琢磨起这股风来。他动了转向的念头。

此时，左舷方向恰好为南北两个演习区域交接的地方，两块四边形的中间恰好夹着一条最窄处大约五海里、长度不超过 50 海里的通道。

说它是通道，其实并没有实体的边界。就像环中国海帆船赛设置的南海虚拟标点、东海虚拟标点一样，通道只不过是两道由折点坐标连线构成的虚拟边界中间的区域。

如果趁着现在的东风，从这条通道穿过去到达演习区域的西侧，起码可以节省 300 海里的航程。吕团长心想。

虽然两边都是禁区，通道本身却不在禁航范围之内。从国际法角度界定，它属于可以自由航行的公海。这时的红灯笼号刚到它的东口，上天竟然再次刮起东风，一定是老天在眷顾。

说不定他这轮班次就能完成穿插。机不可失，吕团长一跺脚，招呼蓝组再次换舷，准备顺风升起球帆航行。

舵轮大幅转舵，船身猛烈地摇摆起来，绞盘发出嗒嗒的声音，前帆和主帆陆续划过船的中轴线，猛地被另一侧绷紧的缭绳限制住。

过帆操作的动静把凌向楠吵醒了。凌大鹏也被惊醒，于是从下铺翻身起床钻出了舱门。

迷迷糊糊的凌向楠并没有当回事。正当她即将重新进入睡梦时，船身似乎又开始一轮摇摆，绞盘再次嗒嗒作响，然后又是一轮转舵换舷过帆的操作。

红灯笼号只维持了几分钟顺风航行的状态，还未升起球帆，便又恢复到迎风状态。

半梦半醒间，凌向楠看见父亲怒气冲冲地从甲板走下船舱，后面跟着团长默不作声。导航室的灯被打开，纸质海图发出被铺开的哗啦声。而后便是两人低声的争执。

"用不了几个小时，我们就能从这里穿过去，到禁区西侧，由那里沿着吐噶喇列岛北上寻找机会进入东海。现在恰好东风起，是个机会，我怎么能不搏一搏?"吕团长说。

"通道狭窄。一旦中途天气变化,难保红灯笼号不会进入演习区域。我们没有准确的气象数据,怎么能确认它不是一股阵风?"

尽管两人都努力压低分贝,但激动时高昂的声音断断续续从舱尾传到中舱的休息区。

凌向楠睡意全无,她意识到两人对航向产生了分歧。不仅如此,父亲对吕团长擅自做主改变既定航线的做法非常不满。

"我的判断难道你也不相信?"

"老吕,不是我不相信你,而是你在自作主张。"

"再往北走未必有合适的风。一旦机会出现就该当机立断。"

凌向楠在暗处默默听着,心里涌起一股很不舒服的感觉。她不知道舱里其他船员是否也听到两人争吵,但希望他们仍在熟睡没有察觉这两个他们最为倚重的人之间产生了矛盾。

"你这是在冒险。"

"冒险?自古航海哪有不冒险的?只要在海上,风险无处不在。即便有点风险,我们还有搏一把的机会呢。不冒点风险怎能抓住稍纵即逝的机会?"

"组委会明确要求我们不能穿越军事禁区。"

"从这里穿过去怎么算穿越军事禁区?它明明是在禁航区的界外啊。"

"可它只有五海里的宽度。"

"就算一海里,它也是公海,不在禁航区的范围内。"

"你这是强词夺理。稍有偏差,我们就会开进禁航区。"

"它是只有五海里宽,但一旦错过,咱们就只能硬着头皮继续绕行下去。红灯笼号铁定最后一名,参加比赛还有什么意义?难道我们准备了整整两年,就是来拿最后一名的吗?难道机会摆在眼前,我们不去努力争取一下吗？"吕团长的拳头砸在桌上。

凌向楠的心微微发颤，她感觉鼻子有些发酸。

"我们没有向组委会报备这条航线，也没有和岸队讨论过航线的可行性。就算报了，组委会也未必同意。"

"这不重要。上次发送的邮件你收到回复了吗？我们现在行驶的航线报备也许组委会根本没收到。那我们岂不是已经行驶在未经批准的航线上？"

"向西走，电磁干扰将更加严重，更无法联络岸上。"

"我估计演习期间，整片菲律宾海北部海域都在美军的电磁干扰覆盖之下，不可能联系得上组委会。"

"怎么断定不可能？远离演习区域就可能重新找到卫星。"

"可是走得越远，我们距离青岛就越远。大鹏，你好像真的忘了我们是来比赛的。有没有卫星信号又何妨？难道没有卫星我们就寸步难行了吗？抢占先机才是当前的要务。"

吕团长见对方不语，接着说："所谓将在外军令有所不受。当年我们在西沙，船体被打成了筛子，电台被炮火摧毁，若不是因为我们决策果断，采取机动穿插的战术，才……"

"你说的那些已经是快 30 年前的事了。"凌大鹏打断他说，"那时你们开的是军舰，现在是帆船。那时是打仗，现在是比赛。完全两码事。你不要一看见军舰就激动起来。"

"这与开什么船、打不打仗有什么关系？我是说抓住战机的问题。"吕团长争辩道。

"老吕，你是军人出身，可他们不是。"父亲也愈发急促起来，"你经历过战争，可他们没有。你知道怎样面对枪林弹雨，可他们都还是孩子。"

凌大鹏这样一说，吕团长反倒沉默了下来。

16. 禁区

是啊，除了他自己，船上还有谁真正经历过枪林弹雨出生入死的考验？

那些弹片肆意横飞、火光冲天的战争场景对绝大多数国人来说，不过是电影里刺激感官的画面，新闻里遥远国度的恐惧。当人们津津乐道于战争场面的真实震撼，纸上谈兵讨论武器装备的先进性能时，却少有人真正思考过，假如有朝一日自己深陷其间，面对战火洗礼，又该如何应对。

且不说别人是否具备应对的技能与心理，就算军人出身的自己，那些浴血经历虽历历在目，已然是30多年前的老皇历，早已成了故事，成了谈资。

假如，真的遇到危险，船上有几人能做到泰然面对？何况，船上还有两个未成年的孩子。

想到这里，吕团长叹了口气，低下了头。

"总之，"父亲的语气愈发坚定，"作为船长，我必须对全船人员的安全负责。我不同意冒险穿插。红灯笼号仍然按照既定航向前进。"

导航室那边陷入沉寂。海浪有规律的声音在悄无声息间再度响起，中舱休息区鼾声微微起伏。

沉默良久，就听吕团长说："你是船长，我服从你的领导。"

灯光昏暗，凌向楠仿佛看见吕团长眼中原本炙热的那道光渐渐地散去。

红灯笼号再未靠近过禁航区的边界。

太阳照常升起，黑夜转为白天。东风过后，竟无其他的风接班。于是红灯笼号出乎所有人的意料，进入到一片无风的海域。

整整一天的工夫，红灯笼号船员们情绪低落，无计可施。没有风他们什么也做不了。

百无聊赖的凌向楠只能继续撰写她的航海日志。

"谁也琢磨不透天气的情绪变化。假如船上的设备没坏,我们起码能知道这无风带的范围有多大。但现在,我们能做的只有等。"

海上的风云就是这样变幻莫测,有时会凭空升起一股强劲的阵风,有时预报的风也会无端消失。千百年来,风云变幻成了水手们的家常便饭。

"遥想数百年前的大航海时代,那时的船不仅没有雷达和卫星设备,就连我们现在赖以保命的发电机和海水淡化装置都没有。难以想象,那些环球航海家们究竟是如何熬过高温酷热的赤道无风带的折磨和考验的。"凌向楠写道。

她对那些充满冒险精神的古代航海家心生敬佩。思绪在历史和现实之间来回游荡。她望着舷窗外的天空,祈祷上天用魔法棒画出一个气旋,将红灯笼号从无风区中解救出来。

她又想,也许父亲真的应该听从吕团长的意见,冒险穿越左舷的那片禁航区,而不是选择看似安全的航线去绕远避开它。

17 迷雾

一连3天，组委会和岸队未能与红灯笼号取得联系。打去的电话和发出的邮件如石沉大海。

一开始，孔处长和岸队经理都认为红灯笼号不会出什么意外，大概率还是船上的通信设备出了问题。他们也相信船长不会载着一船人冒险开进禁航区。

但随着时间的推移，岸上的人坐不住了。他们对红灯笼号船长和船员们的技能并不担忧。他们担忧的是，彻底失去通信联络，意味着红灯笼号无法掌握最新的气象情况。而此时，北纬30°~32°的西太平洋上空出现了这片区域并不常见的气象变化。

"我们的风云四号侦测到大面积浓雾正在形成，能见度接近零。"气象局计处长特地打来电话。

"像这种极端浓雾天气通常只会发生在北纬40°以上的海域，且有明显的季节性规律。但这次不一样。它不仅发生的时间较以往早许多，覆盖范围也南移了8个纬度。"

"你们估计它会持续多久？"

"这个嘛，也许三五天，也许三五周，这将取决于西伯利亚冷气团后续能否提供足够的动力。抱歉，现在我很难给出明确的答案。"

气象局的云图和预报显示，北半球冬季南下的西伯利亚冷流已经与横行了将近半年的太平洋北上的暖湿气流陷入胶着对峙态势。暖湿气流北上受阻，水汽受海面影响冷却凝结形成海雾。

此刻，一股平流雾随冷暖锋面缓慢南移，正在逐渐吞噬日本九州岛以南的菲律宾海北部海面。

"他们能避开这一大片雾区吗？"吴冉望着团团絮絮的云图忧心忡忡地自言自语。

17. 迷雾

天接云涛连晓雾，星河欲转千帆舞。这是李清照在梦中对海天溟蒙景象的回想。

现实中的海面看不见云涛，更没有千帆。星河转过，只有一叶孤帆低垂，随波逐流。

海面上依旧没有风，视线变得越来越模糊。天空中开始分不清哪是云、哪是雾，太阳的光芒也渐渐被遮蔽起来。红灯笼号上的人发现四周白茫茫一片，百米以外的水面竟也看不清了。

海洋上的雾绝大多数是平流雾，分布具有很强的区域性和季节性。它是在特定的海洋水文和气象条件下产生的。由于低层大气中有逆温层存在，它像一个无形的盖子，阻挡水汽向上空扩散，抑制低层大气的对流发展，使水汽和凝结核聚积在低空，形成高盐高湿的海雾天气。

海雾呈乳白色，能反射各种波长的光。海雾越重，能见度越差。晴朗的天气下，由于地球曲率，人的目视距离极限能达到五海里。但在雾区，目视水平能见度小于一公里甚至不足百米。这对海上安全航行危害极大。

尽管现代船舶和飞机装备了先进的雷达导航定位设备，但海雾导致的海难和空难事故层出不穷。根据海事局统计，中国沿岸及近海船舶的碰撞搁浅事故中约有50%与海雾天气有关。所以，海雾区被航海人形象比喻为恐怖的白色"百慕大"。

此时此刻，凌大鹏已经非常清楚，他们漂入了白色"百慕大"。至于这片雾区有多大，海雾又会持续多久，他无从知晓。

这似曾相识的场景，凌大鹏曾在北太平洋西部的千岛群岛经历过。在北纬45°附近，发源于白令海和鄂霍次克海的亲潮寒流，遭遇经北海道东岸北上的黑潮，大气中形成冷暖流锋区，导致日本以东洋面出现经久不散的大面积雾区。浓密的雾区覆盖整片大海，看不清东南西北，分不清白昼与黑夜。另一次则是在更高纬度的北大西洋西部的纽芬兰海域，都是刻骨铭心的长航经历。

这一天，红灯笼号仅行驶了十余海里。而这还是拜洋流所赐，并非风的功劳。

凌大鹏唯一可以聊以安慰的是，洋流一直保持着和他希望航行的方向一致的流向。倘若那些处于同一纬度却在近海航行的其他维克多帆船也被雾区覆盖，那么起码他还可以保持前进的方向。这里的海水不会像靠近岸边的海流那样，受月球引力影响，流向昼夜往复交替。

夜幕降临，雾色深沉。海面不再以月升日落分割昼夜，而是由乳白色雾和灰黑色的雾交替接管时空。

雾区航行非常危险，随着夜晚到来航行变得更加危险。100多年前的泰坦尼克号的悲剧家喻户晓。1912年，号称"永不沉没"的泰坦尼克号邮轮从英国南安普顿市开启她的处女航，前往美国纽约。起航4天后邮轮遭遇大雾天气，半夜里撞上冰山。仅仅不到3个小时的时间，当时世界上最豪华的邮轮便载着1500多名乘客葬身大西洋海底。

红灯笼号的海事雷达依旧被强烈的电磁波干扰，无法正常工作。为了平安度过眼前的"百慕大"，红灯笼号全体船员被组织起来，重新安排岗位进行24小时全天候的值守。升降帆、换舷已经不再需要。除了舵手以外，甲板组的唯一工作就是保持全方位无死角地不间断目视瞭望警戒。

他们必须确保红灯笼号拥有足够的避撞距离，尽可能早地发现潜在的碰撞威胁。

在雾区单凭目视瞭望保持全天候警戒，绝对是一种令人压抑到抓狂的体验。那种紧张、无助、憋闷的感受时刻煎熬值班的瞭望员和舵手。

即便是交了班，下到舱内休息的水手也不得安宁，只要任何一丝风吹草动，他们就被重新召唤到甲板上，直至警报解除。

17. 迷雾

人们目力所及不过百米，但再好的视力一旦遇上迷雾，也和得了白内障的患者一样，眼前总有块摘不掉的毛玻璃，看到的只有模模糊糊的茫然。

而到了夜晚，浓雾里的一切就像浸泡在咖啡里似的。

凌向楠后来在日志里回忆道："这样的经历我实在不想有第二次。它根本指望不到头，令人无比煎熬。它并非惊心动魄，却能堆积出无尽绝望。就好比非常不喜欢喝咖啡的人，捏着鼻子灌下一杯浓缩咖啡后，发现还有第二杯、第三杯等着你。"

照理，红灯笼号所处的海域非常干净。海图标注的水深有数百米，距离最近的岛礁在三四百海里开外。这个纬度不会遇上冰山，周围更是没有一艘船，但谁也不敢掉以轻心。

泰坦尼克号的悲剧时刻警示人们，没人能确保危险不会在下一秒发生。在目视距离几乎为零的海面上，从发现威胁到规避处置的时间很短，甚至可以用转瞬即逝来形容。

连绵不断的浓雾带给人们的心理阴影挥之不去。持续保持高度紧张的瞭望状态，会出现精神疲倦、感知麻木甚至大脑陷入停滞的状态，这相当的危险。而当人们突然意识到自己出现了这种状态，又会瞬间感到血涌上头，冷汗淋漓，被自己吓得不轻。

保持清醒的人们同样也会被吓到。因为迷雾的映衬，海面和空中时常出现各种奇形怪状的轮廓。虽然绝大多数不过是翻白的浪花或者聚集在一起的不同颜色的雾团的形状，加上脑海中杯弓蛇影的想象而已。可谁也无法逃脱诡异的视觉幻象导致的恐惧。

有时，雾区里指望视力不如指望听力来得靠谱。

因为海浪总是有节奏地拍击船身。那是一种有节奏的哗哗声和嘶嘶声。海浪沿着前进的方向由后向前，或者由一侧向另一侧，挤压碳纤维船体，高起、低落，又高起、低落。

每次挤压都会涌起一朵水花，哗的一声，水花散开形成泡沫，犹如平底煎锅里的水珠在油温下破裂蒸发，拉着嘶嘶的长声，周而复始。

有那么一两次，海浪的节奏被打乱。水声异样但却看不见异常，担任瞭望的超越仍然发出了警报。

于是舱内休息的人跑上甲板和甲板组一同瞭望。但人们凝息紧张地扫视海面十多分钟，仍瞧不见任何动静。

正当有人开始忍不住埋怨超越神经过敏的时候，只听轰的一声巨响，一头全身呈蓝色、背部有细碎斑纹的蓝鲸从红灯笼号船舷边上升出水面，掀起的大浪险些将船掀翻。

还有那么一次，凌向楠和大雄担任瞭望员。也是在轻轻的浪花声中，两人都察觉出异样，而后又在船舷一侧发现一片片渔网状的漂浮物。

众人急忙操舵避让，唯恐船底的龙骨和螺旋桨被挂住。然而，漂浮物的移动看似随波逐流却又像有意靠近。

它们以一种极难被人察觉的加速度漂到船舷旁边，直至触手可及的位置，人们才意识到那些是鲨鱼特有的暗褐色三角形背鳍。

"噬人鲨。"远志脱口而出惊呼道。

噬人鲨又叫大白鲨。这些臭名昭著的家伙经常会以一种看似漫无目的的方式集结在一起，然后悄无声息地游弋到猎物周围。在猎物毫无察觉或者放松警惕的时候发起攻击。

红灯笼号周围密集的背鳍数量显示，海里游弋着十几条噬人鲨。

凌向楠感到后脊发凉。她不自觉地向后缩了缩脚，紧张地看着这群家伙在红灯笼号周围游来游去，祈祷它们离开。当它们绕着船的水线来回游了几圈之后，在头鲨的带领下向西离去时，她却又开始担心起这些鲨鱼来。

"它们不会游到演习区域，被炮火误伤吧？"她说。

17. 迷雾

船舱里，负责导航监听的人每隔一段时间会在甚高频 16 频道里呼叫三声"PAN-PAN"。这是海上遇到紧急情况，需要与其他船只联络，但同时又不至于使用遇险情况下的"MAYDAY"呼叫救援的通用呼号。

然而无线电的呼叫被证明是徒劳，因为呼叫完毕后，甚高频里传出的仍然是兹拉作响的杂音。

凌大鹏估计，那些过往的船只一定是在收到海事公告后远远地躲开了这片海域。

红灯笼号的航速仍然停留在不到 2 节，也就是洋流的速度。没有风，依靠这样的航速何时才能脱离望不到尽头的迷雾？

船长越来越担心他的船员可能无法一直保持神经高度紧张的状态。但他不掌握雾区的范围，不能贸然启动发动机。他开始后悔自己没有听从吕团长的意见。

午夜时分，吕团长带领蓝组上甲板，接班继续瞭望警戒。

换岗的人草草吃了前一组人给他们准备的晚餐便爬进各自睡铺休息。不一会儿，舱内鼾声四起。

凌大鹏躺在离舱门最近的下铺。这样的天气，他习惯和衣而卧，准备随时应对任何突发状况。他睡得很不踏实，介乎半梦半醒之间。

海上没有风浪，一切静悄悄的。可他在梦里却遇见了狂风巨浪、电闪雷鸣。如注的暴雨像打开了的消防栓。

然后，他看见一艘横卧着的帆船。帆船的一半在水里，一半在雨里，船上空荡荡没有人，倒伏的桅杆和帆索任由海浪撕扯拍打。

梦里的自己穿着救生衣浸泡在海水里。救生衣鼓起的领口在浮力作用下与脸颊来回摩擦，海水的温度并没有让他感到寒冷。

那艘帆船他感觉似曾相识，却怎么也想不起究竟在哪里见过。他感觉自己伸手可以摸到水面上的帆，蹬腿就能碰到水面下的舷。他与它咫尺之遥，但无论怎么努力都触碰不到它。

他于是怀疑自己穿越时空，坠入身临其境的灾难电影。这场景何其逼真，以至于模糊了观众与角色的界限。他搞不清自己究竟是电影的观众还是电影的主角。

然后，他感觉自己醒来，于是习惯性地看了看手腕上的航海表。微弱的绿色荧光指针显示，他只睡了不到两个小时。

舱内鼾声依旧，空气沉闷而潮湿。他庆幸自己不是那部未完待续的电影里的主角。船没有翻，自己也没有在水里，只是身上的衣服湿透，不知是海水还是汗水。

凌大鹏回想起来，已经好几年没有梦到那艘船了，此刻竟然梦到了它。他有些诧异，随即调整了呼吸，准备抓紧时间再睡一会儿。

但突然，强烈的撞击将他从睡铺上重重地甩了下来。五脏六腑像是被电击一般，瞬间膨胀，然后相互挤压。他的后脑勺生疼，也不知被什么东西给砸中。

红灯笼号像一列缓缓驶入站台的老式蒸汽火车，被一头不知从哪里窜出的公牛拦腰撞上车厢。接踵而至又是一连串摩擦声、碰撞声、断裂声，还有刺耳的金属震荡声和空旷的回声。

那个瞬间，凌大鹏以为自己又回到了梦境。但他立刻否定了自己的判断，这次是真的，因为女儿惊呼了一声，从上铺跌落下来。

根据凌向楠后来的回忆。就在那个惊醒的瞬间，她以为自己身处太空之中，在天宫号太空站的轨道舱里漫游。

白色的太空舱里重力消失。头盔、水杯、救生衣、铅笔、手电、杂志、罐头等，连同她自己，一切物品都悬浮在半空中。但下一秒，所有的一切仿佛从太空回到地面。

她眼睁睁看着两三个悬浮在空中的牛肉罐头和自己一起做自由落体运动，然后重重地摔在了一个沙发垫子上。

17. 迷雾

当然，她并没有真的摔在沙发垫子上。刚从吊床上滚落下来的父亲的后背成了沙发垫子，给上铺落下的她还有那几个牛肉罐头提供了缓冲。她和罐头都毫发未损。

船舱另一侧的大雄和李响则沿着倾斜的睡铺与对面的舱壁来了次重重的亲密接触。两人鼻青脸肿，连滚带爬地下了铺。

在有风浪的天气里，水手们都会用吊床上的绑带将自己固定在床上。但进了无风区以后，这样的措施被省略了。

众人相视，皆无大碍。

整艘船依旧在震动，并且发出令人揪心的摇摇欲坠的吱扭声。在一连串咔嚓咔嚓的声响后，又是一记猛烈的、由上而下的撞击袭来。过后，海水从船舱后方的某个位置涌了进来。

糟糕，一定是桅杆断了！凌大鹏心里一沉。

"检查漏水点，打开舱底泵。"他一边高喊着，一边抓起救生衣，话音未落，人已经蹿出了舱门。

他的身后，李响已经拽着大雄扑向海水涌入的地方了。

凌向楠两眼直冒金星。惊魂未定的她手脚并用穿上救生衣，也跟着父亲跌跌撞撞地爬出船舱。

甲板上的景象令她根本不敢相信自己的眼睛。用四个字形容，就是惨不忍睹。

最先映入眼帘的是红灯笼号的桅杆。它本应耸立在甲板中央。

而此刻，这艘维克多帆船最引以为傲、高达110英尺的主桅杆，连同主帆、桁杆一起，已经直挺挺地倒卧在甲板上。

它的上半截摇摇欲坠悬在海面上。桁杆朝一旁支棱着，主帆和帆兜一起被夹在桅杆和桁杆之间，所有的索具乱作一团与甲板上的其他东西搅在一起。

前帆也已经落水，负责前甲板的超越几人正奋力将落水的前帆拖回

285

甲板。

　　船舷仿佛刚刚遭遇过一轮空袭。右舷驾驶台像是正中炮弹，舵轮和底座彻底脱离，驾驶台上的通导显示设备已经稀巴烂。在它后方原本安置雷达卫星天线的基座踪迹全无，只留下几根歪七扭八的钢管勉强支撑局面。

　　红灯笼号的桅杆折断后，撑臂的上半部分因惯性和重力作用，绷断所有的侧支索，朝右后方倒下，正砸中驾驶台和通导设备基座。

　　此时的凌向楠能够清晰地感受到太阳穴剧烈的起伏。震惊之余，她看到最糟糕的一幕，吕团长受伤了！

　　吕团长瘫坐在彻底损坏的右舷驾驶台旁，肩膀的衣服被鲜血浸透。他咧着嘴，喘着粗气，表情甚为痛苦。

　　父亲此时已经控制住了左舷驾驶台的舵轮。看起来左侧的舵轮系统还能使用。他一边调整船的方向，一边快速排查仪表设备和发动机状态。他按下按钮启动发动机。此时，只有利用发动机的推力才能帮助舵叶抵消船身的摇摆，防止倾覆。

　　"还愣着干啥？快去拿急救箱！"父亲冲她吼道。

　　呆若木鸡的凌向楠被这一吼给拉回了神。她急忙转身返回舱内，在被甩得乱七八糟的物资中找到急救箱，返回甲板。

　　"吕伯伯，你怎么样了？"她眼泪忍不住在眼眶里打转。

　　"不要紧，蹭破点皮。"吕团长的笑容有些僵硬。

　　他忍着痛想站起来，可手脚却不听使唤，只能作罢。凌大鹏制止吕团长的再次尝试。凌向楠的眼泪顿时夺眶而出。

　　"楠楠，你来包扎。"父亲说。

　　出发前，凌向楠和大雄曾一起参加了海上急救的培训。原以为这只不过是丰富一下自己的知识储备，没想到竟在此刻派上用场。

　　她将吕团长放平，用氧气囊垫起他的头，打开药箱找出手术剪、纱

17. 迷雾

布、碘伏和生理盐水。剪开被鲜血染红的海魂衫,用生理盐水清洗伤口。

除了肩膀和手臂,吕团长的腿也伤得不轻。小腿一侧被船上脱离的支架砸出一个拇指大小的窟窿。鲜血还在往外涌。

凌向楠一边替他止血,一边止不住地流泪。

"别那么紧张,我死不了。断了几根骨头而已。"吕团长强忍着疼咧着嘴笑道。

发动机声音渐渐稳定,红灯笼号的摇摆也渐渐被控制住。舱内的排水泵持续工作。

李响来到甲板,他向船长报告,红灯笼号舱底没有漏水,海水是从脱开的船艉舷窗缝隙中涌进来的。

他从船长手中接掌舵轮,顺势将船开出一段距离,然后挂挡至怠速的位置。

替吕团长包扎完,凌向楠站起身,才注意到红灯笼号左舷不远处竟然有一个长度超过百米、形状诡异的黑色身影在缓缓移动。

如果不是离得近,浓雾之中,她根本看不出来这个庞然大物原本应该是一艘船。几束手电光柱勉强穿过迷雾,照亮了这艘船的模样。

红灯笼号上的任何一个人恐怕都没有见过如此丑陋的船。它的形态完全扭曲,扭曲到可以用狰狞来形容。

这艘船船体伤痕累累,右舷严重倾斜,破败不堪,毫无生气,在迷雾映衬下显得阴森森的。

甲板以上的建筑像被压路机反复碾压,又被切割机胡乱切割过似的。原本属于烟囱的地方已经坍塌。巨大的爆射状的洞口咧嘴冒出黑烟。连接每层甲板的舷梯和钢网,像是调皮捣蛋的顽童手里揉捏的细铁丝,被拧成麻花状。

凌向楠意识到红灯笼号一定是和它相撞了。但她很是不解。30吨重的维克多帆船的排水量不及它的百分之一，竟然能给它造成如此重创，简直难以置信。

可如果它的损伤不是和红灯笼号相撞造成的，那又是怎样的一股力量，能够将它摧残成现在这副模样？

"那是一艘靶船。"吕团长有气无力地说。

"靶船？"

"发现它时，已经来不及了。"他的语气里充满苦楚。

作为一艘靶船，它本应在军事演习的区域范围内自主航行。在被演习部队轮番发射的导弹、炮弹和鱼雷击中之后，应该被摧毁，自行沉入海底。

但这艘靶船经历了美军舰机各种口径弹药的摧残后，却没有沉没。尽管船体千疮百孔，但电力驱动的螺旋桨却仍在运转。自主驾驶的自动舵操控着它以巡航速度继续前进，化身成为一条游荡在黑夜里的孤狼。

它驶离了演习区域，在迷雾中漫无目的地继续游荡，直至一头撞上毫无防备的红灯笼号。

它没有悬挂正规船舶航行时的舷灯和信号标识，所以浓雾中漂航的红灯笼号发现它时已经来不及机动规避了。

靶船上遍布的犬牙参差的钢板，都是被演习弹药爆炸的冲击波撕裂造成的。钢板锋利的边沿轻而易举切断红灯笼号的支索，巨大的惯性顺势将红灯笼号的桅杆折断，桅杆倒塌砸中了驾驶台和掌舵的吕团长。

凌向楠按捺住心中的恐惧，目光继续追逐强光手电的光柱。

靶船的右舷几乎没在水下。由船艏直至船艉，依次排列十余个大大小小的洞口。这些洞口直径超过5米，黑漆漆的，犹如一张张血盆大口。海水漫过放射状的缺口不断涌入。

凌向楠忍不住朝里面张望。只见洞内仍有残余的火苗闪烁，炙热的燃烧物坠落入水，噗的一声化作灰黑色的烟。空气里充斥高温炙烤油漆和铁锈挥发的难闻气味。

"那是什么？"她问道。

手电光柱顺着凌向楠指去的方向照去。只见一个被海水淹没大半的洞口卡着雪茄状的东西。它的大半截没在漆黑的水下，露出带有十字状尾翼的部分。

"难道，是导弹吗？"大雄嘀咕道。

真是一枚导弹！火苗撩灼着它焦黑的弹体，嗞嗞作响。

谁也没想到和他们近若咫尺的靶船上，竟然还插着一枚随时可能发生爆炸的反舰导弹！

众人大惊失色。情急之下，李响猛地搬动舵轮、挂挡提速。发动机的转速一下子从怠速状态下被推到了3000转。红灯笼号拖着黑烟开出数海里，直至将那匹孤狼连同那枚未爆的导弹完全抛在迷雾深处。

受伤的吕团长被安顿在船舱内休息。凌大鹏组织船员一边瞭望，一边继续检查船损情况。

维克多帆船船身坚固。它的碳纤维加强涂层在和重量百倍之多的钢铁靶船碰撞后，船体竟然只有几处胶衣破损。船体的接缝、穿舱口以及阀门管路没有一处损坏。船底的龙骨、螺旋桨，以及两片朝外突起的舵叶也安然无恙。这让凌大鹏松了一口气。可看着乱糟糟的甲板，刚松的那口气又提了起来。

甲板以上部分损伤相当让人糟心。首先是桅杆断裂。红灯笼号因此彻底丧失了最主要的动力系统。虽然危机情况允许参赛船只启用发动机航行，但想要凭借一台85匹马力的发动机将这艘30吨重的帆船从远海开回港口，恐怕是痴人说梦。

桅杆倒塌不仅砸坏了一侧的传动系统，还将通信导航设备基座一并撞入海中。虽说有些设备之前就已经罢工，可大家并没有放弃让其恢复的努力，尤其超越一直在尝试修复它们。现在，这样的努力不需要了，超越难过至极。

除此以外，甚高频电台和风向风速仪失去功能，发电机的电源电路发生海水短路，艉舱的舷窗漏水，舵轮的破损部件掉进链条箱……

最让人糟心的是，船上那部唯一的海事卫星电话在撞击发生之后便失踪了。船员们搜遍全船的每一个角落，都没有发现它的身影。

"或许，它也掉进了大海。"吕团长不无惋惜地说。

失去海事卫星电话，意味着红灯笼号与陆地的联系彻底中断。

"以后我们只能靠自己了。"凌大鹏安慰大家说。

众人无言以对。纵使船长再有本事，现在也无力回天。红灯笼号虽然不至于沉没，但继续参加环中国海帆船大赛已经成了奢望。不仅如此，就连如何将它和一船人弄回港口也成了问题。

远处传来一声剧烈的爆炸声。浓雾遮蔽，看不见丝毫火光。但从声音传播的方向推测，应该是那枚导弹在余火炙烤下终于爆炸了。

"那个海上幽灵这回总该沉了吧？"有人唏嘘道。

吕团长拍了拍凌向楠的肩，赞许地竖起大拇指。倘若不是她眼尖，看见了未爆的导弹，恐怕全船人现在凶多吉少。

于是其他人也凑过来，去拍凌向楠的肩。凌向楠左躲右闪地逃避队员们越拍越重的手。劫后余生带来的小庆幸让船上有了些轻松的气氛。

凌大鹏也拍拍女儿的肩膀，想夸赞她些什么，但脑子里却空空如也。

这天的后半夜，所有人都聚集在甲板上，或值班瞭望，或和衣而卧，背靠桅杆休息。红灯笼号的周围出奇寂静。除了哗啦哗啦、有节奏的海浪敲击声和嘶嘶的泡沫破裂声，再没有其他的声音。

心事重重的凌大鹏握着舵轮，看着破败残缺的红灯笼号、身负重伤

17. 迷雾

的老搭档、疲惫不堪的船员们，还有躺在帆堆里熟睡的女儿，百感交集。

他的脑海里此刻反复回荡的只有《老人与海》里的那句话："他是个独自在湾流中一条小船上钓鱼的老人，至今已过去了84天，一条鱼也没逮住。"

他感到20多年来未曾有过的困惑和迷惘。他扪心自问，这些年来自己的颠沛流离究竟是为了什么。他觉得自己就是故事里一无所有的老渔夫。

就这样不知过了多久，红灯笼号周围的雾由灰黑色开始变成灰白色，洋流的速度也渐渐增加。

黎明时分，红灯笼号又碰到一位不期而至的来客。不过，它的到来没有像前一位那样，将整艘船搅得天翻地覆。

一只海鸟突然从晨雾中现身。没有人看见它从哪个方向而来。

只见它扑腾了两下宽大的翅膀，滑翔靠近船舷，在空中悬停几秒，探出两只黑色的爪子勾住栏杆，轻巧地降落在红灯笼号上。

这位优雅的不速之客环顾四周，将翅膀上张开的羽毛收拢，嘴里咕噜几声，仿佛在说"打扰各位"。然后，它便自顾自地开始用长长的喙清理身上的黑色羽毛。

"瞧，海燕！"李响轻轻喊来凌向楠和大雄一同观看。

"能吃吗？"大雄睡眼惺忪地问。

他话音未落，后脑勺便被凌向楠啪地拍了一下。

凌向楠觉得它的样子像海燕，但印象里海燕要么周身呈白色，要么身黑腹白，带有明显的白斑。

而眼前这只鸟，除了喙的周围有些许白点，全身上下被黑褐色的羽毛覆盖，搭配一双黑雨靴样的爪子，就像一位在月黑风高夜身披夜行衣飞檐走壁的侠客。

"这是黑脚信天翁。严格来讲，它与海燕属于不同的科。"远志看罢告诉众人。

"黑脚信天翁一般不会成群出没。它喜欢单飞，一生中的大部分时间在海面和空中度过。喜欢随波逐浪，与航行的船只伴飞。除了繁殖期会寻找岛礁栖息，它几乎不上陆地生活，尤其不喜欢在人类聚集的海岸活动。"

"真是一位孤傲的独行侠哦。"凌向楠感叹道。

此时，独行侠已经梳理完自己的羽毛。它张开翅膀扇动着落到甲板上，沿船舷两侧来回巡视一番，又在横卧的桅杆上停留片刻，然后，啪的一声跃上桅杆，像站在演讲台上对劫后余生的红灯笼号全体船员发表演讲。

它咕噜咕噜说了一通鸟语，也不管人们听不听得懂。说完，它振翅一跃，掠过所有人的目光，在海面上划出一道弧线，头也不回地朝远处飞走了。

"它究竟从哪里来？又将去向哪里？"凌向楠自言自语道。

"瞧，太阳升起来了。"大雄指着远方欢悦地说道。

黑脚信天翁的造访让红灯笼号的船员们从劫后余生的情绪中渐渐缓了过来。大家意识到，周围的雾气已经散去，他们已经闯过了雾区最深重的阴霾。

18 海礁

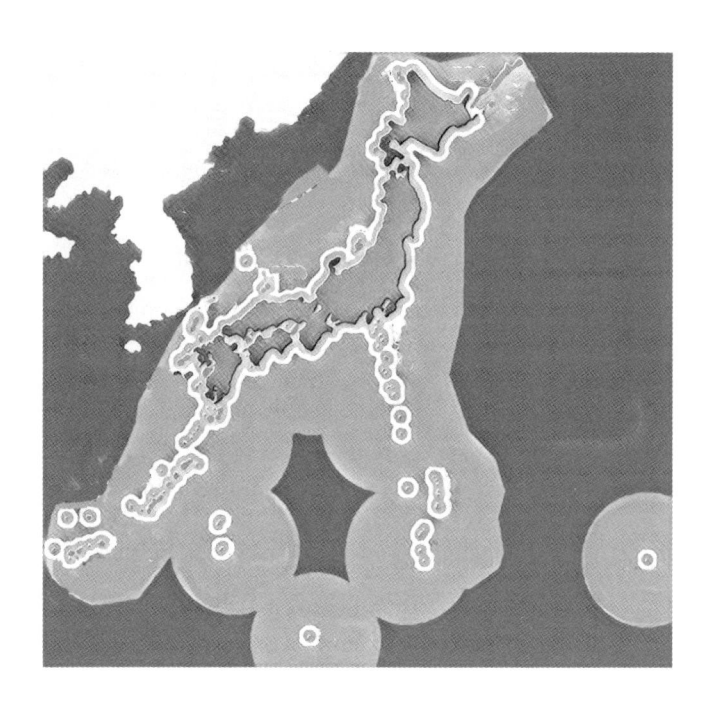

10月25日清晨，晨雾寥寥。起风的时候，红灯笼号仍在漂航。

海面上刮起的是东北风，但现在风已然与红灯笼号无关。这艘帆船的桅杆倒卧在甲板上，前帆和主帆已经被卸下并捆扎起来。

发动机早就停了。船长不打算持续使用它。他需要考虑清楚如何有效地利用燃料箱里剩余的柴油储备。

这些柴油现在弥足珍贵。帆船一旦失去风帆动力，就只能依靠发动机燃烧柴油驱动。而除了发动机，船上还有一台为设备和电瓶供电的发电机需要消耗柴油。

维克多帆船配备一台85匹马力的柴油发动机，主要用于进出港口和靠泊码头。理论上它可以推动帆船行驶一千公里，但仅限于3节的经济航速，且燃料箱满油。一旦船速过快，燃油效率就会以抛物线的方式急剧下降。这是所有燃油发动机的通病。

所以，他必须审慎规划航向和线路，估算天气和海况对下一阶段航行的影响，测算发动机和发电机的实际燃油消耗情况，最有效地分配发动机和其他船用设备的启停时间。

在一切都未定论之前，他要做的就是避免消耗宝贵的燃料。

这段时间里，左舷方向的禁航区仍未解除封禁，不过它已经离红灯笼号很远。黑潮洋流的速度只有不到3节，但它正好向北流动，只要确保舵叶向右边转5~10度，就能让红灯笼号保持安全航向继续漂航。船上只需一名舵手随时检查船艏向角度和实时坐标即可。

船长安排其余的船员着手开始船的清理和维修工作。他不指望在海上修复这艘满目疮痍的维克多帆船。就算回到岸上，恐怕也得几个月的时间才能恢复它的状态。船上携带的工具和材料极为有限，船员们能做的不过是尽可能让船的状态更好一些，为启动发动机返回祖国的千里长途增添一点点胜算。

大雄和凌向楠负责统计船上的食物和水。现在两个淡水箱保持盈满的状态，只要计算好配额节约使用，红灯笼号可以坚持一个月不需要启动海水淡化装置。但食物储备却没那么乐观，出发前配给的蔬菜水果早已告罄，速食、罐头加上待加工的米面食材，最多能支撑一个星期。

船长告诉两人，理想状况下，红灯笼号以最快的经济航速也得需要10天才能到达距离最近的浙江舟山群岛。如果途中的天气或海况不佳，航程甚至可能超过20天。

"20天？咱们的食物可没那么多。"凌向楠担心地对大雄说。

"别担心，海里有鱼。我们可以煎着吃、炸着吃、煮着吃，或者生吃。"大雄反倒显得坦然，说着说着不自觉地咽了咽唾沫。

海里有鱼，只要能出海捕鱼，就不用担心生计问题。这是他家的祖训。虽然自他父亲开始他的家族不再以捕鱼为生，但刻入脑海的记忆仍令大雄信心十足。而且，船上还有他带来的战略储备——整整两桶红灯笼牌番茄酱。

清晨过后，甲板呼叫舱内："船长！船长！水深变化。"

红灯笼号的深度仪屏幕上的数字自打离开海岸以后，十几天来一直停滞在23.7米。但不知从何时开始，深度仪的数字开始跳动！

23.7…23.4…20.1…21.0……

帆船上的深度计其貌不扬，它和潜艇使用的声呐是一个原理。它从船底发射声呐脉冲穿透海水到达海底，然后接收回波。利用脉冲信号来回一次需要的时间计算出船底与海床之间的距离。再加上船的吃水，就得到水深数据。深度仪与海图配合使用，可以有效地避免搁浅、触礁等水面以下碰撞事故发生。它同时也是通过海床走势进行导航定位的非常有效的工具。

龙骨帆船的吃水一般不超过 5 米，所以深度计的功率自然不需要潜艇声呐那么大。当帆船离港前往深海，深度仪显示数字便停留在最后一次接收到回波的深度不再变化，直至接收到新的回波。

"注意水深！我们可能进入了浅水区，水下会有礁盘。"凌船长看了眼深度仪，立刻对甲板组发出指令。

他的指令干脆明了，可他心里和众人一样充满迟疑。难道船上最皮实的深度仪竟也跟着其他设备一起闹罢工啦？

深度计并不像闹罢工的样子，反而显得很亢奋。它异常积极地工作，屏幕上的数字疯狂跳跃，显示海床距离水面的深度已经不足 20 米。

深度仪选择在这个时候踊跃工作似乎不算是一件好事。因为按照海图的数据和 GPS 的定位，这片海域的水深在 3000 至 5000 米。遭遇深度不足 20 米的浅滩暗礁的可能性好比大海捞针。

时间尚未容他进一步细想，船艏瞭望员建兴已经指着前方的水面大喊起来："12 点钟方向！水里有东西！"

毫无疑问，水面之下肯定有什么东西！

因为此刻红灯笼号的船艏方向，海面颜色正发生明显的变化。海水不再是墨蓝色，也不是深蓝色。水面下一道明显的界线横置于前方。界线的两端似乎望不见边，界限的另一侧海面泛白，水面之下似乎连成一片。

涌动的海浪到那里，规律性的上下波动变成了层层叠叠的碎浪。它们虽然朝洋流推进的方向继续前进，但绸缎般的海水表面已经变得像鱼鳞一般。

"水里有礁石！"另一位瞭望员喊道。

众人急忙四下散开，观察船周围的水面。

凌大鹏已经接掌舵轮。他小心翼翼地调整舵叶，启动引擎怠速，时刻准备倒转螺旋桨，规避暗礁。

18. 海礁

一旁的水手则目不转睛地盯着深度仪的屏幕,大声通报数字的变化。

10.11 米、10 米、9.7 米。

海床距离水面已经不到 10 米。照这走势,附近很可能有岛礁突然冒头。没准还有陆地的存在!

人们既紧张又期盼,透过薄薄的晨雾极力瞭望,却始终没发现任何固定形状的轮廓高出水面。

船长断定红灯笼号进入一片充满暗礁的浅水区。他再次查看 GPS 和海图。海图非常明确地告诉他,这里不会有浅水区。不仅这里,方圆 30 万平方公里的海域内也没有。

他有些恍惚,一时间不知道应该相信 GPS,还是深度仪;应该相信海图上的数据,还是自己的眼睛。但他转念便做出了一个新的决定。

管它呢!他决定不去纠结到底哪里出了问题。

现在的红灯笼号残破不全,他的队员们也疲惫不堪。劫后余生的他们迫切需要一个地方来休整,最好是一处风平浪静、能够停靠或者落锚的地方。那眼前这片浅水区不正是他们需要的吗?

它虽不及港池内的码头可以靠泊,却是个锚泊的好地方。水底大面积的礁盘,缓阻水流的速度。维克多帆船的锚链只有 50 米长,过了这个村儿就没这个店儿了。一想到此,凌大鹏的心绪豁然开朗。

凌大鹏立即命令舵手掌舵,左右持续注意水深,前甲板启动锚机,寻找合适的位置准备落锚。

沉重的锚链在锚机牵引下咣当咣当地跟着锚头没入水中,不一会儿便钩住了海底礁石。船停住了。

凌大鹏暗暗感到庆幸。大海仿佛有意在戏弄他们。它一件接着一件地摘除船上配备的所有高科技设备,却唯独遗漏下这块巴掌大小的深度仪。要不是它的提醒,红灯笼号恐怕会错过茫茫大海中这片小小的锚地。

"嘿,运气这东西,表现出来有许多方式,谁能认得出它呢?抓住就是了。"吕团长咳嗽了两声,意味深长地说。

也许吧,凌大鹏想。或许幸运女神听见他的呼唤,又回来了。

这天夜里,船长只在甲板上安排了一个值守岗。他的船员们太需要好好休息一下了。

他自己也是,一连三天都没有休息。且一旦持续的高度紧张状态松弛下来,人的倦意便会加倍反弹。现在的困意如泰山压顶般向他袭来。这一路几多波折的他已经完全释然,不再去考虑比赛的胜负和名次的高低。

至少现在如此。

暂且在幸运女神赐予的小小港湾里休息一夜吧,疲惫的他暗暗对自己说,明天再考虑如何将红灯笼号带回祖国。

Mark Twain! Mark Twain!

睡梦中,他的耳边仿佛回荡起遥远的声音。那曾是19世纪密西西比河上,领航员用铅坠测量水深的声音。

水深2英寻,2英寻是12英尺。嗯,恰好是我的红灯笼号龙骨通过需要的深度。船长一边念叨着一边沉沉地入睡了。

这天夜里,凌向楠也做梦了。

一开始她听见动物磨牙的声音,后来又好像石头不停敲击地面发出嗒嗒声。黑暗中一只脖子被链条拴住的动物,朝她龇牙咧嘴,爪子在地上摩擦,喉咙里滚出低沉的咆哮。它离自己很近。她有些害怕,想离它远些,却迈不开步。

终于,在一阵长长的令人发麻的就像指甲使劲刮过水泥地面发出的摩擦声之后,她从梦里醒来。

她看见父亲也同时醒来。

"糟糕!"父亲大喊一声,翻身跃起,冲出了舱门。

外面天光大亮。久违数日的太阳像是刚刚休完一个长假,正常上班了。海上最后一点雾气也已散得干干净净。四周的海面、蔚蓝色的天空和淡淡的白云清晰可见,一直到海天交接的地方。

红灯笼号的乘客们纷纷走出船舱。他们就像一群完成手术的白内障患者,现在揭开纱布重见天日。

海水清澈透底,礁石触手可及。不远处,细碎的浪花中,若隐若现地散落着几块礁石,上面长满以过滤海洋微生物为生的贻贝和藤壶。

没有陆地!这点已经毫无疑问。红灯笼号依旧被海水所包围。只不过这里的海水更浅,锚泊的船身现在斜愣愣地矗在水里,被海浪拍打。

兴奋之余的人们意识到,红灯笼号搁浅了。

"怎么回事?"凌向楠问。

"我们漂离了落锚的位置,这里水深不够,船搁浅了。"父亲回答。

"昨天我们不是锚住礁盘了吗?怎么会漂走呢?"大雄问。

"是潮汐的力量。"父亲回答。

潮汐是在月球和太阳引力的共同作用下形成的海水周期性涨落的现象。潮汐力在不同时间推动海水朝不同方向堆积。在深海海域,这种海水涨落的影响并不明显。但在靠近陆地的岸边、入海口、浅滩等有阻碍的地方,人们会很明显地感觉到水流随潮汐涨落而发生方向转换。

"昨天夜里退潮,船锚在反向作用力下松动,我们的船走锚后漂到了更浅的地方。"

凌船长的话说到这里,大雄才意识到自己对搁浅负有责任。

船走锚时正好大雄值班。而他在甲板上呼呼大睡,对锚链松动没有丝毫察觉。红灯笼号拖着锚一路漂,直到船底的龙骨蹭着海床被珊瑚礁卡住,将众人惊醒。

"我真该死!"大雄既懊恼又自责。

船长并没有责怪他。

"这不怪你。"他说,"应该是我的责任。你第一次遇到这种情况。作为船长我没有向船员交代清楚浅滩锚泊的注意事项。"

"这船会不会漏水?"大雄忐忑地问。

"不会,只是搁浅而已。"船长安慰道,"这点磕碰对维克多帆船的船底算不上什么。"

"那我们该如何摆脱搁浅?"凌向楠问。

"这个嘛,"凌大鹏想了想,"需要先检查船底搁浅的状况以及海床的走势。"

于是,大鲨鱼自告奋勇下水排查。

大雄见水下清澈见底也想跟着下水帮忙,但被船长制止了。

"虽然这里是浅滩,可洋流还在。你没有经验不能下水。"船长说。

"我游泳很在行。"大雄争辩道。

"在海里潜水与游泳可不是一回事。"大鲨鱼一边将安全绳固定在自己身上,一边对大雄说。

说完他便戴上面罩扑通一声跳入水中。海里的洋流顷刻将大鲨鱼向北带去,若不是船上两人拽着绳子往回拉,大鲨鱼根本不可能依靠自己游到船下。

大鲨鱼调整呼吸,一个猛子扎入水下。他一番排查之后上来汇报情况。红灯笼号龙骨恰好卡在两块海底礁石的中间。

凌大鹏略加思索给出让红灯笼号脱困的方法。

"就让潮汐的力量帮红灯笼号脱困。"他看了看表说。

"潮汐的力量?"凌向楠好奇地问。潮汐的力量让红灯笼号搁浅,竟也能让其脱困?

在自然状态下,流线型的船体已经被洋流推到船艉正对水流方向的角度。根据天文潮汐推算,这里属于半日潮的区域,也就是说一天当中会有两次潮汐倒流的现象发生。不出几个小时,将会迎来下一次涨潮。当潮水上涨至最高点,船体将会获得最大的浮力。

于是,接近满潮时分,海水已经没过了早上的水线。众人被船长组织起来在低处用体重压舷,尽量使龙骨朝另一侧翘起。船长自己则启动发动机,倒转螺旋桨,一点点加大马力。

随着一阵晃动,船的龙骨从两块珊瑚礁之间的缝隙里松脱开来。红灯笼号顿感轻松,重获自由!

"原来如此。"凌向楠感叹道。

她觉得这番压舷的操作和帆船横风航行时通过压舷来平衡风的压力类似,只不过水下需要施加的作用力方向和水面上恰好相反。

为了杜绝船再次走锚的风险,船长安排队员们在船艏和船艉分别落下一只锚。然后收紧两条锚链的长度,直至它们绷成一条直线,将红灯笼号牢牢地拴在礁盘上。

大雄悬着的心也终于放下。

"世界上有两种水手,"吕团长一本正经地安慰他,"一种是经历过搁浅的,另一种是撒谎说自己从未经历过搁浅的。大雄,你觉得自己是哪一种?"

红灯笼号暂时摆脱危机。它在大海上找到一片无名的海礁,就好比沙漠里迷路的人遇见绿洲,得以休养生息。

但这显然不是长久之计。这里并非陆地,也不属于航道。或许军事演习结束以后也见不到其他船只。他们还得依靠自己。

经过一夜休整,恢复元气的船员开始忙碌起来。李响、远志领着几人收拾甲板上的烂摊子,超越和大鲨鱼则打开机舱盖和所有的管路清理海水。

他们不知道红灯笼号将何去何从，也不去考虑这个问题。因为他们一如既往、毫无保留地将方向全权交由船长来决定。

这些年轻人热爱帆船、热爱航海。他们从两年前开始陆续追随凌大鹏，学习大帆船上的岗位技能和设备技术。在那之前，他们虽然也是专业帆船运动员，却只操作过单人或者双人小帆船。比如激光级、49 人级、混合470级，等等，都是列入奥运会、全运会和大运会比赛项目的米级帆船。

虽然驾驶小帆船也能扬帆起航，却无法乘风破浪，与真正意义上的航海有天壤之别。米级帆船的比赛都在日间进行，航程不过几海里。和动辄十几、二十米长的大帆船相比，它们的船底没有龙骨，船上更不会安装功能复杂的助航设备和生活设施。

对他们而言，具备超长距离巡航竞速能力甚至可以穿越风暴、环球航海的大帆船就像童年时梦想的超级跑车，曾经遥不可及。

所以，他们无比珍惜与维克多帆船相处的机会。就算现在它残缺不堪，就算船长没有下达进一步指示，他们一旦恢复元气便马上投入到工作中去，竭尽所能修复它。

专业队员知道自己该做什么，大雄和凌向楠却未必。两人在打打下手、做做清洁、写写日记之余，心思又开始活络起来。

"接下来怎么办？"大雄悄悄地问凌向楠。

凌向楠不知如何回答，于是拉着大雄一起去找父亲。

父亲此刻在导航室，桌上铺满航海日志、各种比例尺的海图和设备资料。

"要回答你们的问题，首先要弄清楚我们在哪里。但实话实说，我给不出确定的答复。"面对两个孩子的问题，凌大鹏并未掩饰自己作为船长的困惑。

"也许让你们失望了。"他坦言，"我曾经环球航行，到过许多地方。现在竟然搞不清自己的船究竟身在何处。它就像是自己突然从水底冒出来的。"

"它？是什么从水底冒出来的？"凌向楠忍不住打断道。

"我查遍所有年份的海图，却没有找到我们所在的这片海礁的任何资料。海底的礁盘仿佛是一夜之间冒出来的，既无归属，也无记录。而这根本不可能。"

"也许历史上没人到过这里，或者到过的人没有留下记录。"

"一百年前或许还有这种可能。但现在人类依靠卫星遥感和航海设备已经将所有海域的情况掌握清楚。海图数据已经非常精准。退一万步讲，即便存在某些不为人知的岛礁，也应该在大洋腹地或者靠近两极的人迹罕至的地方，而不可能是环太平洋一带。"

根据 GPS 的经纬度显示，无名海礁地处北纬 29°00'、东经 135°49' 附近，距离日本大隅群岛的种子岛大约 270 海里。从无名礁盘到中国大陆海岸线的直线距离大约为 680 海里。

"这里海床属于峡谷盆地地形，深度超过 4700 米，两侧有东北—西南走向的海底山脉。"父亲指着海图说。

"你们瞧，根据 GPS 定位，红灯笼号的下方恰好处于海底峡谷的最深处。距离我们最近的海底山峰在 50 海里外，而山峰的最高点距离水面超过 300 米。换句话说，这里的海底地貌与我们掌握的资料完全不符。"

"有没有可能 GPS 提供的坐标出了错误？"

"这不可能。GPS 可靠性和精度极高，它是美国军方研发的系统，甚至可以引导一枚导弹从窗户攻入目标建筑。就算会有误差，也不至于错得如此离谱。"

"搞不清现在的方位，是不是我们就被困在这里回不去了？"大雄忧心忡忡地问，"船长，我要是回不去了，我爸一定会给红灯笼集团物色新的接班人的。"

"别担心，会有办法的。我们一定能平安回到中国。只不过，我们可能需要在这里多休整几天。"船长安慰他说。

关于如何回到中国的问题，凌大鹏并没有完全想好。除了方位和航向的问题，还有其他问题困扰着他。

红灯笼号的发动机在经历碰撞后已经连续几次出现高转数异响和烧机油的问题。简单的清理维护似乎解决不了问题。就算燃油储备能够维持发动机连续运转10天，船上的机油也根本不够它烧的。

父亲并没有将隐忧都告诉两个孩子。他已经不指望发动机扛起保障红灯笼号返回祖国的重任。

他回答完问题，便一言不发地继续沉浸在资料和数据中。他需要使用最传统的人工方式推算出原本依靠电子设备可以轻易获得的航海数据，并研究出一套最有效的方案，从琉球群岛以东的西太平洋海域，将一艘没有桅杆和帆的帆船开回中国。

凌向楠不想打搅父亲继续思考，于是拉着大雄去找吕团长。

吕团长此刻正躺在前甲板上晒太阳。相较舱内狭窄幽闭的吊床，他更中意于宽大的前甲板。

他的伤势暂时无法做进一步处理，胳膊和腿打了绷带并用医用夹板固定。不过，他至少可以在别人的搀扶下移动位置了。

"在哪里？我们当然是在西太平洋上啦。"吕团长满不在乎地回答。一切问题到了他的嘴里总显得风轻云淡。

"GPS嘛，肯定有偏差的啦。但又能差到哪里去？总之我们不会跑到大西洋上去。"

"水下的礁盘又怎么解释？海图上没有标注。GPS不至于错得那么离谱吧？"大雄问。

"海图这个东西未必那么准确。海图上的数据甚至可以追溯到几百年前水手的航海记录。打个比方,海图上面标注的沉船数以万计,其中大多数在沉没后的几十年里被海水腐蚀殆尽,龙骨可能都找不到了,但作为警示标记它们会一直保存在海图上。"

"沉船都在海底,海礁却在海面上,海图更应该对它进行警示标记才对。"大雄说。

"嗯,你说得有道理。"吕团长点头道,"所以,等你们回到岸上,可以将这次的发现报告给海事局,让他们在最新的海图上将这片海礁标记出来。"

"说不定这又是一个新的地理大发现呢。"凌向楠说。

"真的?那岂不是太棒了。"

"我们作为发现者,应该可以给这里命名吧?"

"肯定可以。"

两个孩子的眼睛冒出兴奋的光芒,仿佛回到 400 年前哥伦布发现新大陆的大航海时代,你一言我一语,完全将他们对现状的担忧抛在脑后。

"叫它神秘岛如何?凡尔纳有本小说,说的就是一群落难的人在太平洋上发现了一座神秘岛。"

"神秘岛是书的名字,他们将那座岛命名为林肯岛,以纪念美国的第 16 任总统。"

"林肯岛?肯定不行。该给这里起个什么名字呢?"

"我们驾驶红灯笼号发现的这里,要不叫它红灯笼岛?"

"红灯笼岛,听着不错。"

"严格来讲,这里不能称之为岛。"吕团长插话道。

"只有四面环水且高潮时仍然露出水面的,自然形成的陆地区域才能称为岛。高潮时被水淹没,或者低潮时无法出水的,都只能算岩礁。前者为明礁,后者为暗礁。"

"岛和礁的界定有那么严格?"

"当然,这里面学问大了,牵扯到国土疆域和海洋权益。根据国际法,岛屿属于陆地的范畴,享有12海里领海和200海里专属经济区。而岩礁只有领海没有专属经济区。地位不同,待遇自然也不同。"

"那就叫红灯笼礁好了。"大雄说。

"红灯笼礁?怎么听着像蔬菜的名字。"凌向楠笑道。

"确实听起来像柿子椒一类的东西,不如红灯笼岛来得大气。真可惜,它不是一座岛。"大雄惋惜道。

"现在不是,不代表以后不是。"吕团长却说。

"什么意思?"两个孩子齐声问道。

"虽然这里现在不是岛,但不代表它以后不会是一座岛。"

两个孩子你看看我,我看看你,又齐刷刷看向团长,仿佛在听他讲天方夜谭。

吕团长的表情却显示他不是在讲故事。

"既然所有的资料上都没有红灯笼礁的记载,说不定它真就是从海底冒出来的。"他说。

"你们知道,环太平洋火山地震带是太平洋板块与亚欧板块、美洲板块的交界处,地壳运动活跃。海底火山喷发和板块运动的巨大能量完全可以将海床抬出水面。所以,我猜红灯笼礁的出现与海底火山喷发或者地壳运动有关。"

"你的意思是,由于火山喷发或者地壳运动,海底隆起成了红灯笼礁,而未来红灯笼礁还有可能进一步上升隆出水面,成为红灯笼岛?"

"有可能。"吕团长认真地点点头。

凌向楠目瞪口呆。虽然关于地壳运动的知识对她而言并不新鲜。为了地理会考,她早已将地理书背得滚瓜烂熟。可吕团长基于这些初中地理知识所做的猜想却令她感到无比震惊。

相较于已经46亿岁的地球而言，人类文明的历史不过沧海一粟。世人眼中的地貌构造完全是一种静态的呈现，是亿万年来大地运动尘埃落定之后的结果。她从未奢想过，作为一个渺小的人类个体，能够见证以亿年为时间单位的地质运动的变化过程。

细想之下，她觉得吕团长的猜想虽然不可思议，但合情合理。夏威夷群岛不就是海底火山喷发的产物吗？它原是深达几千米的海底，后来火山持续喷发，熔岩长期堆积越变越高，直至超过海面形成岛屿。

大雄却连连摇头，认为吕团长又在耍哄小孩的忽悠伎俩，根本不相信海底的火山能够以肉眼可见的速度创造陆地。

"我可没瞎编，确有其事。日本在太平洋上有一座叫西之岛的小岛，原来面积不到0.3平方公里。从20世纪70年代开始岛上火山持续喷发，到2020年小岛的面积超过了4平方公里，是原来的14倍。由于面积的增加，日本政府还专门修订了地图。"

"竟然还真有利用火山喷发增加国土面积的操作。"大雄说。

不过凌向楠又提出新问题："根据海图上的位置，我们水下不是山峰，而是海底峡谷的中央。究竟是哪里来的火山喷出的熔岩能够将宽度数百公里、深度超过4000米的海底峡谷填平至露出水面？"

"这个嘛，我就回答不上来了。"吕团长苦笑着摇摇头，"说实话，我和你父亲一样百思不得其解。"

大雄又问："假如红灯笼礁继续上升成了红灯笼岛，是不是我们的国土面积也就随之增加了？"

"这个嘛，我也回答不上来。"吕团长又摇头，"这取决于谁拥有红灯笼岛的主权。"

"这里是我们发现的，难道不属于我们中国吗？"大雄和凌向楠诧异道。

"按照目前的国际法体系，假如公海里出现一座新的岛屿，作为无主之地，它适用先占原则。即首先发现并能够有效管理的国家享有主权，仅仅发现而未有效管理的不算，并且这个行为一般指国家行为，而非个人。"

"你的意思是就算我们中国最先发现它，也未必能管理得了它？"大雄不以为然。

"依靠我们目前的疆域管控能力恐怕很难企及这里。你想想，光一个钓鱼岛就牵扯了我们多少海洋执法力量和外交资源？这里距离我国海岸线将近两千公里，中间还隔着琉球群岛。"吕团长说。

"现在做不到，不代表以后做不到。或许等到红灯笼岛浮出水面的时候，我们就有这个能力了。"大雄说。

"这我相信。"吕团长继续道，"不过，假若菲律宾海真的出现一座无主岛，日本肯定会抢在前面第一时间宣示对它的主权。"

"日本？"大雄沉吟道。

"没错。菲律宾海虽然是公海，却完全处于日本的控制之中。这个国家绝不会容许别人插足这片海域，并且它行事诡异，不按常理出牌。"吕团长说。

"你是说一个弹丸小国日本能够将整片菲律宾海完全置于其控制之下，恐怕言过其实了吧。"大雄摇头道。

"吕团长，你是开玩笑的吧？若那样，菲律宾海岂不成了日本的内海？"凌向楠也觉得吕团长的话耸人听闻。

"我没有开玩笑。"吕团长反倒更加严肃起来，他继续说："红灯笼礁的位置，西面和北面，还有东面和南面，都是日本。我们现在处在日本的包围之中。"

"要真是那样，日本的地盘该有多大啊？"

吕团长见两人满脸写着狐疑二字，不再辩解，而是让大雄去舱内取来他的平板电脑，打开里面的电子地图册。

18. 海礁

"我这里有一份地图，相信你们没见过。"吕团长笨拙地用左手操作电脑，卖起了关子，"但打开之前，我先问一个问题，你们觉得日本的疆域是什么形状？"

这算什么问题？两人不屑地回答："日本的形状？像一只海马？""或者说一片柳叶？""也有人说，像一条毛毛虫。"

凌向楠记得书上的描述说，日本是一个四面临海的岛国，由北海道、本州、四国、九州四个大岛和许多小岛组成，分布在太平洋板块和亚欧板块交界处，呈一条狭长的弧形。

吕团长点开电子文件，说："我们习惯将日本比作弹丸小国，以为日本的疆域形状呈一条狭长的弧形，南北长、东西窄。其实不然。这张日本官方发布的最新疆域图恐怕会颠覆绝大多数国人的认知。"

凌向楠和大雄的目光立刻被这份日本疆域图吸引过去。图上的标注虽然用日语，看懂它却没有费多少力气，许多字其实就是汉字。图上不仅标注陆地和领海，还将毗连区和专属经济区也标注得一清二楚。

图上的日本不是什么弹丸小国，形状更不是狭长的弧形。图上的这个国家疆域南北纵向跨越 30 个纬度，东西横向跨越 30 个经度，覆盖西太平洋大部分区域。

"现在你们还觉得日本像一只海马或一片柳叶吗？"吕团长问。

"不像。倒像是一条猎狗或者牧羊犬！"大雄脱口而出。

"猎狗也好，牧羊犬也罢，总之，它就像盘踞在西太平洋上的一条狗。"吕团长点头道。

图上的这条狗背靠亚欧大陆，面朝太平洋，昂首冲着北极的方向。狗的头部在北海道，脖子、躯干和尾部依次为本州、四国和九州等几大本岛。

再往下，靠近中国一侧，日本群岛附属岛屿沿着琉球群岛往下，甚至越过台湾岛，也有日本领土的存在，构成它的后腿；而靠近太平洋腹地一脉相承的伊豆群岛、小笠原诸岛等，则是它的前腿。

图上的菲律宾海正好位于狗的腹部以下。菲律宾海东西两侧的太平洋第二岛链和第一岛链，恰好是狗的前腿和后腿。

吕团长继续不紧不慢地说："一个国家的疆域不止限于领土，还包括领海和领空。随着各国对海底和大陆架资源重视程度提高，还确立了专属经济区。然而，我们对日本的认知长期处于停滞状态，至今还认为其国土面积仅相当于我们的一个云南省。殊不知，现在日本所辖的领海和专属经济区面积已经与半个中国的陆地面积相当。"

日本官方疆域图为了突出所辖区域，特意用白色将领海和专属经济区的范围圈界，以区别蓝色的公海海域。这使它的形状更加酷似一条盘踞在蓝色大洋中的白毛狗。

"这像不像一根拴狗的链子？"大雄指向北方四岛说道。北方四岛像一条链子由白令海峡朝西南延伸至日本本岛。

"钓鱼岛也被他们圈进去了。"大雄指着靠近台湾岛的地方又说。

图上的钓鱼岛按照比例尺是个几乎看不见的点。但它被刻意放大并且用醒目的日语标注"尖阁群岛"。

"钓鱼岛？在地图上太小了。"吕团长说。

"就算再小，钓鱼岛也是中国的。"大雄对团长轻描淡写的语气不大满意。

图上的钓鱼岛相比日本官方圈界的管辖面积，充其量是狗的后趾尖而已。

吕团长并未计较，而是继续说："你们再看这里。"

他指向狗爪下方的太平洋海域。那里有两个半径相同的白色圆圈。其中一个位于菲律宾海中南部海域，另一个靠近太平洋腹地。它们的纬度分别与海南岛和台湾岛相当。

两个尺寸相等的白色圆圈，圆心比钓鱼岛还小，面积却超过菲律宾

18. 海礁

群岛海域。

"怎么像用圆规画出来的?"大雄问。

"的确是用圆规画出来的。"吕团长解释。

这两个岛的陆地面积实在太小,以至于它们由陆地延伸的专属经济区就成了半径 200 海里的两个规则的圆圈。在针尖般的圆心旁,分别以醒目的日语标注"冲之鸟岛"和"南鸟岛"。

两个圆圈的位置恰好在白毛狗的前腿和后腿下方,似马戏团里动物杂耍时踩在脚下的皮球。这两只"皮球"的直径有 400 海里。

"冲之鸟礁[1]涨潮时,只有两块礁石露出水面不到一米,面积不足 10 平方米。它本不是岛,但日本说它是岛,因为一旦成了岛就可以主张领海和专属经济区。"吕团长说。

几十年前,日本对冲之鸟礁进行混凝土浇灌,扩大出水面积,将其改名为岛,进而主张了 47 万平方公里的专属经济区和约 25.5 万平方公里的外大陆架的所有权。

"至于南鸟岛[2],原本是座太平洋上的无人岛。"吕团长说。

南鸟岛面积 1.2 平方公里。日本在岛上修筑机场,进驻自卫队,同样获得约 50 万平方公里的专属经济区。

"所以,你们看,这张图上我们现在所处的菲律宾海公海海域。北有日本本土四岛,西有第一岛链,东有第二岛链,南为冲之鸟礁和南鸟岛。是不是完全处于日本的包围之中?"

"这样看来,菲律宾海的确处在日本的包围之中。"凌向楠信服地感叹道。

图上蓝色标识的菲律宾海公海部分,在连绵层叠的白色专属经济区

---

[1] 冲之鸟礁位于北纬 20°25′32″、东经 136°04′52″。日本称之为冲之鸟岛、日本最南端的土地。

[2] 南鸟岛位于北纬 24°16′59″、东经 153°59′11″。日本称之为最东端的土地。

的包围中，已经被切得只剩下一小块铜钱钱眼大小的封闭区域。

"日本的疆域竟有这么大！"大雄感叹道。

"既然有那么大的疆域，他们为什么还要争抢一个小小的钓鱼岛？"他问。

"这个嘛，你算是问到点子上了。关于这个问题，我也是最近才想明白。大雄，我曾经和你一样非常在意钓鱼岛的主权争议，以为守住钓鱼岛便是捍卫住了主权，便是我们莫大的胜利。其实不然，那是中了对方的调虎离山之计。"吕团长感慨地说。

两人露出不甚理解的表情。

吕团长于是问："你们不觉得奇怪，为什么主权争议总是发生在钓鱼岛及其附属岛屿？"

两人更加不懂。

吕团长继续说："我还是那句话，钓鱼岛较之其疆域主张的范围如九牛一毛。钓鱼岛对我们极其重要，对日本却未必。之所以它总是成为双方争议的焦点，是对方故意为之。通过聚焦钓鱼岛矛盾，甚至激化钓鱼岛局势，他们可以十分有效地冲淡我们对其他地方的关注。钓鱼岛就是他们的谈判筹码。这枚筹码的价格喊得越高，可以置换的东西也就越多。"

吕团长的话令凌向楠和大雄醍醐灌顶，茅塞顿开。

现在几乎所有国人都关心钓鱼岛及其附属岛屿的主权争议。但有多少人会质疑琉球怎么就成了冲绳？有多少人会思考日本凭什么在第一岛链和第二岛链上修建军事设施？又有多少人会关注冲之鸟礁和南鸟岛的变大变高？

"他们明修栈道暗度陈仓，打得一手好算盘呢。只可惜我们能看明白这盘棋的人不多。"

18. 海礁

这天以后的好几天里，凌向楠一直都想着那幅日语版的日本地图。她越琢磨吕团长的话，越觉得由迷雾中看清一幅巨大的围棋棋局。

这是一盘以百年为计时单位的棋局。围棋的棋盘竟有半个太平洋之大。两位棋手盘坐在西太平洋旁，落子打劫、做眼布局。棋盘上，那些扼守要冲的海峡如同蓄意布下的官子，星罗棋布的岛屿则是势力扩张的肩冲。

她原本以为这盘棋下了 100 年，半个多世纪前的那场劫杀之后留下的盘面便是尘埃落定的结果。现在的她豁然发现，这盘棋下了足足有 300 年！半个多世纪前留下的盘面实则是双方进入下半场的开局。

曾经高歌猛进一路扩张的棋手，到了下半场反倒一改棋路，不再寻找捉对厮杀的机会，而是低调务实地经营着自己的盘面，精打细算地收官，慢条斯理地叫吃。不知不觉中，它已经将 300 年来鲸吞入腹的大片领地一点点彻底消化吸收。

对这百年棋局的洞悉令凌向楠感悟颇多。而由此引出的一个问题令她如坐针毡。

假如有朝一日海床继续上升，红灯笼号锚泊的这片海礁彻底冒出海面成为一座岛，日本真如团长所料站出来对红灯笼岛宣布主权，又会怎样？

这是不是就意味着，岛屿周围 12 海里将成为日本的领海，岛屿周边 200 海里将成为其专属经济区？

如果那样的话，西太平洋地区第一岛链到第二岛链之间的公海海域，还会不会有自由公海存在？

她仿佛看见了那张标着日语的日本官方疆域图在变形。蓝色的部分越来越小，白色的部分越变越大。图上菲律宾海那片硕果仅存的铜钱眼般大小的蓝色区域，随着红灯笼号船底的海礁浮出水面而渐渐被白色吞噬，直至彻底消失殆尽。

北斗 **19**

夜幕落下，忙碌一天的船员们随着红灯笼号摇曳的节奏纷纷进入梦乡。

凌向楠辗转反侧，难以入眠。她发现父亲的睡铺空荡荡，于是蹑手蹑脚爬下床，上甲板找父亲去了。

晴朗夜空中的星星显得格外明亮。浩瀚的星空如一个镶嵌钻石的巨碗，将红灯笼号倒扣在海的中央。

几颗流星划过天幕，一下子打破了繁星点点的寂静。

"流星雨！"凌向楠忍不住欢呼。

父亲正在船头凝望星空，回头瞧见女儿。他说："那是猎户座流星雨。"

他指向夜空中一颗亮星又说："瞧，那颗是北极星。"

北极星又叫北辰星，距离地球300多光年，是小熊星座中最亮的一颗恒星。在北半球，它的位置永远在正北方向的空中。从北极看，它在头顶正上方；从赤道看，它处于紧贴地平线的高度。

凌向楠朝父亲指的方向望去，北极星从满目繁星中脱颖而出，跃入眼帘。

"书上说，要想找到北极星，得先找到北斗七星。"她说。

凌向楠在父亲帮助下又找到状似勺子的北斗七星。

北斗星座也是大熊座的七颗亮星，位于赤道纬度+50至+60度的区间。它一年四季围绕北极星自东向西旋转。无论怎么转，北斗七星的勺口永远指向北极星。将勺头的天枢星和天璇星之间的距离沿着勺口延长5倍，就是刚才那颗北极星。

"在北半球航行，我们只要找到北斗七星就不会迷失方向。"父亲说。

19. 北斗

"那南半球呢？南半球的人们也用北斗星导航吗？"女儿问。

"南半球只有低纬度地区能看见北斗星，高纬地区看不到它。至于北极星，它的赤道纬度接近+90度，南半球绝大部分地区是看不到它的。"父亲解释。

"不过，南半球人们可以通过南十字星寻找方向。"他说。

南半球的夜空中有两颗明亮的恒星，半人马座的阿尔法星和贝塔星，它们很容易被找到。它们是南十字星座的指向星。通过两颗指向星的延长线可以找到由四颗恒星组成的南十字星座。指向星连线的中垂线和南十字星座长轴的交汇点方向就是地球南极的方向。

遥远的南十字星座在地球的另一侧，仅凭想象难以理解。女儿听得心不在焉，左顾右盼，注意力被父亲手中一个看似古董的铜制仪器吸引。

"这是什么玩意儿？"她问。

"六分仪。"他将仪器递给女儿，"你会用吗？"

"不会。"女儿回答。这东西她在电影里见过。

电影里的海盗船长和风帆战舰的舰长总是举起它煞有介事地观测星象。至于这东西究竟是做什么用的、如何使用，她不得而知。

"六分仪是海上最可靠的定位工具。古代能够用六分仪测量天体定位的水手可以进阶为航海士。"父亲于是手把手地教女儿。

六分仪的工作原理很简单，就是光线的反射角等于入射角。将地球简化成一个点，北极星的光看作平行光线。通过测量北极星与地平面的夹角，也就是天体高度，就可以换算出所处的纬度。

观测时手持六分仪，让望远镜筒保持水平，从镜中观察天体经指标镜和地平镜反射所成的像，同时调节活动的指标臂使星象最终与地平镜中的地平线齐平，就能从扇形框架底部的分度弧刻度上读出高度角，也就是天体高度。

"那还有经度呢？光有纬度仍然定不了位。"女儿说。

"经度同样可以用六分仪观测天体获得。不过还要增加一个时间参数。"

观测时先选取一个天体作为参照物，比如月亮。用六分仪测量出月球与某个恒星之间的角距离，再通过天文星历查询该角距离所对应的时间，进而推算出当前位置与格林尼治经线的角度差，就获得了当前位置的经度。

凌向楠逐渐掌握了六分仪的使用方法。

她突然发现在课堂里学的关于地球和天体系统的内容并非如读到的那样晦涩难懂，原本靠死记硬背才能掌握的那些知识点，现在看来竟然如此简单。

"白天又怎么办？天上没有星星，六分仪还有用吗？"她问。

"白天？天空有一颗最耀眼的星。"父亲笑了。

"啊，白天还有太阳！"凌向楠猛拍自己的脑门，忍不住笑话自己竟忘记了太阳是一颗妥妥的恒星。

在白天，人们可以通过六分仪的滤光镜观测太阳角度，再结合当地时间计算出经纬度。

不过，由于地球是一个并非完全规则的球体，它绕太阳的公转呈变速运动，自转轴与公转平面存在角度差。所以用六分仪测定的经纬度还需要结合航海天文年历进行修正。

"六分仪不仅简单易用而且准确性高。从18世纪开始，它就已经成为西方航海的主要导航仪器。即使到了使用卫星定位的今天，六分仪仍是远洋船只上不可或缺的法定装备。"父亲说。

"所以，爸爸，你打算用六分仪测定红灯笼号的位置？"女儿恍然大悟，明白父亲正在效仿几百年前的航海家们，使用古老的六分仪测量夜空中的天体，确定他们目前的位置。

"嗯，六分仪不像罗经和电子设备那样容易受到干扰。我想用它来验证一下我的猜想。"父亲回答。

"什么猜想？"

"你先回去休息吧。今晚我打算多做几次测量，明天告诉你。"父亲却卖起了关子。

10月27日清晨，北风持续，风速渐渐上升至10节。

"今天的早餐和往常不同，吃的竟然是鱼。这事儿听起来有些不可思议，但却是真的。"凌向楠在航海日志里写道。

大雄一大早便发现水里有大群的鱼在船舷边游来游去。他随手拿起抄网一抄，竟然轻而易举地收获一条大金鲳鱼。

金鲳鱼有十来斤重。大雄将它处理干净，直接和番茄酱炖在一起，为众人准备了一道意想不到的早餐。

连续吃了数日的罐头和泡面之后，热气腾腾的番茄炖鱼尚未出锅，就已经用香味将船舱里的所有人撩醒。

这条鱼不仅打开了红灯笼号乘客们的味蕾，也解锁了五花八门的烹饪技能。自那以后，人们开始以煎炸蒸煮各种方式将鱼端上餐桌。栖息在礁盘附近的鱼也相当配合，除了抄网抄的，鱼钩钓的，甚至还有跳上甲板主动献身的。

"今天还有一件听起来不可思议的事也被证明是真的。"她写道。

父亲早餐吃鱼时宣布了他的猜想，同时也是结论："现在可以断定，船上的GPS出了问题。"

"GPS出问题？你不是说它可靠性和精度极高，不可能出问题吗？"大雄好奇地问。

"先前我的确这么认为，但100海里的偏差已经不可能用精度误差来解释。"船长说。

红灯笼号上的 GPS 设备不止一台。除了专用的船载 GPS 系统，手机和平板电脑里也安装有 GPS 芯片，具备离线功能，不需要依赖移动网络也能定位。船上所有具备 GPS 定位功能的设备都提供了相同的数据，他自然没有理由怀疑这套系统。

然而，六分仪却给出了不同的结论。

凌大鹏夜间使用六分仪测量天体得到结论，红灯笼号的当前位置在 GPS 定位位置的正东方向，大约 112 海里的地方。

"这里才是我们确切的位置。"船长在海图上新标注的定位点上连敲三下，以示强调，"我们都被 GPS 欺骗了。"

"六分仪还能比 GPS 更准？"大雄将信将疑。在他眼里六分仪就是个老古董，他不相信竟能比 GPS 和卫星靠谱。

"六分仪是海上最可靠的定位工具。"凌向楠说。

海图上，经过重新定位的航迹点显示红灯笼号恰好处于一座距离水面 370 米的海底山峰上方。

"嗯，这便说得通了。"吕团长点头道。因为地壳运动抬高一座几百米深的海底山峰要比填平 4000 多米深的峡谷容易许多。

"112 海里，将近两纬度的偏差，而我们竟一直没有察觉！"李响同样感到不解。

60 海里约等于地球纬度 1° 的跨越距离，112 海里接近 120 海里，也就是说 GPS 的定位读数偏差将近两度。

红灯笼号除了 GPS 还有磁罗经辅助导航。磁罗经通过标识正北方向和航向角为舵手提供方向指示。

但磁罗经显示的方向并非真正的方向。罗经盘上的正北和地球北极点之间存在误差。这个误差是由地球磁极的偏转和船上设备的磁场干扰造成。地球磁极随时间变换，给不同的地理位置带来不同程度的磁差。船上设备，比如发动机和电台则给罗经造成自差，自差随船体设备布局不同及船艋朝向的不同而变化。所以磁罗经显示的方向还需要剔除这些误差才能得到正确的方向。

"这是时间累积导致的结果。假如是跳跃性的变化我们肯定能察觉。"船长摇头道。

由于红灯笼号一直行驶在远离陆地岛屿的外海，没有固定参照物对比，人们自然更容易相信 GPS 的定位和方向数据，并理所当然地将磁罗经方向和 GPS 方向之间的偏差解释为罗经差。于是，经过时间的积累，一点点方向偏差最终造成超过一百海里的位置偏离。

"既然不是精度误差，又该如何解释 GPS 的偏差呢？"大雄边问边插起一块鱼肉送入嘴里。

"肯定是人为造成的。毫无疑问。"吕团长说。

"人为造成的？"众人皆惊愕道。

大雄更是一惊，手中的鱼块连叉子一起掉在地板上。

"你心虚了吧？老实交代，是不是你故意搞的破坏？"凌向楠半开玩笑道。

"拉倒吧，我哪里有这本事？"大雄说完，躬身清理番茄酱在地板上留下的红色印记。

"当然不会是咱们红灯笼号上的人。"船长替他解围，"应该是控制 GPS 定位卫星的人搞的。"

"你的意思是，控制 GPS 定位卫星的人故意向我们发送错误的定位信号？他们的动机又是什么？"凌向楠问。

听起来匪夷所思。那些八竿子打不着的人故意向红灯笼号发送错误定位信号的目的何在？难道为了阻挠红灯笼号的航行？或是给环中国海帆船赛制造混乱？听着怎么都觉得牵强。

人们一般所谓的 GPS 指的是 GPS 系统的客户端，是信号接收终端，并不能主动向卫星发送信号。接收终端通过捕捉距离最近的至少三颗卫星发出的信号，运算获得定位数据。

"如果我们收到的定位信号是错误的，区域内所有 GPS 客户端收到的信号一定也是错误的。"李响觉得这不可能。

因为这样做不仅需要对太平洋上空十几颗卫星动手脚，而且会对航行在这片海域的所有船只造成严重影响，包括参加演习的美国海军舰队。

"是不是刻意针对红灯笼号，这个不好说。"吕团长将一勺鱼汤舀进自己碗里，"但系统的控制者一定有能力关闭或者干扰特定用户的服务。GPS 原本就是美国军方研制的。"

众人将信将疑，七嘴八舌。

"你知道'银河号事件'吗？"吕团长问道。

他正举着勺子准备送入口中。环顾四周，除了船长，其余的人纷纷摇头。

"那是 20 世纪 90 年代，你们这帮小兔崽子都还没出生。"吕团长于是放下勺子，讲起一个历史上曾经发生过的真实事件。

1993 年，中国一艘集装箱货轮"银河号"满载出口物资前往中东地区。

行至途中，美国政府突然指控银河号上装有硫二甘醇和亚硫酰氯，宣称船上的化学品将被运往伊朗用于制造化学武器，认为这违反了美国对伊朗实施的禁运制裁，要求中方船只停船接受检查。

这样无礼的要求当然遭到中国拒绝。但美方派遣海军舰船、飞机不断拦截和骚扰银河号，并向该船计划停靠的港口所在国施压，阻止其进港卸货。中国政府向美方提出严正交涉，认为拦截行为严重违反国际法。

双方谈判期间，美国关闭了银河号使用的 GPS 导航系统。银河号没有了 GPS 定位数据寸步难行，它在波斯湾外海既无法靠港，也无法返回祖国。

外交谈判持续 20 多天最终无果，重重包围下的银河号船上补给耗尽，最终被迫接受美国人登船检查的要求。

"因为 GPS 系统被定向关闭，银河号只能选择接受美国的无理要求。"

吕团长说完将勺子里的鱼汤拌饭一股脑儿送入口中。

"检查的结果呢？"李响追问。

"结果？船上根本没有什么化学品，他们当然啥也没查出来。"

"那然后呢？"大雄刨根问底。

"然后，没有然后啦。故事已经讲完了。"吕团长两手一摊。

"真不讲道理。难道就这么算啦？"凌向楠耿耿于怀。

"还能怎样？人家并没有强行登船，是经过同意之后上去的。只不过人家动动手指，我们就得被迫同意。"吕团长说。

"他们凭什么关掉 GPS？"

"凭什么？谁掌握 GPS 系统的控制权，谁就卡住了使用 GPS 的人的脖子。被卡住脖子的人就得乖乖听话。"

吕团长又想起些什么，他说："说起'银河号事件'的结果，还有一点要提。自那以后我们国家卧薪尝胆，终于开发出了我们自己的北斗卫星导航系统。"

"这我知道，北斗系统是继美国的 GPS、欧洲的伽利略、俄罗斯的格洛纳斯之后的第四个卫星导航系统。"凌向楠抢着说。

"我们的船上没有安装北斗系统吗？"大雄问。

"我们船上？可惜没有。"吕团长回答。

早餐过后不久，超越兴冲冲地找到船长，将他从甲板领到舱内导航室的设备面板前。

他向船长和其他人展示了自己最新的工作成果。经过拆解和清洗，又更换了几个元器件，他竟然将被海水侵蚀失灵的甚高频电台给修复了。

沉寂数日的电台接通电源后，频道里立刻响起噼里啪啦刺耳的噪音。这说明覆盖海域的电磁干扰信号仍未消退。不过，大家对久别重逢的人造噪音倍感亲切。

"只可惜，最远也就不到10海里的收发范围。要是通导设备支架还在就好了。"超越可惜地说。

甚高频电台的天线原本架在通导设备支架上。高耸的支架加上天线本身长度，能有效克服地球曲率的影响，将电台收发信号的范围拓展至50海里。现在的电台依靠一根自制天线，又没有通导设备支架的高度，信号辐射范围大为缩小。

"这已经很好了。"船长却十二分地赞许。

对他而言，能够重新启用无线电完全是意外之喜。距离再近，也能用于联络，无疑给回国征途又添一分保障。

"既然食物、水、位置和通信问题都已经解决，我们还等什么？什么时候出发？"凌向楠兴奋地问。

"这个嘛，我还没有想好。"船长迟疑道，"现在的红灯笼号不比飞虎强多少。一旦离开这片浅水区，我无法确保它的安全。"

经过计算，他很清楚单凭一台呼哧带喘的发动机，红灯笼号开不回中国。

自从红灯笼号遭遇撞击彻底失去风帆动力，他们已经随黑潮洋流漂移了将近200海里。海面上的气温比前几日降低许多。

一旦起锚，假如发动机再出什么问题，浩浩荡荡的黑潮将会带他们一直北上，直至与源于白令海区、自堪察加半岛沿千岛群岛南下的千岛寒流汇合，甚至随西风带漂向更加暴虐的北太平洋中央海域。那是他不希望看到的情形。

所以，昨晚他一直在思考，是否应该将船开到吐噶喇群岛上的某个码头进行补给维修，或者将船开到国际航道上寻求途径货轮的帮助。货轮上肯定有他们急需的燃料、配件和修理工具。他们甚至还能借用货轮的卫星电话和组委会取得联系。

不过，无论是吐噶喇列岛还是国际航道，它们都在300海里以外，而不是此前预计的不到200海里。一旦驶离红灯笼礁，红灯笼号的船锚恐怕再无可能抓到足够浅的海床了。他们将不得不依靠古老的六分仪和通信距离只有几海里的电台寻找方向，并且祈祷天气和海况不会再有波折。

"可是爸爸，古代的航海家没有GPS和雷达，照样能够横渡太平洋，为什么我们就不行？"女儿显然不满意父亲的回答。

"他们还有桅杆不是？"父亲反问道。

"要是我们的桅杆还在就好了。"凌向楠惋惜道。

"桅杆？"吕团长却不以为意。

"你没有的东西不必去想它，现在不是时候。还是想想你有的东西，怎样使它们派上用场。"他边说边起身拖着残腿挪向舱门。

凌向楠和大雄立刻上前搀扶团长去甲板晒太阳。

吕团长出舱前回头对超越说："或许你可以找根棍子将天线支高些。一寸长一寸强，有总比没有强。"

超越听完立即起身跑进船头的物料舱仔细翻找起来。船长则在导航室陷入沉思。

午餐也不一样，是马鲛鱼刺身和香煎鲅鱼配米饭。这回是大鲨鱼和吕团长的功劳。

大鲨鱼戴上面罩和脚蹼跳入水中，在各种鱼类穿行不息的红灯笼礁上，用鱼线牵着早餐剩下的半个金鲳鱼头勾引了几分钟，便钓中一条大马鲛。

带有横纹的银灰色马鲛鱼近一米长。它被丢上甲板后仍然倔强地弓起身体，一遍遍将自己弹得老高，企图越过栏杆逃回水中。

吕团长却没有给它机会。马鲛鱼蹦到跟前时，他眼疾手快抄起当作拐杖的一节木棍，对准头部一击结束了马鲛鱼的性命。

于是，午餐时分，在和煦的正午阳光照耀下，水手们一边品尝马鲛鱼肉，一边听船长讲话。

用凌向楠日记里的话形容，这又是一个意外之喜。她说的并非马鲛鱼，而是父亲的决定。虽然她一直期盼父亲的决定，可这回父亲给出的决定听起来却不可思议。

"的确是我们起航的时候了。"凌大鹏郑重地向大家宣布了他的最终决定。

"我们把红灯笼号开回中国！"他说。

船长的决定令众人感到振奋，可想到即将面临的困难，船员们窃窃私语起来。

船长打断他们说："这里的浅水区为我们提供了庇护，它为我们提供了锚地、食物，让我们恢复元气。可不知不觉，它也成了我们的舒适区。但这里终究不是长久之计。"

"能开回中国当然好。可咱们的燃料和机油……"远志忧虑道。

"不，不需要发动机，我们仍旧用帆航行！"船长用坚定的语气打断道。

"用帆航行？"

甲板上炸开了锅。基于理智他们认为这不可能，但基于信任他们又希望船长说的是真的。队员们纷纷投来吃惊、迷茫的眼神。

"没错，我们用帆回国。"船长用百分百不容置疑的语气回答众人，

"吕团长说的没错，我们现在不是去想缺少什么的时候，该想一想凭现有的东西能做什么。"

他给大家解释，红灯笼号船体坚实可靠，龙骨和舵叶完好无损，主帆和前帆缝补后可以继续使用。虽然甲板上两座舵轮中的一座已经被砸烂成了摆设，但两个舵轮驾驶台互为备份，只要拆下其中一个的零部件就可以彻底修好另一座的缺损。船上有水、有电、有食物，还有罗经、六分仪和海图。超越又修好了甚高频电台。

"至于GPS、雷达和卫星通信，楠楠说得对，既然古代航海家没有它们也能横渡太平洋，为什么我们离开它们就寸步难行了呢？"他慷慨激昂的话语渐渐感染大家，重拾船员们的信心。

"我们现在只需要一根能将它们支撑起来的桅杆，就可以重新扬帆起航。"他最后说。

"船长，我们哪里还有能用的桅杆？"大雄终于忍不住问。

"它不就是吗？"船长用力拍了拍身旁那根朝后倒卧的桅杆。

"可它已经断了。"大雄说。

"没错。但有它总比没有强。"船长继续说，"维克多帆船的桅杆有115英尺长。就算它已经断了，剩余部分也有将近100英尺长。我们为什么不能将它截短，将帆布裁剪至合适的尺寸，把它们重新组装起来使用呢？"

听完船长的话，众人重新打量桅杆。自从它倒下又被捆扎在甲板上，人们还未仔细端详过它。

黑色的碳纤维桅杆与世无争地静躺在那里，海风穿过杆体缝隙发出苍凉激荡的声音，像草原深处传来的壮志未酬的战马嘶鸣。

人们这才意识到船长说得没错。除了它断裂的根部和略有歪斜的撑臂，桅杆的主体部分、桁杆、滑轮、导轨和索具等部件都保持完好。

"经过修整，桅杆系统的高度仍可以支撑起相当于以前70%的帆面面积。用帆可比使用发动机强多了。"船长说。

"如果真能再造一套桅杆系统，我们就能继续参加比赛。"李响兴奋地说，他依然对比赛抱有希望。

"就算最后一个到达终点，我们也完成了整个比赛赛程。"远志也说。

甲板上再次炸开锅，兴奋的队员们你一言我一语地议论，久违的热闹劲儿随希望燃起回到红灯笼号上。

"未必是最后一名呢，台风过后起码有三艘船已经进港大修，如果它们退出比赛，红灯笼号就排在它们前面了呦。"凌向楠越说越兴奋。

大雄却忍不住给众人浇冷水："在海上再造一个桅杆系统恐怕不是那么容易的。"

"肯定不容易，但并非不可能。"船长回答，"在古代，木制的帆船桅杆也会在风暴中折断，或者被炮火摧毁。假如船上没有携带可以替换的备用桅杆，水手们也会将桅杆锯短后继续使用。古人能做到，我们肯定也可以。"

"对，一切皆有可能。"吕团长将勺子举在空中振臂一挥，眼中再度闪烁起光。

只一顿鲅鱼饭的工夫，红灯笼号的船员们已经下定决心，准备撸起袖子加油干。他们认为一定能将桅杆重新竖起来。

当然，重造一套桅杆系统的工程做起来远比说起来困难，尤其在操作空间和工具器材有限的茫茫大海上。

为了能够在不到 70 英尺长的甲板上改造一根超过 100 英尺的桅杆，船员们煞费苦心。他们将整个工程分解成不同的工序。每一道工序之间环环相扣，容不得半点差池。船上的每个操作步骤，甚至每个操作人员的站位，都需要精心设计反复推演。

用吕团长老气横秋的话形容，他们现在干的活就像"螺蛳壳里做道场"。

而对于年轻人来讲,他们更像是在玩一款叫"推箱子"的经典游戏。游戏玩家需要充分运用逻辑思维能力,通过合理设计推箱子的步骤,在越来越有限的空间内将箱子摆放至指定位置。游戏的等级越高,腾挪的空间越小。

大家成功地将原有的桅杆系统拆开,卸掉桁杆、斜拉器、支索、撑臂、滑轨等。

桅顶砸坏了的风向风速仪被拆掉弃之不用。桅杆底部的断裂部分用钢锯切割整齐。修好了撑臂,更换了滑轮和索具,还找来备用的侧支索加固。至于破损的帆面,大家除了用热熔胶修补,还将其重新裁剪成合适的大小。

这些工作都是在空间局促的甲板上完成的。为了挪出尽可能大的甲板面积,大家甚至将整根桅杆推入海中,调转方向后又打捞起来继续工作。

除了操作空间受限,海上施工还需要克服的另一个巨大困难是设备奇缺。为了克服困难,想象力和创造力被发挥到了极致。大家发现手头的一切都成为资源,通过改造解决问题。

凌向楠的红色头巾罩在白色的备用太阳能灯标上,顶替破损的左侧舷灯。叉子经过敲敲打打简单加工,成了帆索扣的完美替代品。舱里的橱柜、盖板、罐头壳等,都找到了更加重要的工作岗位。

问题总是层出不穷,又一个个被解决。当桅杆系统成功地被重新组装好后,红灯笼号迎来整个再造工程的最大挑战:他们现在需要一台起重机。

工程的最后一个环节是将桅杆吊起来,插入原来的卡槽。这也是工程最重要的环节。在码头,他们可以找到龙门吊车,或者召唤一艘自带起重机的大船帮忙。在小岛,他们也可以伐木造车,搭建一个起吊装置。

海上哪会有这样的便利和材料？海面起伏不定，周围既无倚靠面又无支撑点。组装完的桅杆仍有20多米，超过帆船自身长度，并且头重脚轻。

如何变出一台起吊设备，成了决定成败的关键。但这难不倒红灯笼号上的人们。船长领着众人经过仔细的研究设计出一套起吊系统。

这套系统基于杠杆和滑轮组的工作原理，利用船上所能找到的管件和物料搭建而成，将甲板上的各种固定点、绞盘和导轨的功能都巧妙地整合其中。

有了这套临时起吊设备的帮助，人们经过无数次的尝试，终于在潮起浪推下将头重脚轻的桅杆竖起来，并成功插入红灯笼号甲板中央的槽座，将它和龙骨牢牢地销拴在一起。

起锚，升帆！

10月28日晌午，随着船长的一声号令，前甲板锚机隆隆作响，后甲板绞盘飞快转动，桅杆和桁杆发出嗒嗒的紧固声，主帆、前帆和支索帆相继砰然张开，紧绷的升帆索沿着导轨将它们逐一拉扯到位。

接近10节的海风瞬间灌进船帆，甲板上空扬起三道饱满优美的弧形三角帆。

"收紧前缭绳！我们出发！"

船长的指令再次被响彻甲板的欢呼声淹没。

万丈光芒透过层层白云洒向海面。波光粼粼的海面上，红灯笼号渐渐倾斜身姿，掀起一波白花花的尾浪提速向前。

它告别清澈见底的浅水，告别若隐若现的礁盘，朝向更深更远的蓝色大海义无反顾地驶去。

20 回家

皓月当空，星汉灿烂。

凌向楠站在上风处，有模有样地举着六分仪，像个航海士。她现在不需要父亲的指导就可以独立寻找定位星，测量它们的高度。

父亲稳住舵盘，将甲板倾角和船舷方向控制在观星所需的范围内。红灯笼号切浪而过，如刀锋划开豆腐，平稳而顺滑。

GPS不知何时开始偷偷恢复正常。虽然它满血复活，却再也得不到信任。有了前科，谁瞧它都觉得像个间谍。

经纬度显示这里距离千岛寒流南下的洋流更近了。海风捎带丝丝凉意，钻进船和帆之间的空隙加速流动形成的视风比真风感觉更加猛烈，吹到身上冷不丁会打寒战。

凌大鹏航海手表的时针轻盈地跳动。阻隔在红灯笼号和吐噶喇列岛之间的禁航区10个小时前已经失效。但他的船却没有向西转向，而是一直朝北航行。

黑潮受地形挤压加速朝东北方向奔涌，再加上持续的西北风，红灯笼号整个下午都在顶风顶流航行。由于担心桅杆吃不住劲儿，船长晚上6点换班前曾交代接班的蓝队尽量避免换舷，不要将主前帆缭绳和滑轨绷得太紧，少用些风，多用滑浪加速。

结果待他夜里12点醒来准备接班时，发现船不进反退，已经被洋流带向更高的纬度。

"再往北漂的话，我们就走大隅海峡。"凌大鹏伸出食指和小拇指当作尺规在海图上比画。

他决定继续北上，待风向偏转，再换舷向西。大隅海峡位于日本九州岛南端的大隅半岛和大隅群岛之间，是距离日本本土最近的国际海峡。

20. 回家

"看上去大隅海峡只有 15~16 海里宽,我们会不会进入日本领海?"大雄也在海图上比画着问。他想起那艘与那国号。

"不会,海峡中线是国际水道。"船长回答。

"难道大隅海峡也适用 3 海里的领海宽度?"大雄问。

"没错,如果按照 12 海里领海宽度的国际惯例,日本政府的确可以将大隅海峡划归为其内水。但它为了美军行动方便,将海峡两侧的领海宽度设为 3 海里。驻扎在横须贺的美军第七舰队就可以经过海峡直接前往东海、黄海和日本海。"

"我们是该去大隅海峡走走。"凌向楠说罢拿起六分仪跟着父亲上甲板值夜班去了。

月光洋洋洒洒,恒星们都暗淡了锋芒,给凌向楠寻找定位星增添了一点点难度。

记得刚离开三亚时月亮还是初芽嫩柳,现在已然体态丰满。它慵懒地挂在空中荡漾,将一片白月光撒向海面。

海面一览无余,仿佛 50 度灰的水墨相片。月亮的正下方,海像随意堆叠的银丝织就的绫罗绸缎闪闪发光。月光照亮了咖啡色的涌浪以及朵朵三角的乳白色浪尖,偶尔有黑灰色的海鸟用翅尖划破水面,跃向空中的银白色的鱼竭力炫耀身姿。

"郑和下西洋也是靠星星导航吧?"凌向楠随口问。她终于找到一颗熟悉的恒星,记下六分仪扇形刻度盘上的读数,又举目搜寻下一颗。

"不晓得他用没用过六分仪。"

她记得老师曾提过,郑和使用一种叫"过洋牵星术"的技术导航。从字面理解,应该是某种天文定位术,却不知 400 年前他们靠什么设备过洋牵星。

"郑和用的是'牵星板',原理嘛其实和六分仪也差不多。"父亲回答。

牵星板的出现比六分仪早数百年。牵星板由一组系在绳索上的不同尺寸的木板构成。拉直绳索，木板的下边像是水平线；上边缘对准星星，可以测量出天体距水平线的高度角，再对比牵星图记载的天体相对位置，就能推算出海上的方位。

"牵星板和六分仪都是源自古代阿拉伯人的导航技术。"

"牵星板竟是舶来品？"凌向楠既吃惊又失望。

一个2000多年前发明司南，并深谙天文星象的航海古国，竟然需要依靠骑骆驼的阿拉伯人制造的舶来品，为自己举世无双的舰队导航。听起来像个笑话。她觉得于情于理都说不通。

父亲不以为然道："舶来品又何妨，好用不就得了。郑和船队的过洋牵星术的确是从阿拉伯商人那里学习借鉴的。"

凌向楠却执拗地说："明朝的舰队代表当时乃至之后两个多世纪世界最先进的造船、航海和导航技术。"

"嗯，算是。"父亲表示赞同。

凌向楠觉得父亲在敷衍自己，就说："应该是他们向我们学习借鉴才对。比如这罗经盘吧，不就是古代中国人的发明，被他们学去了？"

"不光有罗经盘，还有舵轮系统、硬式帆骨、水密隔舱等，这些郑和时期我们就有的技术，后来都被借鉴到西方现代帆船上去了。"

"就是嘛，郑和宝船可是当时世界上最大最先进的船。"女儿的心理找回些许平衡。

"不过聪明的人不会拒绝向他人学习。"父亲瞅一眼磁罗经说道，"我们躺在祖先的历史功劳簿上恐怕不行。"

"在尚未涉足太空的年代，远洋航海是人类最具冒险精神的大型探索活动，需要仰仗最先进的人类科技。遗憾的是，郑和舰队之后，中国几乎再没有为人类的航海事业发展提供驱动力。技术革命的源泉之地转移到欧洲。郑和的远航没能让中国人率先开启大航海时代。"他一边说话，一边瞧准时机转动舵轮。

红灯笼号压过一波浪头，像一位冲浪运动员恰到好处地顺势滑出一大段距离。罗经盘上的指针左右晃动，定格在355度附近。

父亲的话让凌向楠瞬间回想起国庆节前老师组织的那场课堂讨论。帆船、郑和、大航海时代，还有老师布置给自己的科普作业，一股脑儿浮现眼前。

关于帆船，她相信回到岸上肯定能给同学们讲一堂最生动的科普课，定能杀杀那些男生的气焰，尤其那个李明明。最好有机会带他去十级风九米浪里兜一圈，看看他吐成啥熊样。

至于大航海时代的问题，她觉得应该问问父亲。

"是啊，明朝拥有当时世界上最强的远洋舰队，却为什么没有大航海时代的地理大发现？"父亲感叹道。

舵盘在他手中的微微震动，清晰地将来自船底的浪奔浪涌传向指尖，又传至掌心。

"关于明朝郑和下西洋和西方的大航海时代，你了解多少？"他思考片刻反问。

这难不倒凌向楠，因为书上的内容她记得清清楚楚。公元1405—1433年，明朝太监郑和率领船队七次远航，先后到达南中国海、印度洋沿岸等的30多个国家和地区，最远抵达非洲大陆东岸。

大航海时代指的是公元15—17世纪。欧洲航海家为了打破阿拉伯人垄断的东方贸易通道，进行持续不断的航海探险，试图开辟前往中国的新航路，最终获得诸多的地理大发现，包括1492年哥伦布穿越大西洋抵达美洲大陆、1498年达·伽马绕过好望角到达肯尼亚、1522年麦哲伦完成人类首次环球航行。

"我记得没错吧？"女儿略带小骄傲地说。

父亲抬头检查两面船帆，略微调整方向，让帆形更加饱满。

"那是个叹为观止的历史年代，东西方同时开启远洋航海大冒险。而帆船则是人类最重要的海上交通工具。"他说。

"1405年郑和奉明成祖朱棣之命率船队从江苏出发，拉开了七下西洋的序幕。10年之后，葡萄牙王子亨利率船跨越直布罗陀海峡抵达北非。

"亨利王子和明朝皇帝朱棣一样，热衷支持航海，多次派出船队沿着非洲西侧的海岸南下寻找通往亚洲的新航线。到1460年亨利王子去世时，欧洲大陆已经被激发出探索大洋彼岸未知世界的狂热兴趣。由他开创的西方航海事业一发不可收拾。

"而到了1436年，也就是郑和去世两年后，朝廷却正式颁令终止一切官方筹备远航的工作。自那之后，历史再无第八次中国船队远征大海的记录。

"西方的大航海时代始于亨利王子，前赴后继，整整持续300年。而中国人的远洋时代，仅仅维持了不到30年。

"同一件事情，人家用十倍于我的时间去做，结果能不会是天差地别吗？"父亲说。

"就算如此，要我说还是郑和更伟大。"女儿却说。

因为从时间上比较，郑和船队抵达非洲东部海岸的时间比达·伽马早了半个多世纪。所以她认为地理大发现的荣誉并不能都记在西方航海家的头上。

"郑和下西洋前后有七次之多，哥伦布跨越大西洋也才四次。郑和到达非洲时，达·伽马和哥伦布还没有出生呢。"她说。

父亲却不以为然："单纯地比较时间早晚和次数多少，既不恰当，更没什么意义。"

"郑和七次下西洋，选择的路线基本以沿岸近海航线为主，这些航线自秦汉以来就有中国人、阿拉伯人、印度人和沿岸人民探索过。郑和起航之前不仅搜罗古今中外地理文献，沿途还雇佣大量翻译向导。

"所以，郑和并不只是一位冒险家，而是一位集大成者。其伟大之处在他博采众长将海上丝绸之路完整地贯穿起来。

"而达·伽马绕过好望角、哥伦布横渡大西洋，却是毫无前人经验可循、直面未知世界的大冒险。西方冒险家开辟新航线，攫取新领地，重塑新格局，对世界造就的深远影响是郑和船队不能比拟的。

"当然，所谓的地理大发现只是基于西方视角的叙事。谁强势谁就掌握话语权。历史一贯是基于实力地位说话的。回到最初的问题，西方大航海时代经久不衰，背后的驱动力是谋求不断拓展的生存空间的强烈欲望。"父亲继续说。

"葡萄牙为了打破阿拉伯人利用地理优势建立起来的贸易垄断，开拓新航路，新航路带来的巨大利益反哺航海科技进步，推动更多欧洲国家投入探险，进而有更多新发现。葡萄牙之后，西班牙、荷兰、英国竞相崛起争夺海上霸权。

"反观中国，明清两朝疆域辽阔、物产丰富，完全可以自给自足。中国人的生活并不需要太多舶来品，但却有着西方梦寐以求的黄金、香料、丝绸、瓷器和茶叶。

"郑和下西洋的驱动力不是开疆辟土和扩大贸易。除了给皇帝带来万邦来朝的满足感，对统治阶层和普通大众的生活影响有限。当收益不能平抑开支，造船远航便成了朝廷的累赘。

"朱棣和郑和死后，明朝趋于保守。北弃关外，南弃交趾，兴修长城，实施海禁，停止官船远航，严惩对外通商。最终，统治者选择放弃海洋，拱手让出海上丝绸之路的控制权，将自己封闭成一个陆权帝国，封禁在大航海时代之外。"

"郑和开创的大好局面就这样被后人白白浪费了。"凌向楠扼腕叹息。

星星还是那个星星，月亮还是那个月亮，她仰望凝固时空的夜色苍穹，思绪万千，仿佛回到 400 年前辉煌而唏嘘的年代，心潮激荡，久久难以平复。

凌向楠空空的课桌上有人摆了一盆兰花草。同学们每天早上轮流给它浇水。

"Hello，大家好。我叫凌向楠，今年 14 岁，是北京史家中学的学生，欢迎大家关注《向楠日志》，关注环中国海不间断航行国际帆船邀请赛！"视频定格在凌向楠摆剪刀手造型的最后一帧，背景恰好是盖过整个船头的白浪。

那是出发不久后超越给凌向楠拍摄的短视频。他将视频发给组委会后，新闻组觉得效果不错，于是剪辑进了比赛的官方宣传片。

《向楠日志》就是凌向楠写的航海日志。组委会新闻组通过官网将各参赛队伍的甲板日志公布在官方网站上。于是，同学们通过赛事官网的文字专栏追踪红灯笼号的足迹，随她走过巴士、错过宫古、闯过台风、躲过搜捕，经历滔天巨浪，遭遇雷雨交加。对陆地上的人来说，海上的一切都那么新鲜，即便无聊至极等风的日子也是故事。

然而红灯笼号的专栏一连数日停更，焦虑在学校里蔓延。直到传来组委会确认红灯笼号失联的消息，同学们心情跌到谷底。

食堂的电视屏幕又出现剪刀手的画面，同学们立刻安静下来。

首届环中国海不间断航行国际帆船邀请赛起航至今整整 20 天，勒芒开赛式喧哗仍在耳边回荡。36 艘维克多帆船中的最后一艘已进入黄海海域。

画面里的女主播语速飞快，身后的奥帆中心桅杆林立。

20. 回家

"36艘？他们还是没找到红灯笼号。"几名女生鼻子顿觉酸楚，低头抹起眼泪来。

"哭啥？红灯笼号不会有事的。"李明明给同学打气。

"怎么就一定没事？"一位女同学红着眼，白了他一眼。

为首的维克多帆船距离终点还有不到100海里，预计今天夜间冲线，届时将决出环中国海不间断航行国际帆船邀请赛的冠亚季军。赛事组委会目前仍未与红灯笼号取得联系，有关负责人表示正在调动各方力量搜寻它的踪迹。

"八成是卫星电话坏了，他们在海上找不到地方维修。"李明明猜道。

"船要是坏了怎么办？"

"船坏了也能开回来。凌向楠她爸可是世界冠军。"李明明信誓旦旦地说。

"你以前可不是这么说的。"女生擦了擦眼角。

"我以前说错了呗。"李明明认起错来也很干脆。

组委会负责人和有关部门的领导正在开会。海上已经有船冲过设在青岛港外的终点线。但人们丝毫感受不到比赛冠军产生带来的喜悦。红灯笼号生死未卜，会议室里气氛凝重。

"船员家属已经抵达青岛。我们安排专人陪同照顾，尽量避免他们受到媒体和外界的打扰。"

"只要红灯笼号没找到，就不能轻易下结论。商请海事搜救的工作有什么进展？"

"已经通过海事局和国际海事组织向计划进出宫古海峡、奄美海峡、吐噶喇海峡的各国船只发出协助通告，请它们沿途留意红灯笼号的下落并提供救助。目前还没得到反馈。"

由于美军在西太平洋一带的军事演习区域封堵了整片琉球群岛的外海，加上扩散范围更广的电磁干扰对民用航电设备的影响，商船和渔船都选择绕开相关海域。

"你们确定红灯笼号没有进入演习区域？"

"这个……"钱秘书长犹豫道。

"没有！"正在这时，孔处长推门进来，他还未入座就接过话说，"据说关岛出发的美军舰队曾在止航线外侧遇到红灯笼号并和船长通了话，显然红灯笼号很清楚演习范围。"

"那只能说明演习开始前没进入禁航区，不代表演习开始以后的情况。"

"演习区域全程在美军雷达和卫星监控之下。除了参演舰船没有其他船只驶入。"

"孔处长，你怎么这么确定？"

孔处长说这话确实是有依据的，他刚从青岛海军基地回来。

海军方面告诉他，美军此次演习的重点是空天电子战和对海搜索打击。由于我们舰队已经具备突破第一岛链的能力，美军太平洋战区司令部调整围堵策略，通过演习测试如何快速启动第二岛链，在第一岛链和第二岛链之间构筑防线。

对于这些，红灯笼号上的人并不知道。当然，他们更不会知道，大雄关于美军演习目的的胡乱猜想竟然蒙对了，或者说蒙对了一半。

美军兴师动众的舰队调动，还有前所未有的电磁干扰，真的是为了阻挠一艘中国舰艇进入东海。只不过他们想拦截的不是红灯笼号，而是一艘执行完任务返航的新型战略核潜艇。

"情报来自可靠渠道，所以可以确信。监视演习区域的卫星曾发现红灯笼号。但遗憾的是海上出现大面积雾区掩盖了踪迹。"

"飞机搜救的方案呢?"

孔处长摇头解释,红灯笼号失踪区域距离中国大陆最近的机场超过1500公里,岸基直升机根本飞不到。军方的固定飞机虽然可以到达但只能侦察无法实施救援,途中还需穿越琉球群岛,情况复杂。台湾岛内合作机构乐于协助但他们的飞机不行。

"军方已经同意调动卫星扩大搜索范围。我们暂时只能等待卫星搜索的结果。"

会议室又陷入一筹莫展的沉寂。

"找到啦!"孔处长突然猛吼一声,一下子从座位上蹦起来。

"红灯笼号找到了!红灯笼号找到了!"

他一边翻看手机,一边激动地说。

"卫星这么快就找他们了?"钱秘书长问。

其他人也感到疑惑不解。

"不是,呃,是的,"孔处长目不转睛地盯着自己的手机屏幕,说话语无伦次,"呃,红灯笼号现在在北纬29°01′、东经135°41′,计划经过吐噶喇海峡前往东海……"

会议室里所有人呼啦一下围拢过来。

此时,红灯笼号上的所有人也围拢在凌向楠的周围。

大雄没有想到,起航前自己转手送给凌向楠的最新款国产手机,内嵌北斗系统短报文功能和天通卫星通话的模块。不仅可以接收北斗卫星定位系统的定位数据,还可以通过北斗卫星传输短信息,通过天通卫星拨打语音电话。

红灯笼号借助一部国产手机,通过距地2.15万公里外的中高轨道北斗卫星桥接,与陆地上的人重新建立起联系。

"你们怎么不早拿出来？"凌大鹏埋怨女儿。

"我又不知道大雄将它塞进我书包里了。"凌向楠说。

"我也没想到老爸给我买的新手机还有这功能。"大雄说。

如果不是超越无意间和两人聊起北斗卫星在手机上的最新应用，恐怕直到靠岸他们也不会想起这部手机。

虽然天通卫星的数量还不足以覆盖他们所在的位置，但在轨的北斗二号、北斗三号总计 45 颗卫星早已覆盖地球上绝大部分区域。北斗三号内嵌了独特的双向文字传输功能。就算没有手机信号覆盖的高山、荒漠和大海，将北斗手机倾斜对准对天空转一圈，就能锁定北斗卫星，发送短信。

有了北斗卫星的加持，红灯笼号的船员们欣喜若狂，干劲更足。不过，重新建立起来的卫星通信无法让红灯笼号加速行驶。

凌大鹏现在归心似箭。迫切的原因并非比赛名次，而是吕团长已经连续几日持续发低烧。

吕团长坚称自己不碍事。但凌大鹏替他清创换药的时候发现他腿上的伤口已经感染，脓肿的鼓包越隆越高。这是他下定决心放弃在红灯笼礁等待救援的最重要的原因。

凌向楠现在成了动能帆船航海队的通信兵，负责短报文的输入和读取工作。众人排队通过凌向楠的手机向家里报平安。

吕团长管她叫"电报员"。因为这情形很像早年电报局里人们排队拍电报。"电报是靠拍的。"他用僵直的右手比画着说。

凌向楠手指飞快，却被他讲得发蒙。她从来没见过拍电报，也想不出为啥电报要拍。21 世纪信息大爆炸以后出生的人没有经历过惜字如金的年代。

"总之，字字珠玑，每次拍电报必先反复斟酌，用最少的字数把意思说清。"

20. 回家

凌大鹏则想起上学时自己用过的摩托罗拉 BP 机。

10 月 30 日，凌向楠的手机收到一条电报模样的短报文，内容简短，字字珠玑。

短报文信息里有一组经纬度坐标，要求红灯笼号次日上午抵达该坐标位置，最后还加上感叹号。

凌大鹏查询海图发现，坐标位置在大隅海峡东侧外海。去那里干什么？他心想。

他此前已经向组委会通报了经过屋久岛以南的吐噶喇海峡前往东海的计划。但组委会最新的回复显然要求红灯笼号调整航线，前往大隅海峡。

老孔葫芦里到底卖的什么药？他心里嘀咕。但转念一想，新的坐标点转向位置和原本设定的转向位置只偏移了约 40 海里。现在红灯笼号右舷受风，多行驶七八个小时就到了。

吐噶喇海峡也好，大隅海峡也罢，对他而言都不重要。重要的是尽快将吕团长送上岸就医。组委会的医生根据描述症状的文字已经几乎确诊吕团长得了破伤风。

破伤风是由侵入伤口的破伤风杆菌产生的神经毒素引起的一种疾病，有很高的死亡率。破伤风杆菌是一种厌氧菌，平常以无害的芽孢形式广泛存在于自然界中。人体如果出现伤口，病菌就有可能侵入人体繁殖并产生毒素。

古代由于船上的卫生条件恶劣，水手一旦得了破伤风无药可救，只能听天由命。超过三分之一的人逃不过鬼门关。

凌大鹏已经给吕团长注射了破伤风针。但持续的低烧症状以及弥合却隆起的创口说明他与破伤风杆菌的搏斗仍未分出胜负。必须尽快让吕团长就医，通过手术彻底清理创口。

午夜的甲板上空气潮湿，但随着夜雾散去，桅杆上方露出了星空。凌大鹏知道又换风了。

红灯笼号的主帆在月光下哗啦哗啦地抖动，风从后方吹来，它开始躁动。

甲板上值班的水手们已经忙碌起来。绞盘嗒嗒作响，缭绳从导孔中嗖嗖地通过。水手们收紧斜拉器，配合舵的方向调整帆的受风角度。

手持风速仪显示东南风 11.9 节，红灯笼号的船速却只有 3.7 节。现在主帆经过裁剪面积缩小，效力相当于二级缩帆。这样的风若在以前他早就升球帆了，球帆能将速度提升 10 节。

凌大鹏有些不甘心，寻思该不该让人将前舱里沉寂多日的球帆抬上来试试。但上上下下打量矮一截的桅杆之后，他打消了召唤球帆的念头。

大前帆！对，不是还有前帆吗？

凌大鹏突然想到，主帆虽然被裁小了，前帆却没有裁剪。为了匹配截断的桅杆，他们换上的是小前帆。此刻船舱里除了球帆，还有一面标准尺寸的大前帆可以使用。如果将前帆当作球帆使用，既可以增加受风面积，也不至于因为受风面积过大而摧毁桅杆。

众人一番忙碌，前甲板上空飘起一面大前帆，缭绳被松出十几米远，三角形的前帆像一只放飞在半空的风筝。在风的鼓动下，红灯笼号船速竟然超过 10 节！

这一夜，凌大鹏通宵掌舵，小心驾驶。他要尽可能保持风与帆的和谐，用最快的速度赶往大隅海峡。

凌向楠一早醒来发现舱里空无一人！

吊床有节奏地微微摇摆，过道上挂着的她的头盔以更大的幅度和同样的节奏晃动，阳光透过窗帘缝隙照亮船舱。

20. 回家

她喊爸爸，无人应答，喊李响、大雄，还是无人应答。一起换班休息的红组队员一个不在舱内，蓝组的人也没有，就连吕团长的吊床也空空荡荡。

凌向楠觉得自己似梦非梦，有些恍惚，于是使劲回忆之前的情形。我还在红灯笼号上吗？她问自己。但大脑像导航室的桌面一样毫无头绪。

海图和绘图工具散落一地，甚高频电台开着，喇叭里传出噼里啪啦浑浊的声音，地板上丢弃着吕团长充作拐杖用的木棍。船上的人仿佛经历一场慌乱的意外，瞬间消失了。

凌向楠心中不安，她蹑手蹑脚爬下吊床，穿好救生衣，朝舱门走去。空荡荡的船舱除了海浪击打声，还有一种奇特而沉闷的震动从舱门直逼进来，压得她耳膜发麻。

她爬出舱门发麻的感觉瞬间消失，取而代之的是更加震耳欲聋的突突声，一股旋风卷裹着海水的飞沫迎面而来。

右舷外一架直升机悬停半空。高速旋转的螺旋桨将气流直吹海面，像一个风洞笼罩在灰白相间的机体周围，红灯笼号的"球帆"哗哗作响。

凌向楠发现消失的人都在甲板上。父亲掌舵，李响和大雄操帆，其他人在整理甲板，人群当中还有吕团长。

她正欲上前，却见吕团长一瘸一拐翻过护栏，在众目睽睽下一跃跳进海里！

大惊失色的她连滚带爬冲到船舷，却惊愕地发现周围的人都在作壁上观，竟无人出手相救。

海面冒出一团橘红色的充气服，吕团长的头跟着浮出水面。他朝凌向楠挥了挥裹得严严实实的胳膊，笨拙地划水朝直升机的方向游去，身后拖着根安全绳，绳子的另一端拽在远志和大鲨鱼的手里。

直升机敞开舱门，一名全幅装备的救生员甩出一道粗绳顺绳索降，随后跳入水中朝吕团长游去。当吕团长和救生员一起被直升机捞出水面，凌向楠悬着的心终于放下。

"真吓我一跳，你们也不喊我起来。"她埋怨道。

"吕团长需要马上动手术。红灯笼号船小桅杆高，直升机靠不过来。"李响一边笑着解释一边回收安全绳。

"去哪里手术？"凌向楠好奇地问。

"那里！"李响指了指左舷方向。

凌向楠转头朝另一侧望去，顿时呆若木鸡，许久才缓过劲来。

一艘形如泰山的航空母舰竟然漂浮在左舷方向的海面上！

它与红灯笼号朝同一个方向行进。自己的红灯笼号宛如一个刚出生的婴儿在泰坦巨人的旁边。航母的船艏下方印着白色的阿拉伯数字18，和红灯笼号的桅杆一样高。

如此近距离目睹这座海上城堡，凌向楠心跳加速，血脉偾张。她无法用言语形容那种直冲天灵的震撼感。

"福建舰有手术室。医生已经准备好手术。"父亲紧握舵轮，控制着方向。

原来，红灯笼号收到神秘坐标的同一时刻，福建号航母也接到了来自青岛基地的指令。它当时已经穿过白令海峡，完成北太平洋训练任务，正沿着千岛群岛南下以巡航速度返回母港。

接到指令的航母立即集结编队，将巡航速度提至33节。它带领编队昼夜兼程，高速航行20余个小时，按照总部的要求抵达指定地点待命。

福建号和红灯笼号汇合的时候，凌向楠梦里的大鱼还在缝隙里游荡。然后，由福建号飞行甲板起飞的直升机接走了吕团长。

20. 回家

凌向楠久久难以平复心境，她回到舱内，在航海日志里写下这样一段话："海上总是会有希望，有失落，有热爱，有无奈，有奋斗，有接纳……但最终都会变成过往。我远远地在这里回望过去的日子，仿佛阔别再也回不去的青春，任由它成为一段记忆。"

中午，北京史家中学食堂热闹非凡。一位记者带着摄像师在食堂里采访学生。

午间新闻在屏幕上播放碧海蓝天的画面，底下滚动字幕：中国人民解放军海军航母编队通过大隅海峡。

中国海军编队结束年度训练任务，通过大隅海峡返回东海，前往青岛港。这支由福建号航母率领的中国海军编队于上月底从青岛出发，经对马海峡进入日本海，经宗谷海峡进入鄂霍次克海，抵达太平洋进行跨区机动训练和巡航，编队体系作战能力在训练中得到不断提升。

中国海军新闻发言人重申，此次组织福建号航母编队巡航训练是根据年度计划作出的正常安排，不针对任何第三方，中国海军今后还将根据训练需要继续组织类似行动。

"瞧！红灯笼号！"李明明突然两眼放光，指着屏幕大喊道。

新闻画面中，航母编队徐徐行驶，一叶红色的小船跟在福建舰的后面。

新闻主播继续播报：

参加首届环中国海不间断航行国际帆船邀请赛的最后一艘帆船红灯笼号，随中国海军航母编队通过大隅海峡前往青岛港。这意味着参加比赛的帆船将全部自行抵达终点，也预示着首届环中国海不间断航行国际帆船邀请赛即将画上圆满的句号。"

镜头一转,食堂里待命的记者出现在屏幕画面。

"我们下面实况采访一下红灯笼号的小水手凌向楠所在中学的同学。他们对失踪数日的红灯笼号翘首以盼。"

记者拿着话筒在人群中寻找采访对象。好出风头的李明明当仁不让。他抢到其他同学前面接过记者的话筒。

"这位同学,你叫什么名字?"

"我叫李明明,上回你采访过我。忘了吗?"

"哦……李明明同学,你是不是十分挂念凌向楠同学?"

"这还用问?"

"那么,此时此刻,你想代表同学们对正在通过大隅海峡的凌向楠和红灯笼号说些什么?"

"欢迎回家!"

"欢迎回家,说得真好。这位同学发自肺腑的四个字代表了全体同学的心声。"

"等等,我还没说完。我还想说,凌向楠是最棒的,红灯笼号是冠军。"

"这位同学说得没错。红灯笼号历经坎坷,永不放弃。它虽然是比赛的最后一名,但虽败犹荣,是我们所有人心目中的冠军。对吗?"

"不对!"

记者热情洋溢的评价被李明明干脆利落地否定了,食堂响起的掌声稀稀拉拉,直播场面尴尬。

李明明却面不改色心不跳,冲着话筒大声且肯定地说:"红灯笼号就是冠军!"

他的一声大吼竟使记者愣住,不知所云。

李明明继续冲着镜头说话："所有参赛的37艘帆船中，只有红灯笼号没有中途靠港。我觉得进港停泊应该算自动放弃排名。其他帆船都有进港停泊的记录，而红灯笼号却一直在海上。红灯笼号就应该是比赛的冠军。"

　　李明明振振有词，他的一番解释将记者怼得哑口无言，站在直播镜头前发愣。

　　身后的同学们先是交头接耳，而后纷纷表示赞同，小声议论汇聚成共识，电视屏幕里响起排山倒海的阵阵欢呼。

　　冠军！冠军！冠军！

　　东海海面宽阔，夕阳红霞，福建号航空母舰正在向西北方向的青岛港踏浪前进。

　　宽阔的飞行甲板上，凌向楠朝手机自拍摄像头摆出剪刀手。她的身后一架舰载战斗机呼啸而过，在空中划出两道如帆船尾波一样的白色烟痕。

　　吕团长坐在轮椅上，腿和胳膊都打着石膏。一个身穿海军蓝的年轻水兵推着轮椅。又一架舰载机加速时，吕团长笨拙地用尚可动弹的左手做出指挥起飞的动作。

　　甲板操作人员有条不紊、动作娴熟地预备下一架次的起飞。

　　正如凌向楠在航海日志里所写：这个民族曾与大航海时代失之交臂。既然有过教训，就不应错过下一个机会。当一个崭新的大航海时代来临之际，我们将毫不犹豫地踏上它的浪尖，乘风破浪。

　　此时，一只海燕从千万朵浪花间一跃而起，轻盈地飞上甲板，掠过凌向楠，像一架无人机盘旋升空。这只鸟儿轻盈地直冲云霄，从云端俯瞰整个舰队。

　　航母编队阵型威武、气宇轩昂，各种型号的舰船步调一致地向前航行。航母的正后方，一艘红色的小船扬帆紧紧跟随，朝着祖国的海岸线前进。

云端的海燕打了个转儿，画出一道漂亮的弧线。它张开的翅膀自带伯努利效应，掠过飞行甲板，掠过甲板上的塔台、战斗机、飞行员、水手和凌向楠，掠过舰尾翻腾的滚滚浪花。

海燕扇动两下翅膀继续滑翔，穿过红灯笼号的"球帆"、支索帆、主帆，划过甲板上的众人，从操舵台后方正目视前方的凌大鹏肩膀旁一掠而过。

它如一缕风吹过，飞向远方天际的太平洋。身后的红灯笼号上响起凌向楠最喜欢的歌曲：

> 每当你向我走来
> 告诉我星辰大海
> 趁现在还有期待
> 会不会我们的爱
> 会被风吹向大海
> 不再回来
> 每当你向我走来
> 告诉我星辰大海
> 会不会我们的爱
> 像星辰守护大海
> 不曾离开

2023 年 10 月完稿

后记

"当浅蓝与深蓝交于一线，四周只剩下天空和大海，风吹过广阔无垠的海面，掀起一层轻纱。海浪随风的呼吸汇聚成巨大的乐谱，那一抹白色与风为伴，共振共舞，如乐谱上跳跃着的一个小小音符。"

这是女儿写下的感受，也是远航水手眼中的浪漫。

很多人问，为什么要写这样一部小说？为什么书名叫"大航海时代"？

灵感就来自我带着儿女学习帆船，飞驰在南中国海上的某一个瞬间。

当孩子们问起，为什么郑和下西洋不如哥伦布发现新大陆、麦哲伦环球航行更为世界所认知？我思考了很久。

应该写一本关于现代航海的小说，用世界的格局诠释，从天文、地理、历史、政治等不同角度讲解，让我们这一代和下一代能够以科学创新的现代化思维看待历史上的大航海时代，迈向新的大航海时代。

在历史的长河中，有许多重要的东西就像海上的浪花，涌起后却消失了。但这一次，我们不再掉队。在前进的道路上，我们目光如炬，勇往直前。

希望读完这本书的你，在茫然焦虑时能感受到星辰大海，在看不到希望时能重燃斗志，在经历跌宕起伏时能始终把握住人生的航向。

2024 年 5 月 20 日，北京